小学館文庫

花舞う里

古内一絵

小学館

目次

プロローグ

翼を閃《ひらめ》かせるように、両袖を翻《ひるがえ》して少年が舞う。

真紅の日の丸を染め抜いた扇《おうぎ》と、鮮やかな緑の榊《さかき》を捧《ささ》げ持ち。

脛巾《はばき》を着けた足で、舞庭《まいど》に敷《し》かれた蓆《むしろ》を右へ左へと踏みしめる。

その姿、風切り羽をいっぱいに広げ、大空に舞い上がる鷺《さぎ》のよう。

額《ひたい》に締めた真っ白な鉢巻に、黒い前髪がこぼれ落ち、少年の眼差《まなざ》しは遥《はる》か彼方《かなた》を見つめる。緩やかだった太鼓《たいこ》の音が徐々に速くなり、蓆を踏みしめる足取りも、力強いものになっていく。

天井に張り巡らされた五色の神道《かかみち》を伝い、八百万《やおよろず》の神々が、少年の頭上に吊《つ》るされた天蓋《てんがい》目指してやってくる。

やがて大きく翼をはためかせ、少年が跳《と》ぶ。

すべての神々に礼を尽くすため、地を蹴って、天を目指し、五方にわたり回転する。

その姿、激しく回る独楽《こま》のよう。

髪を乱し、唇を嚙《か》み締め、汗を振り飛ばし。

神を迎えた少年は、榊を手に、憑《つ》かれたように舞い踊る。

1 澄川《すみかわ》

引っ越し先が愛知県《あいち》だと聞かされたとき、まさかこんなに遠いとは思わなかった。

人もまばらな車内で、杉本潤《すぎもとじゅん》は小さく息をつく。

夏休みが終わってすぐに、潤は母の郷里、奥三河《おくみかわ》に引っ越すことになった。

奥三河――?

時代劇にでも出てきそうな地名に聞き返すと、母の多恵子《たえこ》は「愛知県よ」と答えた。

母自身、郷里に戻るのは、十年ぶりだという。

潤も幼少期に訪れたことがあるらしいが、正直まったく覚えていない。十年前といえば、四歳のときだ。記憶がなくても仕方がない。

それにしてもこんなに時間がかかるなら、母の言うことを聞いて、もっとしっかり朝食を食べてくればよかった。

愛知県の中で唯一知っている名古屋《なごや》は、父の住んでいる大阪《おおさか》よりもずっと手前だ。途中で乗り換える豊橋《とよはし》は、その名古屋よりも更に東京《とうきょう》寄りだと聞いていた。だから朝早くに東京駅を出発したときは、お昼前には到着してしまうのだろうと、漠然と考えていたのだ。

新幹線が通っている豊橋には、確かに一時間半ほどで到着した。ところが、そこで一時間近く待ってようやく乗り込んだローカル線が遅々として進まず、とうに正午を過ぎているのに、潤たちは未だに目的地に到着できずにいる。

電車は人気《ひとけ》のない無人駅で、もう十分以上とまっていた。

事故ではない。上り列車の到着を待っているのだ。

豊橋駅で乗り換えたローカル線には、線路が一本しかなかった。

出発の直前まで引っ越しの準備で駆けまわっていた多恵子は、手すりに寄り掛かり、すっかり眠り込んでいる。その眼元《めもと》に微《かす》かな隈《くま》が浮いていた。

おばあちゃんを、ひとりにしておくのは心配だから――。

多恵子から引っ越し理由をそう説明されたとき、潤はただ、無言で俯《うつむ》いた。

いつの頃からか、母と自分の間に、決して治癒《ちゆ》することのないかさぶたができた。

少しでも触れれば破れてしまう。だから互いに眼をそらす。

そのために、自分たちはおばあちゃんを利用している。

自分も母も卑怯《ひきょう》だ。本当はそう思った。

だが潤は、結局、母の提案を黙って受け入れた。

とにかくどこかへ逃げ出さなければ、この先どうにもやっていけないことは、母も自分もよく分かっていたからだ。

眠っている多恵子から眼をそらし、潤は車窓からの景色を眺めた。

のんのんと杉が立ち並ぶ山の斜面のところどころに、灰色の瓦屋根がぽつぽつと見える。東京で住んでいたのも、丘陵地を切り拓《ひら》いたベッドタウンだったが、ここの山並みの深さとは比べものにならない。古めかしい瓦屋根の家も、真新しいマンションやペンション風の建売住宅とは違い、山の一部に溶け込んでいるように見える。

やがて上り電車がやってくると、無人駅で待ち合わせをしていた潤たちの車輛《しゃりょう》はようやく動き始めた。

この先も上り電車がやってくるたびに、こうして無人駅の片側に停車して、すれ違う必要があるのだろう。

少し走ると、車窓越しに川が見えてきた。瑪瑙《めのう》のような模様の川床を、透明な水がときに渦《うず》を巻き、ときに小さな滝を作りながら流れていく。もっとよく見ようと身を乗り出せば、あっという間にトンネルに入ってしまった。

「今のが澄川。夏の間は鮎《あゆ》がたくさん獲《と》れるの」

いつの間にか、多恵子が眼を覚ましていた。

「もうすぐ着くから」

その言葉から更に三十分以上を費やし、潤たちは比較的大きな無人駅に到着した。

東京を出発してから、五時間近くが経っていた。

手動で扉をあけて人気のないホームに降り立つと、少し空気が涼しく感じられた。それでも九月の残暑は厳しく、沸き立つように蟬《せみ》たちが鳴いている。

多恵子の後に続きながらふと振り返れば、降り立った駅は不思議な様子をしていた。瓦屋根に沿って、吊り上がった金色の眼玉が二つ。その下の窓に沿って、真紅の牙が二本。妖怪の顔のようなものが漆喰《しっくい》の壁に描かれている。

なんだろう――。

潤はしばらく見つめていたが、予約しているタクシーを見つけた多恵子に手招きされ、奇妙な模様の駅を後にした。

それから再び、山の奥に分け入る曲がりくねった一本道を、タクシーで登っていくことになった。山の斜面のところどころに、段々の茶畑が見える。茶畑の手前には、大抵、立派な瓦屋根の家がある。

茶畑、瓦屋根、杉林が延々続き、単調な景色にすっかり飽いてきたところで少し開けたところに出た。

「ここが、中《なか》地区。この集落の中心地。潤君が通うことになる中学校はここからすぐよ」

中心地――にしては、随分と心許《こころもと》ない商店街だった。営業中なのか否かよく分からない薄暗い店が、数軒まばらに並んでいる。コンビニもないし、ファストフードのショップもない。

そろそろ授業も終わる時間だ。ここからすぐという学校に通っている生徒たちは、放課後、一体どこで時間を潰しているのだろう。

中地区を後に更に山に分け入っていくと、耳の奥がつんとした。随分山を登ったところで、ようやくタクシーがとまった。

茶畑つきの家ほど大きくはないが、やはり灰色の瓦屋根の平屋の前に、東京で何度か会ったことのある、祖母の千沙《ちさ》が立っていた。

白髪をひっつめにしている千沙は、大柄な多恵子に比べ背が低い。大きな前掛けを着けて眼を細めている姿は、やはり、わざわざ引っ越してきて面倒を見なければならないほど病弱そうには見えなかった。

「車の音がしたんで、待っていたずら。潤坊、遠いところを、よくきただになぁ」

千沙に招かれ、潤は曖昧《あいまい》に頭を下げる。

これまで遠く離れて暮らしていた祖母には、まだ親しみよりも遠慮と戸惑いが先に立った。

「お母さん、引っ越しの荷物は届いてる？　お土産買ってきたけど、先に町内会にいってきたほうがいいかな」

タクシーの支払いを済ませてきた多恵子が、土産物の袋を掲げてみせる。

「町内会なんて、後でいいずらよ。まずは上がりんしゃい。久しぶりに帰ってきたのに、せわしのない。潤坊、お腹《なか》減っただら？　そうめんを茹《ゆ》でただに」

千沙に促され、潤は砂利道《じゃりみち》を歩いた。多恵子も後からついてくる。

玄関の引き戸をあけると、煮物と畳の青い匂いがした。木造平屋の室内は夏でもひんやりとしている。そこに、微かな黴《かび》臭さも混じっているような気がした。

「潤君、おじいちゃんに挨拶《あいさつ》しよう」

持ってきた荷物を畳に下ろしていると、多恵子から声をかけられた。潤は母に続いて、大きな仏壇のある畳敷きの仏間に足を踏み入れた。

広々とした仏間は、線香の匂いで焚《た》き染《し》められている。

コップに活《い》けられた白い菊の花の向こうに、三年前に他界した祖父の笑顔があった。笑っているのに眉間の縦じわが消えない、頑固そうな面持ちだった。

母が鳴らした鈴《りん》の音が、仏間いっぱいに響き渡る。

線香に火をつけ、潤は両手を合わせている母の後ろ姿を眺めた。

向こうへいくと、しばらくは美容室にもいけないからと、母は今までで一番短く髪を切っていた。刈《か》り上げられた襟足が、小さく前に傾いている。

かつて母は、祖父の反対を押し切り、十歳下の派遣社員だった潤の父と結婚した。孫の潤が生まれてからは関係が軟化し、両親は潤を連れて何度かこの家を訪ねていたらしい。けれど潤が四歳のときに結局は離婚に至り、以来母は実家に帰ることがなかったようだ。

現在、潤の父は大阪で別の女性と一緒に暮らしている。

香炉に新しい線香を立て、潤は祖父の遺影と向き合った。手を合わせながら、母は小柄で眼の細い祖母よりも、はっきりとした顔立ちの祖父のほうに似ているのだと思った。

それから仏間の続きの居間で、祖母の用意してくれたそうめんや茄子《なす》の揚げびたしや出汁《だし》巻き卵を食べた。茄子の実は大きく柔らかく、卵の色も、いつもより鮮やかだった。

千沙の料理は、どれも醬油《しょうゆ》の味が強かった。いつも多恵子が作るあっさりとした味つけに慣れている潤には少し塩辛く感じられたが、空腹も手伝って、ほとんどのおかずを平らげた。

食事の間中、千沙は細い眼を益々《ますます》細めて、多恵子と潤を見ていた。

遅い昼食を終えると、多恵子は手土産を持って町内会の会長のところへ出かけていった。

潤は引っ越し業者から届いた段ボールの中から、自分で詰めたものを見つけ出し、それを抱えて廊下の奥の階段を上る。斜面に建てられた家は一見平屋に見えたが、奥に中二階の部屋があった。潤に振り当てられたそこは、子供時代の多恵子が使っていた部屋らしかった。

入ってみると、壁の一角に大きな本棚が据えられている。

棚の中には、いつのものだか分からない教科書や雑誌や少女漫画が、ぎっしり詰め込まれていた。祖父も祖母も、十八歳で澄川を出たという母の部屋を、そのままにしていたようだった。

潤は棚の前で、段ボールのガムテープをはがしにかかる。何重にもテープを貼って頑丈に封じすぎたため、思いがけず手間がかかった。ようやく折り込んだ蓋《ふた》があいたとき、一番上に双眼鏡と野鳥図鑑がのぞいた。

潤の手がびくりととまる。

あけかけた段ボールをそのまま部屋の隅に押しつけて、潤は壁に凭《もた》れかかった。

ふと、表からヒグラシの澄んだ声が聞こえていることに気がついた。

出窓をあけてみて、息を呑《の》んだ。

傾きかけた日差しの中、さんざめくようにヒグラシが鳴いている。まるで杉木立に覆われた山全体が、鳴り響いているようだった。

息を吸うと、山の土と濃い緑の匂いがした。

これから潤はこの深い山里で、母と祖母と三人で暮らすことになる。

2 澄川中学校

黒光りのする木造の階段は、一歩上るたびにぎしぎしと軋《きし》むような音がした。

地震がきたとき大丈夫なんだろうか――。

千沙の家も古いが、この学校は軽くその上をいっている。

一抹の不安を胸に覚えながら、潤は校長先生の後に続き、木目の浮いた階段を上った。

ふいに歓声が響き渡る。踊り場の窓の外に眼をやれば、広い校庭では、小さな子供たちが始業チャイムをものともせず、大声ではしゃぎながら駆けまわっていた。

「困ったねぇ。もう授業が始まるのに」

潤の視線に気づいた校長先生が、あまり困ってもいなそうな呑気《のんき》な表情で言う。

東京で通っていた中学の校長は白髪で、朝礼のときにしか顔を見ることがなかったが、前を歩く校長は、母の多恵子と同世代くらいに見えた。

潤がこれから毎日通うことになる澄川中学校は、小学校との併設校だった。一階が小学部、二階が中学部で、小学生たちは複式学級といって、二学年が一緒に勉強している。

百年以上の歴史を持つこの学校は、元々は小学校で、多恵子だけではなく千沙も通っていたと聞く。多いときには百名を超す子供たちが在籍していたそうだが、今はどの教室も人気《ひとけ》がなくがらんとしている。

「さあ、ここだ」

校長先生は、二階の一番奥の教室の扉をあけた。

校長に続いて教室に足を踏み入れ、潤は一瞬呆然《ぼうぜん》とする。

「おおっ！」

分厚い眼鏡をかけた大柄な坊ちゃん刈りが、大げさな声をあげた。その傍らで、にこにこと満面の笑みを浮かべている小柄ないがぐり頭と、冷静にこちらを見返す線の細い美形。

だだっ広い教室の中、生徒はたった三人しかいなかった。

「はい、注目ー！」

教壇に立ち、校長がほとんど必要ないのではないかと思われる出席簿を叩《たた》く。

「今日から一緒に勉強することになる、杉本潤君だ」

途端に眼鏡が立ち上がり盛大に拍手し始めた。眼鏡は大柄だったが、肌が生白くムチムチしていて動作が鈍そうだった。もっさりした髪型も、大きな頭と相まって暑苦しい。おまけに今時、吊りズボンを穿《は》いていた。

「じゃあ、この学校や集落のことは、相川《あいかわ》、お前が責任を持っていろいろと教えてあげるように」

校長は眼鏡の拍手をさりげなく受け流し、地蔵のように眼を細めて笑っている小柄な男子に声をかけた。

「えーっ！　なんで俺じゃないの？」

吊りズボンの眼鏡が変声期特有の、がらがらとした声を張りあげる。

「あんただって、少し前に転校してきたばかりでしょ」

ぴしゃりとやり込めた美形の声に、潤は軽く眼を見張った。

水色の半袖シャツを着た姿に、男子だとばかり思っていたのだが、美形はショートカットのボーイッシュな女子だった。

「ほな、杉本」

相川と呼ばれた小柄な男子が早速立ち上がり、きびきびした動作で机と椅子を運んできてくれる。

「好きなところに置くだによ」

出がらし茶のような渋い色のシャツを着て、首にタオルを巻いている男子は、祖母と同じ訛《なま》りで声をかけてきた。だが好きなところといっても、この人数ではそんなに離れるわけにもいかない。

潤は一番窓際になるように机を置いた。

「じゃあ、ひとりずつ自己紹介して」

「はい！」

校長の呼びかけに、真っ先に手を挙げたのは、やはり眼鏡だった。

「岡崎周《おかざきしゅう》。期待の星です。よろしく！」

大声で名乗り、周は親指を突き立てた。大柄な身体に吊りズボン、がらがら声にもっさりとした坊ちゃん刈りと、どこをとってもちぐはぐな印象だった。

次に、机を運んでくれた小柄な男子が立ち上がる。

「相川康男《やすお》だに。分からないことがあったら、なんでも聞いてな」

首に巻いているタオルと訛りのせいか、同学年というより野良《のら》仕事帰りの小さな小父《おじ》さんのように見えた。

「神谷葵《かみやあおい》です」

最後にショートカットが立ち上がる。彼女だけは東京の街中にいても馴染《なじ》む服装をしていた。だが、なぜか表情は硬く、名乗ったときにも潤のほうを見ていなかった。

「あ、澄川にはもっと可愛《かわい》げのある女子もちゃんといるから、まだ絶望はしないで」

葵が席に座った途端、すかさず眼鏡の周が茶々を入れる。葵は相手にするのもバカバカしいといった様子で、無言で顔を背けた。

「杉本潤です」

潤は軽く頭を下げる。

「杉本君は東京の出身だが、お母さんは元々この澄川中の卒業生だ」

「へー、じゃあ、なんで出てって、また戻ってきたの？」

周ががらがらとした破れ鐘《われがね》声で尋ねてきた瞬間、潤は頬にさっと血が上るのを感じた。

咄嗟《とっさ》に、周とは近づきたくないと思った。

「はい、それじゃ授業を始めるぞー」

周を無視して校長先生が声をあげたとき、潤は「えっ」と声を出しそうになった。

最初の紹介だけ、校長がするのだと思っていた。

東京の学校では、校長が授業をすることなどあり得ない。ところが、この若い校長は、潤たち中学二年生の担任を兼任する、英語教師でもあったのだ。

「じゃあ、まず、最初の課、テイクの例文を杉本が読んでみてくれるか」

英語の教科書は、東京で使っていたものとほとんど変わらない。

潤は校長に言われるまま、教科書を開いて一番上の例文を音読した。

「――ハウ　ロング　ダズ　イット　テイク　トゥ　ザ　トレイン　ステーション？」

ひと通り読み終えて、ふと眼を上げると、残りの三人が眼を皿のようにして潤を見ている。なにかまずい読み方でもしただろうかと、潤は戸惑った。

「じゃあ、次、岡崎」

「えー？　なんで俺？　なんで、東京もんの次が俺？」

「いいから読みなさい」

さっきまであれだけ大声を張りあげていた周が、教科書を眼にした途端、急に蚊《か》の鳴くような声になる。

「うぃっち……？　とらいん……？　りね……？」

Which train line を、周は本当にそう読んだ。後を引き受けた康男が大真面目で読みあげる。

「シュッド　アィ　ティクだに」

「だには余計だ、だには」

校長が困ったように眉を寄せる。

葵だけは一応まともに例文を読んだが、なんとも平板な発音だった。

「じゃあ次、一課の全文を杉本が読んでくれ。皆はお手本だと思って聞くように」

そんなことを言われたのは初めてだ。

潤があくまで普通に一課を読み終えると、周と康男が顔を見合わせて騒ぎ始める。

「やっぱ東京もんは違いますな、東京もんは」

「東京オリンピックに向けて、皆が英語で喋《しゃべ》ってるっちゅう噂《うわさ》は本当だっただに」

「俺、澄川に住んでてよかった」

「俺もよかったずら〜」

授業をそっちのけで、二人は向かい合ったまま喋り続けた。

「ほらほら、静かにしろー」

校長が、呑気な口調でたしなめる。

着席した潤はふと、葵が酷《ひど》く険しい眼差しで自分を見ていることに気がついた。眼が合った途端、素早く視線を外される。なにか気に障《さわ》ることでもしただろうかと、気になって何度か眼をやったが、葵はもう、こちらを見ようとはしなかった。

その後、動詞「テイク」を使った英作文にとりかかっていると、突然、周が「うおっ」と叫んで立ち上がった。同時に康男も立ち上がり、バタバタと廊下に駆け出していってしまう。葵までが大きな溜《た》め息《いき》をつき、さも仕方がないといった風情で二人の後を追っていく。

残された潤は、茫然《ぼうぜん》と彼らを見送った。

「あー、また、始まっちゃったのか」

校長兼担任に指し示されて校庭を見れば、授業中にもかかわらず、小学部の生徒が校庭で取っ組み合っている。そこへ、わらわらと他の生徒たちが駆け寄っていくのが眼に入った。

「この学校ではね、昔から、生徒同士の喧嘩《けんか》は校庭で全員が仲裁するっていう〝しきたり〟があるんだよ」

　遅れて登場した周と康男が取っ組み合っている二人を引きはがし、葵が小学部の生徒たちの前に立ってなにかを言っている。

「今、この学校には三年生がいないから、君たち二年生が最上級生ということになる」

　つまり最上級生には、全学年の下級生の喧嘩を仲裁する義務があるということらしい。

「杉本もいってみるか」

　校長先生の言葉に潤は反射的に強く首を横に振った。

　引きはがされた小学部の生徒は双方言い分があるようで、顔を真っ赤にして己《おの》が正当性を主張し合っている。仲裁には時間がかかり、授業時間はどんどんなくなっていくが、校長先生はなにも言わずに校庭の様子を見守っているだけだった。

　結局三人のクラスメイトが戻ってきたのは、授業が終わる間際だった。

　校長の英語だけではなく、その後の授業も、一事が万事そんな調子だった。遅々として進まないのは、ローカル電車だけではないらしい。

　ようやく一日目の授業が終わると、潤は手早く教材をまとめて席を立った。

「いよーし、これからが本番だぁ」

　なにやら俄然《がぜん》張り切り出した周を追い越し、無言で教室を後にする。

校庭に出れば、朝と同じように小学部の子供たちが、歓声をあげながら校庭を駆けまわっていた。なんだか、自分まで小学生に戻ったような錯覚を覚えてしまう。

ここは空気も時間の流れも、東京とはまるで違う。

制服もないし、受験の脅威からも、競争からもほど遠い。本当に、小学校の延長だ。

東京の中学では、二年生になったら当然の如《ごと》く塾に通い、受験を控えた三年生に至っては、週四日を塾で過ごし、加えて二日は自習室に通うのが当たり前とされている。

だが転校たった一日にして、今までの学校では中の中だった潤の成績が、学年トップであるらしいことが判明してしまった。

日がな一日、校庭で下級生の喧嘩の仲裁をしている彼らの姿を見たら、かつてのクラスメイトたちは一体なんと言うだろう。

ふと、何名かのクラスメイトの顔が頭に浮かび、潤の足どりが重くなった。

「おーい、杉本ぉー!」

そのとき、背後から自分を呼ぶ声が聞こえた。

振り向くと、小柄な康男が手を振りながら駆け寄ってくる。膝《ひざ》の出たズボンにつっかけを履き、首にタオルを巻いている姿は、やはり野良仕事帰りの小父さんだ。

「杉本、もう帰るんかぁ」

ハアハアと息を切らしながら尋ねられ、潤は一瞬、言葉に詰まる。

「用がないなら、俺らと一緒に体育館にこんか。一年生も集まってるだに」

「一年生？」

「そうだに。一年生は俺らより多い。六名いるずらよ」

康男は、校長先生から学校のことを説明するよう託されているため、気を使ってくれているのかもしれない。

だが潤は首を横に振った。

「俺、バス通学だから」

「バス？」

康男は不思議そうな顔をする。

「なんで自転車に乗らん？　杉本の婆《ばば》さんとこからここまで、下りで一直線だら？」

澄川育ちの康男の頭の中には、集落の家の配置が完全にインプットされているようだった。

こちらはなにも知らないのに、一方的に自分のことだけが知られているようで、潤は微かな気後れを感じた。

「あ、でも、帰りは地獄だにな」

答えあぐねていると、康男はひとりで納得してくれた。

「じゃ」

また、明日——とは続けられず、潤はぎこちなく踵《きびす》を返す。

「んー、でもなぁ、バスいうてもなぁ……」

康男は相変わらず腑《ふ》に落ちないような口調で呟《つぶや》いていたが、潤は構わずに歩き出した。

バス停に着いてから、なぜ康男が訝《いぶか》し気にしていたのか、ようやくその訳が分かった。この時間帯、集落の巡回バスは二時間に一本しかなかった。

バス停のすぐ傍《そば》には、屋根つきの立派な待合室がある。入ってみると、そこには無人の野菜販売所、テーブルつきのベンチに加え、給湯室までが完備されていた。だが集落の住人はバスの時刻表を熟知しているらしく、ここで無駄な時間を過ごしているのは、潤以外に誰もいない。

でも——。

どれだけ不便だろうと、自分が自転車に乗ることは、この先ずっとない。

潤はじっとつま先を見た。

表ではツクツクボウシたちが、やかましいほどに鳴きたてている。

潤はスクールバッグから携帯を取り出し、しばらくパズルゲームで暇を潰していたが、やがてそれにも飽き、テーブルの上に顔を伏せた。

「潤君、学校はどう?」

その晩、テレビを見ながら夕食を食べていると、多恵子がそう尋ねてきた。

別に、と返しかけてから一旦考え、「まだよく分からない」と潤は答えた。

「そうか、まだ初日だものね」

多恵子が決まり悪そうに質問を引っ込める。

「でも、こっちは空気もいいし、のんびりしてるし、食べ物も美味《おい》しいしね。校庭だって、東京に比べたら随分広いでしょう?」

また、かさぶただ。

何気ないふりをしながら、その実、決して触れることのないように、傷つけぬように、母が細心の注意を払っていることが、ひりひりと伝わってくる。

最近、母の笑顔を真っ直ぐに見ることができない。

どこかに潜む陰りを探してしまいそうで、母が笑おうとするたび眼をそらす。その自分に気づき、母の笑顔は益々ぎこちなくなっていく。

看護師をしている母は元々不在がちで、子供の頃、潤は母よりもむしろ父と一緒に過ごすことのほうが多かった。いつも昼間から家にいた父が、そのうちふらりと姿を消しても、母は平常と同じ態度でいた。

あまり表情を変えることなく、なんでも淡々とこなす母のことを、潤はそれほど遠く感じたことはなかった。それが当たり前だと思っていた。

だがその母が、無理やり自分に笑いかけるようになってから、潤は却《かえ》って、自分たちの間に距離があることに気がついた。思えば子供時代から、潤は母と一日中一緒に遊んだり、抱きしめられたりした覚えがない。

「やっぱりこっちにきてよかったよね」

独り言のように繰り返している多恵子を後目《しりめ》に、潤は黙ってサラダを口に入れた。

今日の料理は、母が作るいつものさっぱりとした味つけだった。祖母の千沙は母の隣で、ハーブをたっぷり使った鱈《たら》のソテーを無言で咀嚼《そしゃく》している。

今後母は、東京でしていたのと同じように、隣町の病院で看護師として働くことが決まっていた。中古車を手に入れたら、出勤ついでに潤を学校まで送ってくれると言っていた。

多恵子の夜勤が始まれば、潤はそのたび、千沙と二人だけで夕食をとることになるのだが、それはそれで気詰まりだった。千沙は優しいけれど、言葉に強い訛りがあって、ときどきなにを言われているのか分からないことがある。

これまでのように、コンビニやファストフードで気軽にひとりで食事をできないというのは、なんとも不便だった。

塾もなければ、ゲームセンターもＤＶＤレンタル店もない。あるのは杉木立と、茶畑ばかり。本当にここは、眠ったような場所だ。

「ご馳走《ちそう》さま」

「あら、もういいの？」

多恵子が声をあげるのに構わず、潤は席を立った。

廊下の奥の階段を上り、中二階に閉じこもる。この部屋以外に、逃げ場がないような気がした。

部屋の隅には、先日押しやった段ボールがまだそのままになっている。

開きかけた箱の奥に、双眼鏡と野鳥図鑑がのぞいていた。もう手にすることもないと思っていたのに、結局捨てきれずに持ってきてしまった。

潤は物心ついたときから、野鳥を見つけるのが大好きだった。

以前なら、周囲の山は宝さがしのダンジョンのように思えただろう。しかし潤は、二度と双眼鏡をのぞく気にはなれなかった。

この先、一体どうやって毎日を埋めていけばいいのだろう。勉強しなくて済むとなると、有り余る時間をどう過ごせばいいのか、まるで見当がつかない。

潤はスクールバッグから、携帯を取り出した。

バス停の待合室でも時間潰しにやったパズルゲームを始める。三つ並べて消すという単純作業。バカみたいだと思いながら、やり始めると、やめられなくなるときがある。

特に夜。薬を飲んでも寝られないとき、潤はパズルゲームに没頭した。

バカみたいなのに、やっていればあっという間に時間が過ぎていく。夜が明けてしまうこともざらだった。それが恐ろしくもあり、ありがたくもあった。

潤はふと、食卓を立ったとき、母が向けてきた眼差しを思い返した。さりげなさを装いながら、探るように自分を見ていた。

ふいに頭の片隅に、泣きながら謝罪している多恵子の姿がよぎった。

潤たちが住んでいた部屋とまったく同じ造りの玄関の前で、母は泣きじゃくりながら、何度も頭を下げていた。

いつの間にか指がとまっていることに気づき、潤は軽く頭を振った。

やめよう。

こんなことを考えたところで、どうにもならない。

とにかく、学校だけはちゃんと通わなきゃ。

念じるように思いながら、指を動かすことに集中する。

なぜなら、ここへ引っ越してきたのは、自分のせいだから。

母が東京での仕事を辞め、〝出戻り〟と噂されるのを承知でここへ戻ってきた本当の原因は、どれだけ言い逃れをしても、やっぱり潤自身のせいだった。

3 鷽《うそ》

広い校庭から小学生たちの歓声が聞こえる。

澄川の小学生は、登校から下校まで、一体いつ勉強しているのかと疑いたくなるほど四六時中校庭を駆けまわっている。

この日も一番に教室に入った潤は、二階の窓からその様子をぼんやり眺めていた。

澄川中学に通い始めて、一週間が過ぎていた。

生徒の大半を占める小学生たちは、始業時間が近づいてもなかなか教室に戻らない。

そのうち先生が出てきてひとりひとりを抱え込むようにして教室に連れていく。

「おはようずらー」

声をかけられて振り向くと、康男が教室に入ってくるところだった。

毎朝自転車で、杉木立の山をひと越えしながら登校してくる康男は、今日も首にタオルを巻いている。

「杉本、いつも、早いだにな」

「バスが……、早い時間しかないから」

まだ母の中古車が届いていないため、潤は相変わらず、多いときでも一時間に一本しかない集落の巡回バスを利用していた。

集落を巡回しているマイクロバスは、区間内ならどこまででも百円で利用できる。運転手は全員、多恵子と同世代の女性だった。

利用しているのは、千沙よりも年上と思われるお年寄りばかりだ。潤はいつも寝たふりをしたり、携帯のイヤホンを耳に突っ込んで窓の外を注視したりしているのだが、それでも顔見知りになってしまった運転手や乗客から、なにかと声をかけられた。

そのたび、多恵子と潤の十年ぶりの帰郷が、この眠ったような集落の格好の暇潰しの話題になっていることを感じずにはいられなかった。

彼らは潤が聞きもしないのに、集落や学校のことを逐一《ちくいち》教えてくれようとする。

親切心と分かっていても、何度も耳をふさぎたくなった。

特に、澄川中学で多恵子の後輩だったという女性運転手から、集落にいた頃の母のことを聞かされると、たとえそれがいい話ばかりであっても、やはり不快感が湧き起こった。

お母さん、頭よかったんだよ。運動できたんだよ。

それにさあ、すごくもてたんだよ――。

潤の前ではそこで留《とど》めていても、他の場所では違うかもしれない。もっと違う詮索や、憶測をしていないとも限らない。

どうして人は、本人のいないところで平気で知ったような口をきくのだろう。自分の知らないところで、誰かが自分のことを話題にしていることを想像すると、潤は心がざわざわする。

それでもたまには、微かに興味を引かれる話題もあった。いつも茶畑の前から乗ってくる腰の曲がったおばあさんから、潤は澄川小中学校が廃校の危機に立たされていることを聞いた。

校長がいるのは分校ではないからだが、隣町の百人以上生徒のいる中学校との統合が、毎年取りざたされているらしい。

「けどあの学校にゃあな……」

おばあさんは中地区の停留所に着くまでくどくどとなにかを話し続けていたが、訛りが強すぎて、潤はそれ以上のことをほとんど聞き取ることができなかった。

「おはよう」

次に教室に入ってきたのは葵だった。

今日も青いダンガリーシャツに白いジーパンという、あっさりとした恰好《かっこう》をしている。一応、朝の挨拶はするが、葵は康男の顔も潤の顔も見ていなかった。

着席するや否や、耳にイヤホンをつけて文庫本を開く。その途端、あっという間に、葵の周囲に透明な壁が張り巡らされたようになった。

やがて担任でもある校長先生がやってくるのと同時に、ぜえぜえ息を切らしながら寝癖だらけの周が教室に滑り込んできた。

「間に合った〜」

「ぎりぎりじゃ間に合ったとは言えないぞ」

「ぎりぎりなら、セーフでしょ」

周と校長のこの掛け合いは、毎朝恒例の儀式と化している。

最初は戸惑うばかりだった少人数のクラスにも、潤は次第に慣れ始めていた。人数が極端に少ない分、選択肢がないように思われるが、実際そんなことはなかった。慣れてしまえば、今の潤にはむしろこのほうが気楽に思えた。

東京の中学では、男子も女子もどこのグループに所属するかで、その一年が概《おおむ》ね決まってしまうようなところがある。

けれどここではそもそもの人数が少なすぎて、端《はな》から〝所属〟する必要がない。集落の中で大人たちの暇潰しの種にされるのは窮屈《きゅうくつ》だが、学校にくると、潤は却ってほっとするようになっていた。

複式学級で常に下級生たちと接してきたせいか、康男はとかく面倒見がいい。だがだからといって、なにかを押しつけてくるタイプではない。

周は声が大きくてうるさいが、自分ひとりで騒いでいるだけで、その影響力を他人に試したいと考えるまでの頭は持っていないようだった。

二人の男子クラスメイトには、打ち解けようとしない転校生を放っておいてくれる無頓着《むとんちゃく》さがあり、それが潤にはありがたかった。

潤はちらりと視線を上げ、男子から少し離れて座っている葵を見た。

自分が感じているこの気楽さを一番共有しているのは、もしかすると二年生唯一の女子の葵ではないかと思うことがある。

東京の中学で一緒だった女子たちに比べると、葵は随分自由に見えた。

もちろん東京のクラスにも、ひとりで本を読んだり、音楽を聞いたりしている女子はいた。けれどそういう子は大抵、少しつらそうに見えた。

なぜなら彼女の周囲には、制服や髪型をどれだけ可愛く見せるかを競い合い、芸能人や他校の男子の話題でどれだけ共鳴し合えるかを指針にしているような女子が大勢いたからだ。

唯一の最上級生女子である葵は、下級生たちの喧嘩の仲裁等の義務は一応果たしつつ、傍目《はため》を気にせず自分の世界を自然に構築しているように思える。

じっと見つめていると、ふと葵が教科書から眼を上げた。まともに視線がぶつかってしまい、潤は慌てた。顔を背けられるかと思ったが、葵はすっと視線を前方に移しただけだった。

その眼差しには、登校初日に感じた険しさは浮かんでいなかった。

「はい、次、杉本。岡崎が読んだところを、もういっぺん読んでくれ」

校長に声をかけられ、潤は我に返る。

周がつっかえつっかえローマ字読みした箇所を、潤が読み直すことになった。

「皆、お手本だと思って、今度はちゃんと聞くように」

「はあ？　じゃ、俺のはちゃんと聞かなくていいわけ？」

「はい、岡崎、うるさい。杉本、頼んだぞ」

促され、潤は立ち上がって音読を始めた。

校長から妙に頼られるようになって以来、潤は英語だけは予習をしている。塾に通っていなくても、学校の教科書の予習と復習だけで、意外に勉強になるものだと感じ始めてもいた。

勉強は特別好きではないが、千沙と二人きりの家で過ごす夜までの時間がとにかく長く、潤は暇潰しのように英単語を覚えていた。

「よし、今度はちゃんと英語に聞こえたな」

「はあ？　じゃあ、俺のは何語だったのよ」

再び周が騒ぎ始める。

着席するとき、もう一度葵と眼が合った。

え――？

潤は小さく眼を見張る。

今度の葵は歯ぎしりでも始めそうなほど、険しい表情で潤を見ていた。

放課後、潤は手早く教材をまとめた。潤は毎日一番に教室に入り、授業が終われば一番に教室を出ていく。

この頃になると潤も、康男たちが放課後、体育館に集まってなにかしていることは知っていた。けれど、それがなにかを知りたいとも、そこに交じりたいとも思っていなかった。〝しきたり〟である下級生たちの喧嘩の仲裁や、昼休みに小学部の生徒たちとドッジボールをするようなことも、潤は一切していない。

それを普通に見過ごされるのが、このクラスのよいところだと思っていた。

「おい、杉本」

ところが、教室を出ていこうとすると、珍しく周に呼びとめられた。

「お前さ、なんでいっつもあっという間に帰っちゃうの？　なんか用でもあるわけ？」

曖昧に頷《うなず》いた途端、「うっそぽーん」とがらがら声を張りあげて、周は指をさす。

「こんなところに用なんてあるわけないじゃん」

吊りズボンの坊ちゃん刈りにバカにされたように見下ろされ、潤は俄《にわ》かに不愉快になった。

「それに杉本、まだ一年生の顔も覚えてないだろ?」

潤の顔色を読まず、周はむいむい迫ってくる。

「いいだに、いいだに」

そこへ康男が割って入ってきた。

「杉本はまだここにきたばっかりだに。月末の教室を見てもらってからのほうがいいだに」

「あ、それもそうか」

二人がなにを話しているのかはよく分からなかったが、潤はくるりと踵を返す。もう周も、それ以上潤を呼びとめようとはしなかった。

校庭に出ると、潤は大きく息を吐いた。

康男が入ってきてくれて助かった。もしあのまま周と向き合っていたら、必要以上に激しい言葉を口にしてしまっていたかもしれない。

やはり、周とはできるだけ距離を置いたほうがいい。

校庭で騒いでいる小学生たちに背を向け、正門ではなく、裏門に向かって歩き出した。

朝はついバスを使ってしまうが、最近潤は、学校の裏山を登って徒歩で家まで帰るようになっていた。停留所の待合室で一時間半も時間を潰すなら、歩いたところでたいして違いはないということに気づいたのだ。

体育館の裏の竹山を登っていくのが、一番近道であることも発見した。

竹山の踏み分け道の両端には、クマザサが旺盛《おうせい》に茂《しげ》り、青々とした葉の甘い匂いが立ち込めている。見た目は綺麗《きれい》だが、この葉の縁に擦《こす》れると、腕や脛《すね》にかすり傷がつく。

潤はクマザサに触れぬよう、すべすべとした竹の幹につかまりながら、踏み分け道をのろのろと登っていった。

学校に残るのも嫌だが、家にもあまり早く帰りたくなかった。祖母の千沙は、潤が部屋に閉じこもったままどこにも遊びにいかないことを、気にかけているようだった。

一瞬、中地区に一軒だけある本屋に寄ってみようかと考えたが、すぐに打ち消す。

見慣れない潤が本屋に入っていけば、注目を浴びるのは必至だ。翌日、多恵子の後輩の女性運転手をはじめとするバスに乗っている全員が、昨日潤がなにを買ったのかを知っているような事態になるやもしれない。

東京にいた頃は、塾のない日々を希求していたのに、学校と家以外にどこにも行き場がないというのがこれほど不便なものだとは思わなかった。

俯いて歩いていた潤の眼の端に、ふと小さな紫色のものが飛び込んでくる。竹の根元に、薄紫のリンドウが咲いていた。

足をとめてよく見れば、細い穂に赤い小花を散らしたミズヒキや、まだら模様のホトトギスが眼に入る。まだ日差しは強くツクツクボウシが盛んに鳴きたててはいるが、山は夏から秋へと移り始めているようだ。

足元の花々に見入っていると、ふいに頭上で低い口笛のような音がした。

視線を上げ、潤はハッと息を呑む。

竹の細い枝の上に、一羽の鳥がとまっている。

黒い帽子に、灰色の背。

喉元の紅が鮮やかな、鷽《うそ》だ。

フゥ、フゥ――。

口笛に似た、しかし、遥かに透明な鳴き声が周囲に響く。

愛らしい姿と声の美しさから、野鳥愛好家の間でも人気のある鳥だった。

潤もバードウォッチングで何度かこの鳥を見たことがあるが、こんなにはっきりと鳴き声を聞いたのは初めてだ。

寂寥《せきりょう》の滲《にじ》む哀しげな声が、山の奥へ静かに消えていく。

〝鷽は天神様のお使いなんだ〟

瞬間。ひとりの少年の声が、鮮やかに頭の中に甦《よみがえ》った。

思わず立ち竦《すく》んだ潤の前に、真夏のアスファルトが広がる。

夏休み、降り注ぐ蟬しぐれの中、潤は少年の運転する自転車の荷台に乗っていた。

ニュータウンと呼ばれる東京郊外のベッドタウン。丘陵を切り拓いてできた一帯は、マンションや巨大な駐車場を有するショッピングモールが立ち並び、広い道路が縦横無尽に走っていた。

見晴らしのよい坂道を、自転車で風を切って駆け下りるのは爽快だ。

丘陵の向こうに立ち昇る、真っ白な入道雲。

降り注ぐ、蟬しぐれ。むせ返るような草いきれ。

強い日差しに熱されたアスファルトの上を、自転車は軽快に駆け抜ける。

なにもかもが完璧な夏だった。

潤のかけた声に、ハンドルを握る少年が笑顔で振り返る。

フゥ、フゥ――。

鷺が紅の胸を震わせて発する鳴き声に、いつしかぜえぜえと妙な雑音が混じり始める。

それが己の喉から聞こえていると気づいたとき、潤は地面に膝をついた。

まずい――。過呼吸の前兆だ。

潤は落ち着こうと胸を押さえた。医師に指導されたように、ゆっくり呼吸しようと試みる。

けれどどうしても息を吐くことが叶《かな》わず、口の中になにかをどんどん詰め込まれたようになる。息苦しさに心拍数が一気に上がり、潤はその場に蹲《うずくま》った。手が震え、スクールバッグを落としてしまう。

そのとき。

「どうしたの」

至近距離から声をかけられ、潤はギョッとして眼を見張った。

一体いつ近づいてきたのだろう。同い年くらいの少女が、隣にしゃがんで自分をのぞき込んでいる。

潤は背を向けてバッグを拾おうとしたが、息苦しくて身体が思うように動かない。

「ねえねえ、病気なの？」

少女が再び声をかけてくる。

こんなところを、見ず知らずの人間に見られるのは嫌だ。

歯を食いしばって少女を拒もうとしたが、苦しい息の下、どんなに頑張っても立ち上がることができなかった。

突然、柔らかいものに包まれる。

「大丈夫」

耳元で声が響き、潤は一瞬身体を硬くした。少女が、潤を自分の胸に抱え込んだのだ。薄いブラウス越しにふくよかな感触が伝わり、心臓が跳《は》ね上がる。

慌てて突き放そうとしたが、少女は益々両腕で潤を抱え込んだ。

「大丈夫、大丈夫……」

潤の背中を撫《な》でながら、少女が繰り返す。

今まで嗅《か》いだことのないような甘い匂いが鼻腔《びこう》を擽《くすぐ》り、潤は次第に自分の身体からこもっている力が抜けていくのを感じた。

「鬼様《おにさま》が守ってくれるから、大丈夫」

少女はふいに、不思議なことを口にした。

鬼様――？

不審に思って見返せば、少女がにっこりと微笑《ほほえ》んだ。

再び心臓がどきりと大きく跳ねる。

小鹿を思わせる大きな丸い瞳が、じっと自分を見つめていた。きめの細かい白い肌に、真っ直ぐに切りそろえられた黒髪がこぼれ落ちる。

東京でも見たことがない、美しい少女だった。

「あのね」

茫然と見つめる潤に、少女は屈託《くったく》のない声をあげる。

「里奈《りな》はね、毎年鬼様に踏んでもらうの。だから、悪いことは一個も起きないの」

大人びた身体とは裏腹に、その口調と表情は不自然なほどにあどけない。

潤が口を開きかけたとき、微かに笛の音が響いた。

「あ!」

途端に少女がぱっと身を起こす。

気づいたときには、少女は歓声をあげて斜面を駆け下り、体育館に向けてまっしぐらに走り去っていってしまった。

ひとり竹藪《たけやぶ》の中に残された潤は、呆気《あっけ》に取られてその後ろ姿を見送った。

一体、なんなんだ――。

息を吐き、膝についた枯れ葉を払う。

いつの間にか、過呼吸の発作は治まっていた。

風に乗り、体育館のほうから、笛と太鼓のお囃子《はやし》のような音が響いてくる。潤はしばらく体育館を眺めていたが、やがてスクールバッグを拾って立ち上がった。

さっきの枝を探してみたが、もう鷺の姿はどこにもなかった。

4 ふるさと教室

九月の下旬になっても、杉山ではツクツクボウシやヒグラシが鳴いていたが、日は確実に短くなっているようだった。

地面にできる影法師も、以前よりずっと長い。

潤は足元を見つめたまま、体育館へ続く石段を下りていた。

木造校舎の裏にある体育館へは、この石段を下りていくのが一番近い。上履きのまま歩ける回廊もあるのだが、他の生徒たちも皆、体育館履きを手に外の石段を利用していた。

毎月最終金曜日の六時限目に、澄川中学では「ふるさと教室」という特別授業が開かれる。この授業に限り、中学部の生徒全員が、体育館で一緒に授業を受ける。九月の頭に引っ越してきた潤にとっては、今回が初めての特別授業だ。

潤は顔を上げ、体育館の背後に広がっている竹山を眺めた。

ふいに抱え込まれた胸の柔らかな感触を思い返し、密《ひそ》かに頬に血を上らせる。

放課後、過呼吸の発作を起こしたことを、潤は誰にも告げていなかった。母に知られれば、また胸がむかむかする心療内科の薬を飲まされるだけだ。

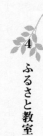

大丈夫、大丈夫——。

甘やかな声が耳を擽《くすぐ》る。

頬に影を落とすほど長い睫毛《まつげ》をした、色白の美しい少女だった。

体育館が近づくにつれ、潤は微かに心拍数が上がるのを感じた。あの小鹿のような少女は、恐らくこの中学部の一年生だ。きっと今回の特別授業で、再び顔を合わせることになるだろう。

「すっぎぽーん！」

いきなり背後からぶつかられ、潤はもう少しで石段を踏み外しそうになった。

聞きづらいがらがら声。いくら嫌な顔をしてもやめない妙な呼び方。

自称〝期待の星〟、吊りズボンの周だ。

「これでついに杉ぽんも、澄川の一員となりますなぁ」

振り返るつもりもない潤に、周はまったくめげずに声をかけてくる。

「あ、泰助《たいすけ》」

前方を歩いている一年生の中に小太りの男子を見つけるなり、周は一段飛ばしで石段を駆け下りていった。途中、蹴躓《けつまず》いてバランスを崩し、「あっぶねー」と叫んでいる。

うるさく、せわしなく、そのくせ鈍い。

あれでもう少ししつこかったら、たまらない。だが、潤が振り切る以前に、周は気を散らしてどこかへすっとんでいく。

「ごめんなぁ」

ポンと背中を叩いて追い越していったのは、康男だった。相変わらず首にタオルを巻き、地蔵のように眼を細めて笑っている。周が潤に絡《から》むたび、なぜか康男がそう言って謝った。

体育館に入ると、先にきていた葵が一年生たちに取り囲まれていた。

どこを歩いてもみしみし軋む木造校舎と違い、澄川小中学校の体育館は比較的新しい。祖母の千沙が通っていた当時、体育館などという設備は存在しなかったのだそうだ。雪が降ろうが、霜《しも》が降りようが、半袖のまま校庭へ追いやられた。母の多恵子が小中併設校として通うようになった時代から、新たに体育館が登場したという。

初めてきちんと顔を合わす一年生を、潤はさっと見回した。

微かな失望が胸をかすめる。

転校生である自分を珍しそうに見返している一年生の中に、あの少女はいなかった。

「はい、注目ー！」

生徒がそろったところを見計らい、潤たち二年生の担任でもある校長先生が掌《てのひら》を打ち鳴らした。

「今日は月に一度のふるさと教室の日です」

澄川中学の生徒たちは、整列を知らない。常に、先生の周囲をばらりと取り囲む。六人の一年生と、四人の二年生。三年生は現在在籍していないので、澄川中学の全校生徒は十人しかいない。整列しようにも人数が少なすぎる。

一年生の男女比は、二年生とは逆だった。六人中、男子はたったひとりしかいない。けれど周から泰助と呼ばれていた小太りの男子は、自分より背の高い女子たちに押され気味で、とてもハーレム状態を楽しんでいるようには見えなかった。

「今回は、初めてふるさと教室に参加する新しい生徒もいます。そこで、今までの復習も兼ねて、今日は『花祭り』について再度勉強したいと思います」

「いぇえぇえーいっ！」

校長が「花祭り」という言葉を口にした途端、周が奇声をあげて手を叩いた。

「じゃあまず、ビデオを見てみようか」

校長は相手にせず、スクリーンの用意を始める。一年生の担任でもある現代国語の女性教師が体育館のライトを落とし、潤たちはマットの上に腰を下ろして、スクリーンに映し出される映像を眺めた。

〝花祭りは、七百年の歴史を持つ、奥三河の伝統芸能です〟

女性のナレーションと共に、「奥三河の花祭り」というタイトルが現れる。

タイトルバックに鶯の鳴き声を彷彿《ほうふつ》とさせる笛の音が響いたとき、突然周が「テーホへ、テホへ！」とどら声を張りあげた。

「岡崎、うるさいぞー」

校長ののんびりした注意は、周を黙らせたためしがない。

「花祭りはさぁ、国の重要無形民俗文化財にも指定されていてさぁ……」

「黙って見てなさいよ！」

得々と解説し始めたところで、ついに葵に一喝《いっかつ》された。

「ひゃー、鬼より怖いわ」

大げさに身震いし、周は康男を盾にする。

これ以上相手にするのもバカバカしいといった風情で、葵はふいとそっぽを向いた。

「神谷先輩、そっちに移ってもいいですか」

「だって岡崎先輩、うるさいんだもん……」

周の傍らの一年女子が、言いつけ口めいた声をあげる。

「いいよ。おいで。バカがうつるから」

葵に手招きされ、一年女子たちは顔を輝かせ、いそいそと移動を始めた。

「けっ、女ども、まじ、感じわりぃ……。な、泰助！」

周に同意を求められた一年生唯一の男子の泰助は、その後の女子たちからの報復を気にしてか、横にも縦にも見えるように曖昧に首を振る。

葵の傍にぎゅうぎゅうと身を寄せた女子たちは、全員とろんとした眼をしていた。

どうやらボーイッシュな葵は、この学校で後輩女子たちの王子的な役割をあてがわれているらしい。確かにこの学校の男子たちを見ていれば、たとえ同性であってもシャープな顔立ちの葵が後輩女子から一番もてるのは理解できる。

それにしても――。

潤の頭の中に、黒水晶のように輝く瞳で、じっとこちらを覗き込んでいた少女の面影がちらついた。

全校生徒十人が全員そろった中にいないということは、あの少女は他の地区の生徒だったということだろうか。

しかし隣町の学校でも、杉の生い茂る山を一山も二山も越えなければ辿《たど》り着かない。他の学校の生徒が、あの時間に澄川中学の裏の竹林にいるのは、やはり不自然だ。

〝花祭りは鎌倉《かまくら》時代の末期に、熊野修験道《くまのしゅげんどう》の山伏《やまぶし》たちが、この地に伝えたといわれています〟

考え込んでいた潤は、スクリーンに視線を移しハッとした。

茶畑の中の一本道を、烏帽子《えぼし》をかぶり、狩衣《かりぎぬ》を纏《まと》った初老の男性に導かれ、巨大な面の赤鬼がまさかりを担いで歩いてくる。鬼の後には、笛や太鼓を持った村人が続いている。

〝旧暦の十一月。草木が枯れ、太陽が最も衰える冬至の時期になると、榊鬼《さかきおに》は花太夫《はなだゆう》に招かれて、山から里へと下りてきます。閏年《うるう》のときは、御殿山《ごてんやま》の神社から実際に榊鬼がこうして下りてきて、人々の家を巡り祈禱《きとう》を行ないます〟

鬼様が守ってくれるから、大丈夫——。

妙にあどけなく響いた声が、耳の奥に甦った。

少女が言っていた〝鬼様〟というのは、このことか。

同時に、初めて澄川の駅に降り立ったときに眼にした、駅の壁の模様を思い出した。

金色の眼玉と、赤い牙。

あれもまた、妖怪ではなく、鬼だったのだ。

〝すべての神事をつかさどる、最高司祭は花太夫と呼ばれ、花太夫を補佐する村人たちは宮人《みょうど》と呼ばれます。花太夫を、花禰宜《はなねぎ》と呼ぶ地区もあります〟

古《いにしえ》の人たちは、闇の力が強くなる冬至の時期に、湯を立て、神楽《かぐら》を舞い、神仏をもてなして、すべての厄災を祓《はら》おうと試みたという。

〝そのため、花祭りは、霜月《しもつき》神楽とも、湯立《ゆだ》て神楽とも呼ばれています〟

八百万《やおよろず》の神を勧請《かんじょう》する花祭りは、花太夫による神事から始まる。

祭場の中心に据えられた大きな竈《かまど》は、周囲を土で塗り固められ、かまくらのような形状をしている。

もうもうと湯気の立つ竃に向かい、花太夫は両手で印を結ぶ。

カメラが手元に寄り、ごつごつと節くれだった手が、スクリーンいっぱいに映し出された。指を組み、重ね、握り、繰り出される複雑な印は、既に人体の一部には見えない。自らの意志でそこに生まれ、次々と変化《へんげ》していく不可思議な生き物のようだ。

花太夫による湯立ての神事が終わると、いよいよ神楽の奉納が始まる。

〝湯を立てた竃を中心にした祭場は、舞う処《ところ》という意味で、舞庭《まいど》と呼ばれます〟

額に真っ白な鉢巻を締め、日の丸を染め抜いた扇と緑の榊を手にしたひとりの少年が現れた。

舞庭に進み出た少年は、ゆはぎと呼ばれる鮮やかな藍色の直垂《ひたたれ》を纏っている。

年の頃は自分たちと同じだろうか。

切れ長の眼をすっと伏せ、形のよい唇を真一文字に結んでいる。

〝いちの舞は、村人による最初の舞です。古来、この舞は、村で一番踊りに秀でた若者が踊ることになっています〟

敷かれた蓆《むしろ》の上に立つと、榊を押しいただくようにして、少年は舞庭の中央の竃に三回深々と礼をした。そしてゆはぎの両袖を指先でつかみ、翼のように大きくに広げ、右へ左へとゆっくりと身体を揺り動かす。

やがて、青い翼を閃かせるように、両袖を翻して少年が跳んだ。

その姿は、風切り羽をいっぱいに広げて大空に舞い上がる鷲のようだ。

額に締めた鉢巻に黒い前髪がこぼれ落ち、少年の眼差しは遥か彼方を見据えている。

少年の動きに合わせ打ち鳴らされる太鼓は、決して威勢のよいものではない。

とん　とん　とととん…… とん　とん　とととん……

聞こえるか聞こえないかの微かな音で、静かにゆっくりと鳴り響く。

次第に緩やかだった太鼓の音が速くなり、蓆を踏みしめる少年の足取りも力強いものに変わっていく。

突然、少年の足が蓆を蹴った。

大きく翼をはためかせ、腰を落とし激しく回転する。

地を蹴って、天を目指し、五方にわたって舞い踊る。舞庭の中心で、青いゆはぎが渦を巻く。

その迫力に、潤は思わず固唾《かたず》を呑んだ。

なぜか心の奥底に、ぞくりと湧き立つものがあった。

傍らの周や康男も、息を凝らして少年の見事な舞に見入っている。

黒髪を乱し、唇を嚙み締め、汗を振り飛ばし、榊を手にした少年は、憑《つ》かれたように舞い踊り続けた。

〝こうした舞は、地区によっては、採り物を換えながら、一時間を超えて舞うこともあります〟

次に画面が切り替わると、花笠《はながさ》をかぶり、金糸の施された豪華な衣装を着た四、五歳の幼児たちが、鈴と扇を手にして現れる。

〝愛らしい稚児《ちご》たちによる花の舞は、地域によって、三人で踊るところ、四人で踊るところ、男児だけで踊るところ、女児を入れて踊るところがあります。懸命に舞う稚児たちの一途《いちず》な姿は、まさしく健気《けなげ》に咲く花のようです〟

つぶらな瞳を見張り、扇をかざす男の子の真剣な表情を大写しにした後、再び自分たちと同年代の少年たちの姿が映し出された。

三人の少年が、剣を片手に竈の前で両腕を広げる。

〝これらの子供たちによる舞は、神や村人への成長のお披露目《ひろめ》でもあります。幼年時代に花の舞を踊ったものが、やがて少年の舞である三つ舞、青年の舞である四つ舞を踊ることになるのです〟

剣を手にした三人の少年は、三角形を形作りながら舞い踊る。

花の舞に比べ、動きも速く複雑で、三人の舞がぴたりと合ったときが美しい。

〝三つ舞を踊った少年たちが手にする松明《たいまつ》に導かれ、榊鬼が登場するのは、午前二時頃の真夜中です。夕刻に始まった神楽は、この鬼様の登場で、最高潮に達します〟

立ち込める松明の黒煙を切り裂くように、身体に太い綱を巻きつけた赤鬼が、まさかりをかざして舞庭に躍り出た。大きな金色の眼《まなこ》をカッと見開き、どしんどしんと蓆を踏みしめ、まさかりを大きく振り回して見得《みえ》を切る。

「テーホーへ！」

途端に画面から、先の周があげたのとよく似た掛け声があがった。

鬼がゆらゆらと揺らすまさかりの動きに合わせ、掛け声も段々大きくなっていく。

「テーホヘテホへ！　テホトヘテーホへ！」

我慢できなくなったように周が立ち上がり、どら声を張りあげた。

だが、画面からはそれ以上の大声が響き渡る。

まさかりを振り回し、大見得を切る巨大な面の赤鬼。

郷愁を帯びた笛の音。鼓動のように響く太鼓。沸き起こる、観客たちからの掛け声。

しかし、なぜ鬼なのだ？

鬼といえば、昔から禍《わざわい》をもたらすものと相場が決まっている。〝鬼は外〟と祓うことはあっても、神楽に招き入れ、主役級に扱うとはどういうことか。

鬼がまさかりを振り回すたび、掛け声は熱狂的になっていく。

スクリーンから溢《あふ》れ出す色と喧騒《けんそう》が洪水のように押し寄せ、潤は一瞬、体育館の暗がりの中で眼を見張った。

5 少女

　週明け、潤は多恵子の運転する車の助手席で、耳にイヤホンを入れたまま車窓の外を眺めていた。

　母が中古車を手に入れたのは二週間ほど前だが、潤が車で学校に送ってもらうのは今回が初めてだ。バスの中で顔見知りになってしまった運転手や乗客たちからあれこれ声をかけられるのも鬱陶《うっとう》しいが、狭い車の中で母と二人きりになるのも気詰まりだった。

　最近ではできるだけ早く起きて、下校のときと同様、徒歩で登校するようにしていたのに、なぜかこの日は寝過ごしてしまった。

「車で送ればまだ間に合う時間だし、あんまり気持ちよさそうに眠ってたから」

　起こしてくれなかった理由を、多恵子はそう言って片づけた。

　早朝に眼が覚めてしまうことの多かった潤が、寝過ごすほどぐっすりと眠ったのは、確かに久しぶりだ。

　でもきっと、それだけではない。

　週末から母がなんとなく自分と話す機会を窺《うかが》っていることを、潤は察していた。だからせめてもの抵抗で、助手席に乗り込むなり、携帯のイヤホンを耳に突っ込んだ。

学校のある中地区が近づいてきたとき、やはり母が切り出してきた。

「おばあちゃんに聞いたけど、潤君、学校から帰るといつもどこにも出かけずに自分の部屋にいるんだって？」

聞こえないふりをしてやり過ごしたかったが、狭い車の中ではそれも無理がある。

「もうすぐ中間テストだから」

テストを引き合いに出せば、大抵の大人は口を噤《つぐ》む。

バスの中で見知らぬ大人たちから散々話しかけられたせいか、最近潤は、誰に対してでも当たり障りのない受け答えをして、速やかに会話を切り上げる術《すべ》を学んでいた。

しばらく車内に沈黙が流れたが、カーブでハンドルを切りながら、再び多恵子が口を開いた。

「潤君の携帯にも直接メールを入れたって言ってたけど、昨日お父さんから連絡があったの。せっかく近くになったんだから、また潤君を大阪に招待したいって」

父、悟《さとる》からのメールなら、潤も昨夜読んでいる。

潤が以前いきたがっていた、ファンタジー映画のセットを再現したテーマパークにいかないかと誘ってきていた。

「お母さんは仕事で無理だけど、潤君だけなら……」

「いかない」

多恵子の言葉を、強い口調で打ち消す。

「もうすぐ中間テストだから、勉強したいんだ」

一瞬頬を強張《こわば》らせた母に、潤は言い訳のようにつけ加えた。

もう母も、それ以上父に会うようには勧めなかった。

両親の離婚が決まった当時、潤は幼すぎて、その意味をほとんど理解できなかった。名字が変わると聞かされたときも、なんだかおかしなことになったと思っただけだ。周囲の友達も、なぜ「田中《たなか》」だった潤の姓が「杉本」になるのかは、分かっていないようだった。

ただ、昼間から家にいることの多かった父が、突然マンションから姿を消してしまったことだけが不思議だった。それでも週末になると、父はどこからともなく現れて、潤を好きなところへ連れていってくれた。

一度だけ、父と一緒に部屋にいったことがある。お風呂もトイレもついていない、古い木造アパートの、狭い一室だった。幼かった潤は、そこが父の新しい住処《すみか》であることには思いが至らなかった。

両親の離婚をはっきりと理解したのは、小学校に上がってからだ。そのとき多恵子は、「でもお父さんは、一生潤君のお父さんだから」と念を押した。

母は昔から、正しい人だった。マンションを出た父と、まだ状況を呑み込めていない潤が週末一緒に出かけるときも、常にいつもと変わらぬ態度で送り出してくれた。幼い自分の前で、父と母が言い合ったり諍《いさか》ったりしていた記憶は、ひとつも残っていない。

ただ時折思い出すのは、父と二人で出かけると、母と一緒のときには滅多に食べさせてもらえないアメリカンドッグや、舌が青く染まるソーダや、ゴムのようなソース焼きそば等のジャンクフードをしこたま食べ、それがことのほか美味しく感じられたことだ。

お母さんには言うなよと、父は同じように青く染まった舌を出して笑っていた。

父が大阪に引っ越したのは、潤が小学三年生になったときだ。それ以降、父と直接会う機会は徐々に減っていった。

最近会ったのは、二年前の春だったろうか。そのときも、大阪のテーマパークへ出かけた。免許を持っていない父に代わり、同居している女性が車でテーマパークまで送ってくれた。いつもきちんとしている母と違い、伸ばしっぱなしの長い髪に、あちこちが破れたような奇抜なシャツを着た、妙にふわふわした感じの人だった。

雑誌にイラストを描く仕事をしていると言っていた。

結婚しないの？

女性が去った後に尋ねた潤に、悟は笑って首を横に振った。

お父さんの結婚は、多分、お母さんとの一回だけになると思う。お母さんが俺と結婚してくれたことが、奇跡みたいなもんだからな。それに、お父さんにはもう、潤がいるしね――。

父の言葉が、結婚や家庭はもうこりごりという意味なのか、或《あ》いは他の意味なのか、潤にはよく分からなかった。

「それに、別に近くなってないし」

珍しく潤のほうからそう言うと、多恵子は少し安堵《あんど》したように頷いた。

「それもそうだね」

事実、とまってばかりのローカル線に乗ることを考えると、新幹線一本で着けた東京からよりも時間がかかるかもしれない。

どのみち〝気分転換〟にこいというだけの父親に、潤は会いたいとは思わなかった。

「でも、勉強、そんなに大変？」

多恵子が、再び遠慮がちに問いかけてくる。

「そうでもないけど……」

四人しかいない今のクラスのレベルを考えれば、勉強なんてほとんどする必要がない。だが時折どうしても我慢できず、かつてのクラスメイトたちのＳＮＳを覗いてしまうと、このままぼんやりしていては取り返しのつかないことになる気もしてくる。

周や康男が小学生相手にドッジボールをしたり、山の中を駆けまわったりしている間に、東京のクラスメイトたちは塾に通い、自習室で勉強をしている。

その差がどんどん開いていくのは明白だ。

しかし約一ヵ月澄川中学に通ってみて、自分がまるでかなわない科目があることにも潤は気づき始めていた。

たとえば技術だ。電鋸《でんのこ》を扱わせたら、康男の右に出るものはいない。木材からあれほど完璧に色々な型をくりぬけるクラスメイトを、潤は今まで見たことがない。首に巻いたタオルで汗をふき、くりぬいた型にやすりをかけている姿は、既にいっぱしの職人だった。

音楽の授業でも、潤以外の全員が、器用に篠笛《しのぶえ》を吹き鳴らす。小学部の生徒たちをまとめる力もなかなかのものだ。

もっともそうした実技が、澄川以外でどれだけの意味を持つのかは分からない。

澄川と東京は別世界だ。

東京の生徒たちが求められているものと、澄川の生徒たちが発揮している力には、根本的な差異がある。

けれど潤には、この先自分が澄川に留《とど》まることになるのか、東京に戻ることになるのか、その予測がまるでつかなかった。今の時点ではその両方が、同じくらいあり得ないことに思われた。

潤はふと、隣でハンドルを握っている母の横顔を眺めた。

中学の後輩だったというバスの女性運転手の言葉を借りれば、澄川時代の母は、文武両道に秀でた皆の憧れの的だったらしい。

お母さんが東京の大学にいくって決まったときは、そりゃあそうだろうって皆おおいに納得したんだよ。あの頃は、ここから豊橋にいくっていうだけでも、結構大ごとだったしね——。

その母は、今、澄川に戻ってきたことを、実のところどう考えているのだろう。

母が看護師として勤める病院に通ってくるお年寄りたちは、ほとんどが少女時代から母のことを知っている。バスの運転手をはじめ、多くの同級生や先輩や後輩たちも、この集落に残っていると聞く。かつての〝憧れの的〟が、十歳下の夫と離婚し、シングルマザーとして出戻ってきたことに、誰もが必要以上の関心を寄せていることは、潤ですらたびたび感じるのだ。

たとえそこに悪気が含まれていなくても、過度の好奇心は人を疲弊させる。

「そういえば、潤君、先週初めてのふるさと教室だったんでしょ」

ふいに多恵子に振り向かれ、潤は慌てて視線を窓の外に流した。

「花祭りでしょう？ 懐かしいなぁ。お母さんも、小中のときに笛をみっちり叩き込まれたな」

あの独特の哀愁漂う笛の調べを、多恵子は鼻歌で唄ってみせた。

周や康男が放課後体育館に残って花祭りの神楽の練習をしていることは、ふるさと教室のビデオを見た後で潤も理解した。

「奥三河はね、花祭りを大切に守っている地域なの」

母の言葉に、潤はビデオ鑑賞後の、校長先生による補足説明を思い出した。

毎年十一月から三月にかけて、奥三河の十を超す集落が花祭りを開催している。

特に澄川は、花太夫《はなだゆう》の世襲制を未だに守り続けている、今では希少な集落のひとつだという。三月に祭りのフィナーレを飾るのも、ここ、澄川なのだそうだ。

「澄川の花祭りは特別よ」

母までが校長先生と同じようなことを口にするので、潤は少々意外に思った。

「ここの人たちって、なんで皆、そんなに花祭りが好きなの？」

「好きっていうか……」

多恵子は前を見たままで続ける。

「ここの子供にとっては、あって当たり前のものだもの。そうね……。運動会とか、盆踊りみたいなものかもね」

「ふーん……」

潤はなんとなく気を削《そ》がれて、イヤホンを耳に入れ直した。別に自分は、〝ここの子供〟ではない。

その後、母と会話を交わすこともなく、潤は学校の正門の前で車を降りた。

予鈴が鳴る直前に正門をくぐるのは、今回が初めてだ。

いつも教室の窓から遠目に眺めていた、小学部の生徒たちが駆けまわっている校庭を足早に歩く。予鈴が鳴ると、高学年の生徒は昇降口に向けて移動し始めたが、低学年の生徒たちは、まだまだ歓声をあげている。やがて、職員室から先生たちがやってきた。

鬼ごっこのように先生から逃げ出そうとする低学年の生徒たちに眼をやり、潤は思わず足をとめる。

ひときわ高い歓声をあげている、切りそろえられた黒髪。

色白の顔の中で輝く、黒水晶のような大きな瞳。忘れられない、大人びた肢体。

小学一、二年生たちに交じり、あの少女が校庭を駆けていた。

潤はそこから一歩も動けなくなる。

ひょっとして、今までも彼女はここにいたのだろうか。

ひとりだけ明らかに成長した長い手足をばたつかせ、少女は先生の手から逃れようとはしゃいでいる。

「おっはー！」

いきなり背後から体当たりされ、潤は声をあげそうになった。

「珍しいやん、こんなぎりぎりなんて。杉ぽんでも寝坊するんだ」

寝癖だらけの周が、ズボンの吊りバンドを引き上げながら息を切らしている。

「あ、里奈だ」

潤の視線を追い、周も少女に眼を向けた。

里奈――？

〝里奈はね、毎年鬼様に踏んでもらうの〟

ふいに脳裏に、舌足らずな少女の声が響く。

「あの子さ、本当は俺たちと同じ中二なんだ」

寝癖頭を掻《か》きながら、周は潤を振り返った。

「里奈もうちのクラスにくればいいのにな。そのほうが、ヤッスンだって安心だろうし」

なぜそこで、康男の名が出るのだろう。

「え、なんで……」

尋ねかけ、潤は言葉を呑み込んだ。

本人のいないところで、あれこれ聞き出そうとするような真似《まね》はしたくない。それは、潤自身が最も忌み嫌《い》っていることだった。

それに、聞いてしまえば関わりが生まれる。そのことも怖かった。

「あ、やっべぇ！」

校舎の時計に眼を移し、周が大声をあげる。

「杉ぽん、急ごう。最近、校長、出席取るの早いんだよ」

潤の逡巡《しゅんじゅん》にはまったく気づかず、周はどたどたと走り出した。

潤はそれでも動くことができず、甲高い声をあげて逃げている少女の姿を眼で追った。

少女は散々逃げまわっていたが、結局校庭の真ん中で、女性教員につかまった。

抱きかかえられるようにして教室に連れていかれる後ろ姿に、潤は見てはいけないものを見ているような気分になった。

本鈴のチャイムが鳴り響く。

我に返ると、潤だけが校庭に取り残されていた。

6 発露《はつろ》

十月に入り、中間テストが始まった。

どの課目でも、潤は一番初めにテスト用紙を提出する。そのたびに、周や康男が大仰に感嘆した。

「杉ぽん、なんでそんなに速くできんの？　俺なんて、まだ半分も埋まんないんですけど」

テスト時間中にもかかわらず、周は自分の真っ白な答案用紙を堂々とかざして立ち上がり、たびたび監督の先生に注意された。

潤自身、今回のテストでは、意外なほどの手応えを感じていた。時間を潰すことを第一目的に教科書の予習復習をみっちりするようにしていたのだが、それが、塾に通う以上の成果をもたらしているようだった。学校の授業をそっちのけで、塾の宿題をこなすことに必死になっていた東京での学習生活は、そもそも本末転倒だったのかもしれない。

提出を終えて席に戻るとき、葵の鋭い視線を感じることがあった。席の傍を通った際、露骨に舌打ちされたこともある。見返せば、葵は肩をいからせて、苛立《いらだ》たしそうに自分の答案に消しゴムをかけていた。

普段の葵は男子など眼中にないように、自分の世界に浸っている。耳にイヤホンを差し、文庫本をめくっている姿は、ひとりで過ごすことの多い潤のスタンスに近い。そこから特別な敵意や嫌悪を感じたことは一度もない。

葵が時折向けてくる苛立ちが一体なんなのか、潤は不思議だった。

中間テストの最終科目は英語だった。今では得意科目になりつつある英語のテストを早々に提出すると、潤はその日も一番に教室を出た。

小学部の生徒たちが歓声をあげている校庭を避け、裏の竹山を登って山道に出る。周囲には茶畑が広がり、十月の明るい日差しがいっぱいに降り注いでいた。

どこからか金木犀《きんもくせい》の香りが漂ってくる。スクールバッグを肩に掛け直し、潤は胸を開いて息を吸った。うっとりする甘い香りが、脳髄《のうずい》にまで沁《し》み渡る。

金木犀は不思議な花だ。

通り過ぎてから香りに気づく。或いは、香りだけが先に現れる。

空気の中に存在を感じたとき、なぜか本体の樹《き》はそこから少し離れたところにあったりする。

身近に漂っているようで、本当の在処《ありか》が分からない。

ふと、背筋を伸ばしてハンドルを握っている母の横顔が浮かんだ。

ここへきてよかった。懐かしい――。

母がそうしたことを口にするたび、だったらどうして十年も戻ることがなかったのだと感じてしまう。

父との結婚に最後まで反対していたという、祖父への気兼ねがあったせいだろうか。その祖父の仏壇に、毎日新しい花を供えて手を合わせている母がなにを祈っているのか、潤にはよく分からない。遊びにこいというだけの父のことを、どう思っているのかも。

いつから母を、こんなふうに遠く感じるようになったのだろう。以前なら、分からなくても気にならなかった。そこには、疑いようのないものがあったからだ。

そう考えた瞬間、泣きじゃくりながら頭を下げていた母の姿が浮かび、潤は慌てて首を振った。

やめよう。

何度もそう思うのに、つい、考えても仕方のないことばかり考えてしまう。

足元を見つめてひたすらに歩いていくと、六地蔵が並ぶT字路にぶつかった。

路傍の六地蔵を過ぎたところに、澄川の源流の川が流れている。ごつごつと突き出た岩の間を絶え間なく流れている澄んだ水を見つめるうち、自然と足が河原に向かう。

河原には水の流れに磨かれた丸い石がいくつも転がっていた。石をよけ、下草を踏んで川に向かいながら、この集落の川は本当に無防備だと思う。

潤が東京で住んでいた丘陵地帯にも川はあったが、どの川も岸をコンクリートで固められ、大きな溝のような有様だった。小学校に近い川に至っては、フェンスが張り巡らされ、近づけないようになっていた。

十月も半ばになると、さすがに蟬は鳴いていない。代わりに足元ではクサヒバリがひょろろひょろろと悲しげな声をあげている。

大きな丸石の上に腰を下ろし、眼の前の流れに指を入れれば、川の水の匂いが鼻をついた。魚や、蟹《かに》や、その他の水生生物たちの命をはらんだ、生々しい匂いだった。

スクールバッグを肩から下ろし、潤は川の向こうにどこまでも続いている杉山を眺めた。

ふいに、低学年の小学生たちと同様に先生に抱えられていた少女の姿が甦る。

〝あの子さ、本当は俺たちと同じ中二なんだ〟

急に、眼前の川の流れが速くなったように感じた。

くるくると渦を巻く流れに、潤は下草をむしって投げてみた。

あの少女は、ひょっとして、東京の学校ならば、〝特別支援学級〟に通う子なのだろうか。小中併設校の澄川だから、小学部のクラスに通っているのだろうか。

その事実をどう受けとめればいいのかが分からなくて、潤は何度も川に向かって草を投げた。水の匂いに、千切れた草の青い匂いが入り混じる。

投げ込まれた草はあっという間に流れに乗り、小さく渦を巻いた後、川底に引き込まれるように沈んでいった。


「杉ぽん！」

教室を出ていこうとした途端、いきなり背後から腕をつかまれた。

潤は反射的に振り払う。

「やめろよ」

どんなに不機嫌な表情をしてみせても、周はまったく意に介した様子がない。

「え、なにを？ 俺、まだなにもしてないけど」

今もきょとんとした様子で、分厚い眼鏡の奥の眼を瞬《しばたた》かせている。

潤は息を吐いて、周に背を向けようとした。

「ちょっと、待った！」

ところが周は再び腕をつかんできた。

「もう中間テストも終わったんだし、来月からはシーズン突入。こっちは人手が足りないのよ」

勝手なことをまくし立て、周は腕をぐいぐい引こうとする。

困ったことに、いつも間に入ってきてくれる康男がいない。リクエストしていた本が入ったという知らせを受け、放課後、図書室まで取りにいっていたのがまずかった。我関せずの葵が教室から出ていくと、潤は一番近づきたくない周と、二人きりで教室に残されてしまっていた。

「今日こそ練習に加わってよ。音楽の授業だけじゃだめだって。杉ぽん、篠笛まだそんなに吹けないいやん。来月から花祭りは始まっちゃうんだよ」

またしても花祭りだ。

「そんなの関係ないよ」

「関係ないわけないいやん。杉ぽんだって、もう澄中の一員なんだし」

「そんなこと、勝手に決めてほしくない。それと、その呼び方、いい加減にやめろ」

「え、なんで？　もしかして照れてんの？」

真剣に嫌がっているのに、周は坊ちゃん刈りの大きな頭を揺らしてへらへら笑っている。潤は段々、本気で抵抗しているのがバカバカしくなってきた。

そもそも話をまともに聞こうとしない周を相手にしていたところで、埒《らち》があかない。

とりあえず、体育館までは一緒にいこうと潤は諦めた。

体育館にいけば康男がいるはずだ。康男なら、周ほど話が分からなくはない。

「分かったよ」

口先だけでそう言うと、周がぱあっと顔を輝かせた。

その屈託のない笑顔に、却って潤のほうが怯《ひる》んでしまう。これだけ嫌悪感を示しているのに、それをまったく酌《く》もうとしない神経が理解できなかった。

「いいから、放せって」

「放しても、逃げない？」

「逃げないよ」

溜め息まじりに答えれば、つかんでいた腕をやっと放してくれた。

「よし、いこう！　ヤッスンや一年生が待ってるって」

上機嫌で歩き出した周の後ろ姿を眺めながら、潤はもう一度息をつく。

なぜ周は、こんなに花祭りが好きなのだろう。

母は花祭りを、ここで育った子供にしてみれば、あるのが当然のものだと言っていた。けれど確か、周も自分と同じく引っ越し組のはずだ。登校初日に「転校してきたばかり」と葵にやり込められていたのを覚えている。聞いてみたい気もしたが、やっぱり口に出すのはやめておいた。

関心を持たずにやり過ごす。

それが潤が最近身につけた、一番楽に毎日を過ごす術《すべ》だった。

「おっ」

周と一緒に潤が体育館に入っていくと、康男が意外そうに振り返った。

「なんや、杉本もきてくれたんか。助かるわ。最近、お囃子が人手不足だにねー」

一年女子に取り囲まれていた葵も、少し興味を持ったようにこちらを見る。

「いや」

潤はすぐに退散する旨を、康男に伝えようとした。その途端、突然、柔らかいものにしがみつかれる。振り向いて、ハッとした。

すぐ間近に、小鹿を思わせる、少女のつぶらな瞳があった。

「ねーねー、もう、病気治ったの？」

少女の無邪気な高い声が、体育館に響き渡る。

「鬼様に踏んでもらえば、病気、すぐ治るよ」

潤の腕をつかんだまま、少女はなおも声を放った。

「え、なに」

背後の周が眼を丸くする。

「杉ぽんて、なんか、病気なの？」

周の大声に、体育館の空気がざわりと揺れた。全員の視線が潤に注がれる。

潤の心に激しい羞恥心《しゅうちしん》が湧いた。

「放っとけよ！」

気づくと潤は、腕にしがみついている少女を思い切り振り払ってしまった。よろけた少女が体育館の床に尻餅をつく。

「なにするんだっ！」

そのとき、凄《すさ》まじい怒声が響き渡った。

普段温厚な康男が、いつも地蔵のように細めている眼を見開き、憤怒《ふんぬ》の表情を浮かべている。

葵に助け起こされた少女が、泣きそうに眉を寄せた。

「ヤッスン、怒んないで。里奈、平気だよ」

乱れた黒髪を直そうともせず少女は潤をかばったが、康男は拳を握りしめたまま、じっと睨《にら》みつけてきた。

冷たい空気が体育館を流れる。

いたたまれなくなった潤は少女から視線をそらし、踵を返して体育館を出た。

その日はどこにも寄り道せず、一目散に家まで帰った。

少女を転ばせてしまったことは、思った以上に潤を動揺させた。

白い小さな花を咲かせ始めた茶畑も、路傍の六地蔵も、澄んだ水が流れる川も、なにもかもが眼に入らない。

急な勾配の山道をひたすら登り、走るようにして家に辿り着いたときには、汗びっしょりになっていた。

喉がからからだ。

台所へ向かおうと廊下を歩いていると、居間の襖《ふすま》がすらりとあいた。

「潤君、随分早いのね」

声をかけられ、潤は思わず足をとめた。

こんなに早い時間に、母が家にいるとは思わなかった。夜勤明けなのか、多恵子は少しむくんだ顔をしている。

「どうしたの？　すごい汗じゃない」

母が差し伸べてきた手を、潤は咄嗟に振り払ってしまう。一瞬口元を強張らせたが、多恵子はすぐに、いつものどこかぎこちない笑みを浮かべた。

「学校、今頃、お神楽の練習で忙しいんじゃないの？」

「そんなの、俺はやらないよ」

「どうして？　中間テストも終わったでしょう。花祭り、来月から始まるじゃない」

なにも知らない周が言うならまだいい。

だが母までが、皆と同じようなことを言うのが信じられなかった。

どうして自分が、神楽に参加することなどできるだろう。

「潤君がきたので、今年はやっと澄川中の二年生で三つ舞ができるって、校長先生、喜んでたのに。花太夫《はなだゆう》さんも、きっと歓迎してくれるって。それに潤君、まだ小さいとき……」

「だからここにきたの？」

潤は強い口調で、多恵子の言葉を遮《さえぎ》っていた。

「生徒の足りないこの場所なら、俺でも歓迎されるから？」

息を呑んだ母の表情に、内心まずいと思ったが、自分をとめることができなかった。

「おばあちゃんだって元気じゃないか。結局ここにきたのは、全部、俺のせいなんだろ？　お母さんの言うことは、いっつも綺麗ごとばっかりだ」

母の見開いた瞳の奥で、なにかが小さくひび割れる。

「どうしただに」

潤が張りあげた声に気づき、祖母の千沙が仏間から顔を出した。

スクールバッグを廊下に投げ出し、再び玄関に足を向ける。

「潤君！」

背後で母の声が響いたが、潤は振り返らずに玄関から飛び出した。

全速力で裏山の杉木立を駆け上る。

母が追ってきても見つからないように、敢《あ》えて藪に覆われた急斜面をがむしゃらに突き進む。生い茂ったクマザサの鋭い葉先が何度も足首を擦ったが、気にも留めなかった。獣道《けものみち》さえない深い山の中に、どんどん踏み込んでいく。

木の根に足を取られ、枝に顔面を打たれ、あちこちにかすり傷ができても、潤は足をとめることができなかった。

荒い息を吐く口が渇き、喉がひりついたようになる。

み、水……。水が飲みたい。

脱水症状を起こしたのか、頭が内側から収縮するように痛み始めた。

朦朧《もうろう》とした脳裏に、夏の日差しに照らされたアスファルトのざらざらとした表面が浮かび上がる。

山を切り開いた坂道を、二人乗りの自転車で駆け下りる。

風をはらんで膨らむ、夏服の白いシャツ。

荷台に座った潤が後ろから声をかけると、ハンドルを握る少年は笑顔で振り返った。

逆光で黒くなり、あのときの笑顔がどうしても思い出せない。

代わりに何度も思い出すのは、急カーブの先に突如現れた巨大な影。迫ってくるダンプカーのフロントを、潤ははっきり目視した。

今も何度も何度も夢に見る。

けれどあのときの衝撃は、決して醒《さ》めてはくれない恐ろしい夢だった。

荷台に乗っていた潤は後方に跳ね飛ばされたが、ハンドルを握っていた少年は――。

焼けついた喉の奥がひゅーひゅーと音をたてる。

どうしてあのとき、自分の自転車がパンクしたりしたのだろう。

どうして自分は、急カーブの直前で声をかけたりしたのだろう。

〝杉本の自転車がパンクして、それで冬馬《とうま》に乗せてくれって頼んだんだ〟

決して非難を含んだものではなく、事実を告げただけのものだった。

だがクラスメイトたちが背後で交わしていた囁《ささや》きを、潤はこの先、一生消し去ることはできない。

堤《つつみ》冬馬は、潤の所属していた生物部と、サッカー部を兼部し、サッカー部ではゴールキーパーを務めていた。どちらかといえば内向的で目立たない潤とは対照的に、明るく気さくで、クラスでも中心的な存在だった。

そんな冬馬と潤が仲良くなったのは、趣味のバードウォッチングを通じてだった。

生物部の中でも群を抜いていた潤の野鳥好きに冬馬が意気投合し、〝野鳥の森〟で開かれるイベントにたびたび連れだって出かけた。

その日は、信奉する野鳥写真家がレクチャーを行なうイベントがあり、潤はどうしても冬馬と一緒に参加したかった。

天気もよく、最高の一日になるはずだった日が、どうしてあんなことになってしまったのだろう。

お通夜でも告別式でも、潤はただ茫然としていた。

クラスメイトだけではなく、サッカー部の後輩や先輩からも慕われていた冬馬を悼《いた》み、大勢の人たちが嘆き悲しんでいても、涙ひとつ流すことができなかった。

〝潤君のせいじゃない〟

母も教師もカウンセラーもそう言った。

けれど――。

霞《かす》んでいく視界の隅に、偶然見てしまった光景がよぎる。

同じマンションに住んでいた冬馬の家の玄関の前で、母は泣きじゃくりながら謝罪していた。

いつも正しく節度のある母が、崩れんばかりに肩を震わせ、何度も頭を下げていた。

母を謝らせているのは自分だと、そう思った。

〝潤君のせいじゃない〟

それは、嘘《うそ》だ。それは自分だけに向けられた気休めだ。

あのとき心に生まれた暗い疑念を、潤は今も振り払うことができない。

どうして冬馬だけが失われ、自分が残ったのだろう。

きっと、葬式に出席した誰もが、心の奥底にその疑問を抱いたはずだ。

運命で片づけるには、あまりに理不尽すぎる。

同じように事故に遭い、間一髪で自分だけが軽い捻挫《ねんざ》で済んだことに、一体、なんの意味があるのだろう。

どちらかだけが残るなら、どうしてそれが、快活で誰からも好かれていた冬馬のほうではなかったのだろう。

どれだけ繰り返しても埒のあかない自問が限界に達したとき、潤はすべての感情が焼き切れたようになってしまった。

なにもかも、意味なんてない。

代わりに心に巣くったのは、理不尽さに対する憎しみにも似た諦観だった。

捻挫が治っても、潤は家からあまり出なくなった。もちろん部活にも、夏期講習にもいかなかった。心配した友人が訪ねてきてくれても、無理に顔を合わせると、過呼吸を起こすようになった。

心療内科のカウンセリングに通っても、状態は変わらなかった。

多恵子から引っ越しの件を持ち出されたのは、そんな毎日が一ヵ月も続き、夏休みが終わろうとしていたときだった。

だが、どれだけ環境を変えたところで、冬馬を奪った世界を二度と信じることなどできない。

その自分が、〝神〟に捧げる神楽だなんて――。

この世のすべてに意味などない。

神も鬼も、大嘘だ。

後頭部に衝撃が走り、潤は自分が仰向けに倒れたことを知る。

必死に眼を見張れば、つるべ落としに暮れていく群青色《ぐんじょういろ》の空が見えた。

景色が歪《ゆが》み、意識がどんどん薄くなる。

杉の枝にとまる鷽《うそ》の幻が、小首を傾げて潤を見た。

7 ハナ

ちん……　ちん……

微かな音がする。

小さな鉦《かね》を、鎚《つち》で弾《はじ》いているような、軽やかで繊細な響きだ。

薄く眼をあけると、湧き立つ雲が見えた。

標高の高い澄川では、雲は谷底から湧いてくる。早朝、中二階の窓をあけたとき、むくむくと湧き立つ霧が、生き物のように山の端《は》を這《は》いながら空に昇っていく様を目のあたりにして驚いた。

この霧のおかげで、澄川ではいいお茶が育つだに――。

祖母の千沙が口元をもぐもぐさせながら、そんなことを言っていた。

だが眼が慣れてくると、白い雲のように見えたのは、鉄瓶がしゅんしゅん吐き出している湯気であることが分かった。

ちん、ちんと鳴っているのは、囲炉裏《いろり》の上に掛けられた大きな鉄瓶だ。

身じろぎした途端、口の中に薄甘いものが広がった。自分の口元に、吸い口が差し込まれていることに気づく。

強い喉の渇きを覚えて跳ね起きると、潤は吸い口を外し、傍らに置かれていた茶碗《ちゃわん》の白湯《さゆ》を直接一気に飲み干そうとした。

途端に気管に水が入り、むせ返る。

波打つ胸を落ち着かせ、吸い口を使って、少しずつ白湯を口に含んだ。水とは思えないほど甘く感じられる液体が、静かに身体の隅々まで沁み渡っていく。

人心地ついてから、潤はぼんやり周囲を見回した。

高い天井には、囲炉裏の煤《すす》で燻《いぶ》された黒光りのする梁《はり》が張り巡らされている。囲炉裏の切られた広い板張りの部屋の中に、潤はひとりで寝かされていた。

千沙の家よりもっと古そうな、大きな一軒家だった。

ここは、一体どこだろう……。

ふと背中に敷いていた座布団を見ると、頭の当たっていた部分に、平べったい檜《ひのき》の葉が敷き詰められている。小さな十字を互い違いに編んだような、すべすべとした肌触りのよい葉だった。早朝、山に面した窓をあけたときと同じ、濃い緑の匂いが立ち昇る。

ひんやりとした滑らかな葉を触っていると、かたりと音がした。

「気がついたか」

部屋の入り口に、見知らぬ白髪の老人が立っている。

日に焼けた四角い顔の中から、意志の強そうな黒い眼がじっと潤を見つめた。

作務衣《さむえ》の上に黒い羽織を着た大柄な老人は、潤に近づくと濡《ぬ》れ布巾を差し出してきた。

「ほれ、額に当てるだに」

言われるがまま、潤は冷たい布巾を額に当ててみる。

しっとりと肌に馴染む感触に、老人が今まで何度も布巾を替えてくれていたのだと気がついた。

「あの……」

「まだ、寝てろ」

しゅんしゅんと湯気を吐き出している鉄瓶を五徳《ごとく》から外し、火箸で炭を転がすと、老人は再び部屋の奥へ戻っていった。

板の間に残された潤は、茶碗の白湯を飲み干して息を吐く。

冷たい濡れ布巾を額に載せ、檜の葉の敷き詰められた座布団の上に頭を横たえた。たちまち、清々《すがすが》しい香りに包まれる。胸の上で手を組み、潤は太い梁の巡る天井を見上げた。古びた丸い笠をつけた白熱灯が、辺りをほんのりと照らし出している。

広い家の中は、しんと静まり返っていた。木目の浮いた太い柱に掛けられた柱時計が刻む、かちこちという規則正しい音が、やけに大きく感じられた。

やがて老人が、新しい茶碗を手に戻ってきた。

「どうだ、気分はましになったか」

茶碗を差し出しながら、老人が声をかけてきた。

「山ん中で気ぃ抜くな。いくら秋でも、山を歩けば汗が出る。簡単に脱水症状になる」

肘をついて身体を起こすと、額の布巾がずり落ちる。

「飲んでみ。熱が取れるから」

潤はおずおずと茶碗を受け取った。

大きな碗の中には、真っ黒な液体がなみなみと注がれている。ひと口啜《すす》ると、舌が焼けるほどに熱い。ふーふーと息を吹きかけ、充分に冷ましてから、もう一度口に含む。

独特の苦みと、黴《かび》臭さが鼻の奥を突き抜けた。

「ドクダミの汁だに」

毒という言葉に反応した潤に、老人が口元に笑みを浮かべる。

「ドクダミは元々、毒を抑えることからきてる。生薬《しょうやく》にも使うずら」

安心した潤は両手で茶碗を持ち、もう一度啜り込んだ。よく味わうと、苦みの奥に微かな甘さが兆《きざ》していた。

「あの……」

潤が口を開きかけたとき、広い部屋の中に振動が響き渡った。寝かされていた座布団の傍らに置かれた、携帯が震えている。

メタリックの素材も、機械的な振動も、黒光りする板の間の上では酷く異質なものに感じられた。迷い込んだ寓話《ぐうわ》の世界から、突然現実に引き戻されたようだ。

老人に目配せされ、潤は携帯を手に取った。

「潤君っ⁉」

多恵子の切迫した声が耳朶《じだ》を打つ。

恐らく何度も連絡を入れていたのだろう。母の緊張した声音の奥に、ようやく電話が通じたことへの安堵が混じっていた。

携帯を耳に当てたまま視線を彷徨《さまよ》わせていると、老人が黙って立ち上がった。腰の後ろに手を組んで、そのまま土間へと下りていく。

引き戸をがらがらとあけた途端、犬の短い鳴き声が聞こえた。ハアハアと息を切らし、老人に纏わりついている気配がする。

「潤君、聞こえる？」

「ごめん……」

再度声をかけられ、潤はようやく呟いた。

「今、どこにいるの？」

母の声がいつもの冷静な調子に戻る。

潤は改めて周囲を見回した。引き戸の向こうにちらりと見えた空は真っ暗だったが、柱時計の針が指しているのはまだ七時前だった。

「これから戻る」

今度は多恵子が黙り込む。

柱時計がときを刻む音に、囲炉裏の炭がはぜる音が重なった。

「……大丈夫なの？」

やがて多恵子が、呟くように言った。

なにが？

咄嗟に聞き返したいのをこらえ、「大丈夫だよ」と答える。母の語尾が、わずかにかすれたように聞こえたからだ。

母を傷つけたいわけではない。

ただ――。

いつまでも、何事もなかったふりはできない。損なわれたものは元に戻らない。

どれだけ環境を変えても、傷口は依然としてそこにある。

まだなにか言いたげにしている母に、「帰るから」とだけ告げて、潤は通話を終わらせた。

液晶にはおびただしい着信履歴が残っている。しばらく液晶画面を見つめていたが、潤は俯いて携帯を折りたたんだ。

膝をついて立ち上がろうとすると、鋭い痛みが走る。ジーンズをまくれば、木の根に打ちつけたらしく、大きな痣《あざ》ができていた。よく見れば、腕にも、脛にもかすり傷がついている。

山の中を、あんなに滅茶苦茶に走ったのだ。むしろこれくらいの傷で済んで幸いだった。

もしあのまま、誰にも助けられずに山の中に倒れていたら、自分はどうなっていただろう。

どこかで意識を取り戻し、ひとりで山を下りただろうか。

それとも——？

それ以上のことを考えても仕方がない気がした。

携帯をポケットに仕舞い、潤は老人が出ていった土間に向かった。

上がり框《かまち》に腰を下ろして靴を履いていると、老人が引き戸をあけた。

「帰るか？」

「はい」

老人の膝の後ろから、丸い眼の柴犬《しばいぬ》が顔を覗かせている。桃色の舌を垂らした口元から、ハッハッと短い息がこぼれた。

潤が靴を履くのを待って、老人が柴犬に散歩用のリードをつけた。犬は嬉《うれ》しがって、老人の脚に纏いつく。

「ひとりで帰れます……」

「駄目だ」

言いかけた潤を、老人がきっぱりと遮った。

懐中電灯を持って歩いていく老人の少し前を小走りしながら、犬が何度も潤を振り返る。その眼がきらきらと輝いて見えた。

なにも聞かなくても、老人は潤がどこに住んでいるかを知っている様子だった。

どんどん先をいく老人の背中を、潤は無言で追いかけた。

振り返ると、瓦屋根を載せた古民家が闇の中に佇《たたず》んでいる。部屋の中に、老人以外の人の気配はなかった。この大きな古い一軒家に、老人は犬と二人きりで暮らしているのだろうか。

ふと空を見上げ、潤は薄く口をあける。

藍色の空に、無数の星々がさんざめいていた。黒く鎮座する山並みが、星空を波形に切り取っている。星明かりのある夜空より、杉や檜に覆われた山のほうがずっと暗い。

澄川にきてから二ヵ月が経とうとしているのに、部屋に閉じこもるばかりだった潤は、こうしてゆっくり星を眺めたこともなかった。

肌寒さを感じ、腕を抱く。昼間はまだ汗ばむことがあっても、夜の温度は急速に下がっているようだった。

「あ、あの……」

足早に前をいく老人に、潤は声をかけた。

「ありがとうございました」

深々と頭を下げた潤に背中を向けたまま、老人は首を横に振る。

「散歩の途中でお前を見つけたのは、ハナだに。礼ならハナに言え」

「ハナ……」

名前を呼ばれたのが分かったのか、丸い眼の柴犬が振り返った。くるんと巻いた尻尾を左右に振りながら、軽やかな足取りで、すぐ傍までやってくる。潤はかがんで、首元を掻いてやった。濡れた鼻をすりよせ、ハナは嬉しそうに眼を細める。人懐こく、賢そうな犬だった。

茶畑に囲まれた砂利道をひたすら下りていくと、やがて街灯のある舗装道路に出た。つづら折りの道の先に、見慣れた瓦屋根が見える。家の前に、母の多恵子と祖母の千沙が立っていた。二人とも、自分を待っている様子だった。

ふいに老人が足をとめる。

「ここまでくれば大丈夫だに」

当然家まで送られるものと覚悟していた潤は、横をすり抜けていく老人を眼で追った。

「おじいさん……！」

気づくと潤は、足早に立ち去ろうとする老人の背中に呼びかけていた。

「あの……」

老人の背中を見つめたまま、潤は戸惑う。

自分がなにを告げたいのかが、分からなかった。

「また、きなさい」

低い呟きに、ハッとする。

街灯の下に立ち尽くし、潤はぼんやりと老人を見送った。

途中でハナが、くるりと振り返って尻尾を揺らした。

8 菌糸《きんし》の森

暗い上空には、真っ黒な重い雲が垂れ込めている。

昨日から降り始めた雨はまったくやむ気配がなく、校庭はどこもかしこも水浸しだった。三つの台風が、団子状態になって日本列島に迫ってきているのだという。

誰もいない昼休みの校庭を、潤は頬杖をついて眺めていた。

この大雨では、いつも校庭を駆けまわっている小学部の生徒たちも、さすがに大人しく校舎の中で遊んでいるようだった。

中学部の教室には、潤以外誰もいない。

十一月から始まる花祭りシーズンに備え、他のクラスメイトたちは昼休みも体育館で神楽の練習に励んでいるらしい。

里奈を突き飛ばして以来、あれほどうるさかった周ですら、潤を神楽の練習に誘うことはなくなった。なにかと気にかけてくれていた康男も、必要最低限の口しかきこうとしない。潤とクラスメイトの間には、明らかに見えない溝が生まれていた。

机の中に突っ込んでいた本を取り出し、ぱらぱらとめくってみる。

本を返そうと向かった図書室で、潤は里奈の姿を見た。小学部の低学年の生徒たちと一緒に、熱心に絵本に見入っていた。潤は結局、図書室に足を踏み入れることができなかった。

きっと里奈は、今までも小学部の生徒たちと一緒に、いつもこの学校にいたのだろう。自分がそれを眼に入れようとしなかっただけで――。

里奈を転ばせてしまったとき、普段温厚な康男がなぜあれほど激昂《げっこう》したのかは、今でもよく分からない。謎が謎のままに時間だけが流れ、いずれ気にもならなくなっていくのだろう。

そうやってやり過ごせばやり過ごすだけ、色々なことが少しずつ、自分から遠ざかっていく。

自ら望んだことのはずなのに、微かに胸が痛くなる。

〝ハナ〟のところから戻った擦り傷だらけの自分を、努めて平静に迎えようとしていた母の青褪《あおざ》めた笑みを思い出し、潤はぱたんと本を閉じた。

今日はこの後、歴史の授業と、担任でもある校長先生のホームルームがある。それが終わったら、図書室に本を返してすぐに帰ろう。

窓の外の雨足は、弱まる気配がない。今日はさすがに徒歩で帰ることは難しそうだ。

バス停にくるだけでも、跳ね返りでジーンズの裾が黒く汚れた。

潤はびしょ濡れの傘を閉じ、ベンチに腰を下ろす。これだけ降られると、屋根つきの立派な待合室はありがたかった。

テーブルにスクールバッグを置き、潤はその上に顔を伏せる。巡回バスがやってくるまで、ここで一時間半近く時間を潰さなくてはいけない。

図書室で新しく借りてきた本を読もうかと思ったが、今ひとつ食指が動かなかった。

ホームルームで校長先生から告げられた案件を思い出し、一気に気分が重くなる。

今日のホームルームは、十一月半ばに行なわれる運動会に関しての説明だった。小学部と合同で催される澄川小中学校の運動会は、中学部も基本、保護者の参加が前提になるという。これを聞いて大喜びしていたのは、周だけだった。

仕事のある母の多恵子は無理だろうが、そうなると、祖母の千沙がやってくることになるのだろうか。まだ遠慮のある祖母に、さすがにくるなとは言いづらい。

以前母は、この地域の子供にとって、花祭りも運動会も大差がないというようなことを言っていたが、潤にはその両方が同じくらい煩《わずら》わしく感じられた。

バッグの上に顔を伏せたまま嘆息する。

ふと脳裏に、山の中で倒れた自分を助けてくれた老人の静かな眼差しがよぎった。

黒光りする太い梁が張り巡らされた、古民家の天井。

爽やかな檜の葉の枕、ときを刻む柱時計、薄甘い白湯、ほろ苦いドクダミの汁――。

老人の佇まいといい、人気《ひとけ》のない大きな古民家といい、すべてが現実の世界ではないようだった。

潤は今でも、昔話の仙人の世界に迷い込んだ村人の気分が抜けていない。

自分がどこの子供かは知られていたようだが、集落にきて以来、常に好奇の眼にさらされてきた潤に、老人の超然とした態度は新鮮だった。

それに、可愛い犬がいた。

くるんと巻いた尻尾、濡れた黒い鼻。名前を呼ぶとすぐに振り返る、賢く丸い眼。

老人の大きな背中にじゃれついている幻の犬に手を差し伸べかけた瞬間、誰かが近づいてくる気配がした。

バスが到着したのかと顔を上げた潤の前に、スクールバッグを持った葵が現れた。

待合室のテーブルに突っ伏している潤に気づき、葵も軽く眼を見張る。

外は大雨で、待合室には自分たち以外誰もいない。

逃げ場のない状況に諦めがついたのか、葵は傘を閉じると、潤が突っ伏しているテーブルに自分の荷物を置いた。

いつものように、携帯のイヤホンを耳に入れて本を読み始めるのではないかと思ったが、葵はベンチの端に腰をかけて黙って外を見ていた。

潤もつられるように、雨が降りしきる杉山に眼をやる。真っ直ぐに立ち並ぶ杉や檜は、暗い水底に閉じ込められているようだ。

潤はちらりと葵の横顔に視線を走らせる。

どうして今日に限って、葵が巡回バスの停留所に現れたのだろう。確か葵は、学校に一番近い中地区に住んでいるはずだ。駄菓子から洗剤までを扱っている集落唯一の雑貨店の娘だと、おしゃべり好きの巡回バスの運転手から聞かされたことがある。

「あのさ」

急に振り向かれ、ぼんやり葵を眺めていた潤はびくりと肩を弾ませた。

「自分、東京では成績いいほうだった?」

慌てて視線を彷徨《さまよ》わせたが、葵はいつもの冷静な表情をしている。

「いや……、俺なんて、特別いいほうじゃなかったよ」

言ってしまってから、さすがにまずかったかなと思う。現在のクラスの状況からみれば、潤のこの物言いは完全に嫌みだ。

案の定、葵は盛大な溜め息をついた。

「やな感じ」

その言い方があまりに率直だったので、潤は却って気楽になった。

「ごめん」

「謝られると、余計嫌みだよ」

葵の口元にも薄い笑みがのぼる。

「でも、この先、杉本みたいのを大勢相手にしないと、〝脱出〟はできないってわけか」

〝脱出〟という言葉が、潤の胸に音をたてて落ちた。

澄川の集落には高校がない。

高校進学時に、隣町の公立にいくか、豊橋や豊川《とよかわ》のような少し大きな都市の公立か私立にいくかを選ばなければいけないと、多恵子と潤も転校の段階で、校長先生から打診された。

澄川小中学校のほとんどの生徒は、中学を卒業すると隣町の公立を受験するそうだが、葵の口ぶりは、彼女がそれ以外の選択肢を目論《もくろ》んでいることを窺わせた。

「練習、もう終わったの？」

今度は潤のほうから尋ねると、葵はあっさり首を横に振った。

「別にこっちだって、四六時中神楽の練習してるわけじゃないし。それに……」

ベンチの背もたれに寄り掛かり、葵は伸びをする。

「神楽なんて、所詮は内申対策だし」

「え？」

「この集落の唯一の強み。伝統芸能に取り組んできたっていうのは、内申では武器になる」

真っ直ぐに前を見据え、葵はきっぱりと言い切った。

勇んで練習に取り組んでいるように見えたクラスメイトたちの中で、葵がこんな思いを抱えていたことを初めて知り、潤は呆気に取られた。

「ま、そういうのは、多分私だけだけどね。ヤッスンは由緒正しい宮人《みょうど》の家の子だし、岡崎は、花祭りを踊るためにわざわざ豊橋から引っ越してきたんだから」

「まじで？」

「そうだよ。あいつ、今、おじいちゃんとおばあちゃんとこにいるんだ」

周の両親は、豊橋にいるという。

「なんで、そこまで……」

つい口を衝《つ》いて出てしまった問いかけに、「さあね」と葵は首を振る。

「でも、うちの学校のふるさと教室って、冬休みの前に、特別講師がくんのよ」

「特別講師？」

「そ。暮林蒼汰《くればやしそうた》さん。澄川の花太夫《はなだゆう》の孫。奥三河一の舞の名手って言われてる」

そう口にしたとき、いつも冷静な葵の表情が少し綻《ほころ》んだように見えた。

普段は豊橋の役所の教育課に勤めている花太夫の孫が、冬休みに入る前に、母校の澄川中学に神楽の手ほどきにやってくる。その指導を受けるため、年末のふるさと教室には近隣の集落以外にも、豊橋、豊川、名古屋からまで神楽を学びたい生徒が集まってるという。

「それがあるから、うちらの学校は廃校にならないって話もあるくらいよ」

そういえば——。

以前バスで乗り合わせた腰の曲がったおばあさんが、「あの学校にゃあな……」と、澄川中学が廃校にならない理由をくどくど説明していた気がする。あのときは、訛りが強すぎてなにを言っているのかよく分からなかったが、恐らく葵と同じことを口にしていたのだろう。

「岡崎はね、豊橋から神楽を習いにきてたうちのひとり」

そのときの授業が余程気に入ったのか、後に周は澄川に転校してきたのだと、たいして興味もなさそうに葵は語った。

「澄中にいれば、ふるさと教室以外でも、蒼汰さんが里帰りしてるときに教わるチャンスがあるしね。まあ、そこまで熱心な割に、あいつの舞、ちっともうまくないけど」

辛辣なひと言をつけ加え、葵は口を閉じた。クラスメイトたちの事情が徐々に見えてきて、潤はなんだか茫然とした。

思えば、葵とこんなふうに会話を交わすのも初めてだった。

「神谷って、家、中地区じゃないの？」

「そうだけど」

つっけんどんな言い方に、それ以上の返答は望めないと思ったが、葵はスクールバッグから本を取り出してみせた。

「これ、今日が返却期限だから」

巡回バスで駅までいき、そこからローカル線に乗って、わざわざ豊橋の図書館まで本を返却しにいくのだという。

「ここんところ天気がよくないから延び延びにしてたんだけど、結局一番酷いときに当たっちゃったわ」

葵は残念そうに暗い空を見上げた。

「でも豊橋の図書館、すごいよ」

ガラス張りの近代的な建物の中に、本のぎっしり詰まった書架がいくつも立ち並んでいるのだと、葵はうっとりした表情をする。

地元に一軒だけある本屋も頑張っているし、集落の図書館でも希望の本を取り寄せることはできるが、色とりどりの背表紙が詰まった書架を巡る楽しみには代えられない。

「地方都市だって、ああいう設備にたっぷりお金をかけるところもあるのに、ここは伝統芸能だの、木造校舎だの、古いものを守ることばっかりでさ……」

珍しく饒舌《じょうぜつ》に話していたが、ふいに口を閉ざす。

葵はおもむろに本を開くと、無言でページに眼を落とした。なんでも簡単に手に入る東京からきた潤に、これ以上話したところで理解されるわけがないと悟ったような態度だった。

やがて降りしきる雨の中に、巡回バスが現れた。

扉が開くなり、葵は真っ先にバスに乗り込み、一番後ろの座席に座ると耳に携帯のイヤホンを押し込んだ。いつものバリアが張り巡らされる。潤も扉に近い席に座り、曇《くも》った窓ガラスを手でふいた。もう視線を合わせることもなく、互いの目的地までの時間をやり過ごす。

だがこの日、ひとつ明らかになったことがあった。

葵が時折見せる苛立ちは、自分ではどうすることもできない、生まれの不公平に対するものだ。

東京に生まれた潤に、線路の一本しかないローカル線に乗り、何時間もかけて図書館に通う葵の苦労は分からない。生まれた場所が違うだけでこれだけの差異が生じることに、葵は歯痒《はがゆ》さを覚えずにいられないのだろう。

葵が口にした〝脱出〟という言葉が、潤の胸で今も小さく木霊《こだま》していた。

台風一過。杉木立の上には、抜けるような青空が広がっている。

深い森の中を歩きながら、潤は胸を大きく開いて深呼吸した。水に濡れた木々の息吹と、香ばしい枯れ葉の匂いが、胸の奥まで沁み渡る。

甲高い鳴き声をあげて飛び立ったオナガの姿に気を取られた瞬間、まだ湿っている枯れ葉に足を取られ、潤は盛大に尻餅をついた。

「気をつけろ。濡れた枯れ葉は滑りやすいだに」

アケビの蔓《つる》で編んだ籠を背負った老人が、振り向かずに声だけをあげる。老人の後についていたハナが、気遣うように傍まできてくれた。

桃色の舌を垂らしてハッハッと息をしているハナの首の横を、潤は軍手をはめた手で掻いてやる。途端にハナは気持ちよさそうに眼を細めた。日向《ひなた》の芝生のような毛並みの感触が、軍手を通して伝わってくる。

ようやく台風が本州を抜けていったその日、潤は老人と一緒に、今まで入ったことのない奥の森に足を踏み入れていた。

老人のところを再び訪ねたのは、ちょっとした気紛《きまぐ》れからだった。

バス停で会話を交わした後も、葵と特別近しくなるようなことはなかった。葵は神楽の練習や後輩の世話といった〝義務〟を淡々とこなしつつ、誰も近づけない牙城を守り続けている。

登校初日に戻ったように、潤はこの日も、ホームルームが終わると一目散に教室を出た。康男や周たちとの間にできた溝のことも、突き飛ばしてしまった里奈のことも、極力考えないようにしていた。

けれどいつものように小一時間をかけて山を登っていくうちに、そのまま家に帰るのが、なんだか急に味気なく感じられた。

また、きなさい——。

そのときふいに、老人の低い声が甦った。気がつくと、千沙の家を通り過ぎ、先日送ってもらったつづら折りの坂を歩き続けていた。

あの晩のことは、すべて脱水症状に侵された頭が見た幻で、昼間のあの場所には家などどこにもないのではないか。坂を登っている間中、そんな思いが何度も頭をかすめた。茶畑の向こうに瓦屋根が見えてきたとき、拍子抜けしたほどだ。

家があるのを確認したら、すぐに退散するつもりでいたのに、軒先に出てきた老人と鉢合わせしてしまった。

「また、きます」

籠を背負った老人がハナにリードをつけているのを見て、すぐに背を向けようとした。

「おい」

だが踵を返しかけた潤を、老人が呼びとめた。

老人は潤にハナのリードを預けたまま物置小屋へいくと、軍手を持って戻ってきた。

そしてそれを差し出すなり、「荷物は置いていけ」とだけ言ってハナのリードを取り、どんどん歩いていってしまった。軒先にスクールバッグを置き、潤は訳も分からぬまま軍手をはめ、慌てて老人を追いかけた。

一時《いっとき》後。

潤は老人とハナと共に、中二階の自室の窓から見上げるばかりだった森の奥にいた。

森に入ると、老人はハナのリードを外した。ハナは大喜びで、藪の奥へ入ったり、蜥蜴《とかげ》を追いかけたりしていたが、老人が歩き出すとちゃんとその後ろについていった。

奥の森一帯は、老人の私有地らしかった。

技術の授業やホームルームの校長の説明を通し、自然林のように見えるこの山が、実は人の手によって綿密に管理されていることを、今では潤も知っていた。

木々がのんのんと垂直に立ち並ぶ山は、実は人工的につくられた杉や檜のプランテーションだ。林業の衰退とともに荒れ果てた山もあるが、日本の山のほとんどは、地域の林業組合によって大切に護《まも》られている。今も耳を澄ますと、どこかの山でチェーンソーが唸《うな》り声をあげているのが遠くに聞こえた。

三十分ほど山を分け入っていくと、急に周囲の様子が変わった。落ち葉が多くなり、踏みしめるたびに、足首まで埋まりそうになる。

広葉樹林が増えたのだ。落ち葉に加え、あちこちにどんぐりが散らばっている。頭上から枯れ葉や木の実を降らしているのは、ブナやシイやクヌギの木だった。こうした広葉樹に加え、松やカラマツ等の針葉樹が、根元に大きな松ぼっくりを転がしている。

いつの間にか周囲は、杉や檜のプランテーションから、雑木林に変わっていた。

ふいに前を歩いていた老人が腰をかがめる。

追いついた潤は、息を殺して老人の手元に見入った。

小さな真っ赤な茸《きのこ》が、白い卵の殻《から》のようなものを破り、松の根元に顔を出している。

童話の絵本の中でしか見たことのない、鮮やかで美しい茸だった。

「タマゴタケずら。コクがあって、うまいだに」

「これ、食べられるんですか」

驚いて顔を上げれば、老人が目尻にしわを刻んで微笑んでいる。

「ここらは毎年たくさんの茸が生える。雨が降った翌日が狙い目ずら」

老人は注意深く茸の根元に手をやった。そのまま掬《すく》い上げるようにすると、ほろりと土から離れる。土を払い、老人はそれを背中の籠に入れた。

よく見れば、妖精のような赤い茸が、すぐ傍にいくつも顔を出している。

「お前も探せ。但し、蛇に気をつけるだに」

潤は夢中で赤い茸を探した。

ふと、枯れた松の葉が重なっている窪《くぼ》みに、大きく傘を広げた橙色《だいだい》の茸が生えているのが眼に入る。

「おじいさん、これは?」

指さすと、老人が戻ってきた。

「おお、アンズタケだ。よく見つけただにな」

「アンズタケ……」

「嗅いでみろ、アンズの匂いがするだに」

差し出された傘に鼻を近づければ、確かに甘酸っぱい匂いがした。

「これも食べられるんですか」

「もちろんだに。アンズタケはもうそろそろおしまいずら。よく見つけただにな」

老人に誉《ほ》められ、潤は微かに鼓動を高まらせた。

ハナは茸にはたいして関心がないようで、ちょろちょろと顔を出す蜥蜴を追って落ち葉を散々に蹴散らしている。

潤は老人と並び、木の根元や窪みを注意深く見ていった。

「これは?」

枯れた木の幹にびっしりと生えている、いかにも美味しそうな茸を見つけて興奮したが、老人はあっさり首を横に振る。

「それは駄目ずら」

ニガクリタケというその茸は、人の命を奪うほどの毒を持っているという。

以前、色のついた茸には毒があるという話を聞いた気がしたが、実際には、いかにも大人しげな地味な色の茸に猛毒があり、赤や橙のカラフルな茸が食べられるというのが意外だった。

「お」

老人が再びしゃがみ込む。その足元に、艶々《つやつや》と輝く茶色い丸い茸が密集して生えていた。それがエノキタケだと聞き、潤は「えっ」と声をあげた。

「これが、エノキ……?」

焦げ茶色に輝く、ころりとした肉厚の丸いカサ。短い柄《え》。どこをとっても、潤が知っている真っ白で束になったひょろひょろとした姿とは、似ても似つかない。

だが大きいものでは椎茸《しいたけ》のようにカサを開かせているそれが、野生のエノキタケだという。

「スーパーで売っている茸は、光や土を知らんだにな」

山の枯れ木や枯れ葉を養分に育つ野生の茸には、独特の苦味があるのだと、老人は教えてくれた。その苦味やアクを取り去り、日持ちがするように改良された人工栽培の茸は、食べやすく見た目もいいが、本来の旨みや香りはほとんど残っていない。

エノキタケのように、形自体がまったく変わってしまうものもある。

「そもそも野生の茸が地上に現れるのは、ほんの一瞬だに」

下草の隙間を縫い、ひょろりと立ち上がった儚《はかな》げな茸を、老人は指さした。薄紫色をした、ガラス細工のように繊細な姿だった。

「ヒトヨタケずら。こいつは明日の朝には消えてなくなる」

その名の通り、その茸はたったひと晩で溶け落ちてしまうという。

胞子を撒《ま》いて次の世代に命を繋《つな》ぐため、茸は短い間だけ、地上に立ち現れる。

「それじゃ……」

ヒトヨタケを見つめ、潤は呟いた。

「こうして僕らに見つかった茸は、事故に遭ったようなものですか」

口に出してしまってからハッとした。

自分は一体なにを言っているのだろう。

けれど人間に見つかった茸は、たったひと晩の命すら全《まっと》うできない。

「茸を甘く見るな」

エノキタケを掘り起こしながら、老人はふっと軽い笑い声を響かせた。

「地上に現れた部分など、茸のほんの一部分にすぎん。茸の正体は菌糸だに」

「菌糸……」

「そうずら。その菌糸が、死んだ動物や枯れた植物をすべて分解して山に返す。わしら人間には山の手入れはできても、すべての倒木を処理することはできん。菌糸がいなければ、山の循環は賄《まかな》えん」

菌糸は地下に密かに張り巡らされる。

ときとして、同じ菌糸が山を丸ごと覆い尽くすこともあるという。

山を丸ごと地下から抱え込んだ菌糸をひとつの生き物と考えるなら、茸は世界で最大の生き物ということになる。

眼の前の儚い姿にそれだけの力が秘められていることを知り、潤は心がしんとした。

「もう少しいくと、毎年ブナシメジが群生する場所がある。そこを見回ったら今日は終わりにするだに」

エノキタケを籠に入れ、老人は立ち上がった。移動に気づいたハナが、繁みの奥から戻ってきて、老人の脚に纏わりつく。潤も足元に眼をやりながら、老人の後に続いた。

時折、オナガやヒヨドリの甲高い声が響く以外、枯れ葉を踏みしめる音しか聞こえない。

色とりどりの茸を地上に出現させる菌糸に抱かれた森は、現実の世界から隔絶された異世界のようだ。老人の後を歩きながら、潤は思いを巡らせた。

誰も知らない森の奥で、菌糸は今も動物の死骸や倒木を、静かに分解し続けている。

その秘密めいた営みが、地上に立ち現れる茸の姿を、あんなに蠱惑的《こわくてき》に見せているのかもしれない。

黙々と自然界で大きな役割を担っている茸が、潤にはなんだか羨ましく感じられた。

どうして人間には、そうした明白な役割が与えられていないのだろう。

潤には、自分がここにいる理由が分からない。だから、苦しい。

ふとすぐ横の斜面の窪みに、ヒトヨタケが生えているのが眼に入った。もの言いたげな不思議な姿は、童話の中の小人や妖精を思わせた。

薄紫色のヒトヨタケが自分をじっと見ている気がして、潤は思わず視線を伏せた。

9 既視

十一月に入り、近隣の集落で花祭りが始まった。

昔はそれぞれの集落の住民だけで行なわれていた祭りも、今は少子化と過疎化による人手不足で、集落同士が開催日をずらし、支え合って運営している。来年三月に祭りを設定している澄川からも、大勢の人たちが駆り出されているようだった。

潤はハナのリードを手に、車道の片隅で次々と走っていく車を眺めていた。

通り過ぎていくのは、見慣れぬナンバーばかりだ。さっきは品川ナンバーをつけたセダンが走り抜けていった。

巡回バスも、祭りの日ばかりは知らない顔でいっぱいになる。主催者側の人員不足とは裏腹に、都会から祭りを見にくる観光客は、年々増え続けているという。

花祭りは、天竜川《てんりゅうがわ》の支流に拓《ひら》けた奥三河の集落のみに伝わる、日本最古の湯立て神楽のひとつだ。神様をお湯でもてなす湯屋を舞台にしたアニメ映画が世界的にヒットしたこともあり、七百年の昔から変わらずに引き継がれている〝奇祭〟をひと目見ようと、海外からやってくる旅行者もいると聞く。

周や康男や葵たちも、今日は朝から近所の集落の助《すけ》っ人《と》に出向いているようだった。

俄かに交通量の増えた舗装道路をいくのをやめ、潤はリードを引いて畑の畦道《あぜみち》の中へ入った。ハナは大人しく後をついてくる。最近、ハナの散歩は潤の日課になっていた。

学校帰りに頻繁に訪ねても、老人が潤を不審がることはなかった。

学校はどうか。友達はできたか。澄川には慣れたか。

潤の顔を見れば大抵の大人が口にする質問を、老人は一度も口にしたことがない。

代わりに、いつの間にか畑の草抜きを手伝わされ、物置の整理をさせられ、井戸の水を汲《く》まされた。いつしか潤は、斧《おの》を使って薪《まき》を真っ二つに割ることまでできるようになっていた。

無口な老人と一緒にいると、無駄なことを考えずに済む。単純な肉体労働も、心をまっさらにするのに都合がよかった。お互い名乗ることもせず、未だに「おじいさん」「おい」と呼び合っているが、それで充分だった。

何回顔を合わせても、老人は相変わらず、仙人のようにつかみどころがない。家族の有無も、どんな仕事をしているのかも想像がつかなかった。

その超然とした風情が、閉ざされた集落での生活に風穴をあけてくれる。老人を訪ねると、潤はいつも、自由に呼吸ができるのを感じた。

老人のところに出入りするようになってから、潤は明らかによく食べ、よく眠るようになった。久しく薬を飲んでいないが、過呼吸の発作の気配もない。

部屋に閉じこもっているばかりだった潤が、毎日くたくたになるまで外を駆けまわっていることに、母も祖母も内心安堵しているようだった。

畦道に入ってから、潤は進行方向の主導権をハナに譲ることにした。

ハナは大張り切りで、どんどん藪の中へ入っていく。

「そんなところいって、またオナモミだらけになっても知らないぞ」

冬枯れ始めた野原では、植物たちが種を遠くまで運ばせようと手ぐすねを引いている。ハナにつき合っていると、潤の靴下やセーターも雑草の種だらけになることがよくあった。

枯れた下草を蹴散らしながら、ハナは楽しげにお尻を振っている。

その様子に、潤の口元にも自然と笑みが浮かんだ。

ハナに引っ張られるまま藪の中を進んでいくと、葉を落とした雑木林の向こうに、見覚えのある人影が見えた。

里奈……？

潤の鼓動が速くなる。

ふわふわとした赤いセーターを着た里奈が、数人の見知らぬ少年たちと向き合っていた。

里奈と対面しているのは、自分と同い年くらいの少年だ。きっと、電車で幾駅かいったところにある、隣町の学校から花祭りを見にきた学生たちだろう。

時折笑い声が響いてきたから、最初は単に知り合い同士話しているのかと思った。

だが、少年たちが里奈を取り囲んだあたりから、俄然様子がおかしくなった。差し伸べられる手を、里奈がなにかを言いながら盛んに振り払っている。

明らかに逃げ惑い始めた里奈のスカートに、あちこちから手が伸びた。笑い声は完全に嘲笑に変わり、里奈が泣き声をあげる。

突如、ひとりの大柄な少年が、背後から里奈を抱きすくめようとした。

「やだぁっ！」

甲高い悲鳴があがるのと同時に、潤はハナのリードを投げ捨て、駆け出していた。

いきなり飛び出してきた潤に気づき、笑っていた少年たちが顔色を変える。

「なんだ、お前！」

「誰、こいつ。誰か知ってるか」

主導権を握っているらしい、大柄な少年が周囲を見回した。

「知らねえ」「澄中に、こんな奴《やつ》いたっけ？」「観光客じゃねえの？」

「違うっしょ、犬連れてるし」「でもこの辺じゃ見たことねえな」

彼らが口々に言い合っている間に、潤は里奈を背後にかばった。里奈は大きな瞳を見張り、驚いたように潤を見ている。

「誰よ、お前」

リーダー格の大柄な少年が、潤の前に立ちはだかった。その顔に、にやにやとした笑みが浮かんでいる。

「よそ者が口出しすんなよ。俺らはただ、この子と遊んでただけなんだし。なあ、里奈？」

いきなり呼びかけられ、里奈は息を吸い込んで辺りを見回した。

「そうだろ、里奈」「さっきチョコ買ってやったろ」「遊んでただけだろ」

周囲の少年たちからも次々と声があがる。

威圧的な口調に気圧《けお》され、里奈が益々不安げに視線を彷徨わせた。その眼に見る見るうちに涙が溜まる。

こいつら、この子がきちんと言い返せないことを知っていて、わざと――。

里奈が肩を震わせて涙をこぼしたとき、潤の中に火のような怒りが湧いた。

気がつくと、潤は眼の前の大柄な少年に躍りかかっていた。

ふいをつかれた少年が尻餅をついた途端、周囲の少年たちの様子が一変した。

「なにすんだ、こら！」

鳩尾《みぞおち》に、力いっぱい蹴りを入れられる。

容赦のない暴力に、潤は膝を折って咳《せ》き込んだ。異変に気づいたハナが、吠えたてながらやってこようとするのに気づき、必死にくるなという仕草を繰り返す。

「うるせぇんだよ、クソ犬っ！」

顔を上げられない潤の耳に、ぎゃんっ！　と、ハナの悲鳴が響いた。

「や、やめろ……」

「は？　聞こえねー」

今度は横から顎を蹴り飛ばされる。倒れ込んだ背中を、思い切り踏みつけられた。

頬の裏を噛んだらしく、口の中に鉄の味が広がった。地面にぼたぼたと鮮やかな血が垂れる。顔にやった掌が、ぬるりとした鼻血に濡れた。

「おじちゃーん！」

そのとき傍らの里奈が、突然大声をあげて駆け出した。

なんとか顔を上げると、雑木林の向こうの畑にぼんやりと人影が見える。

野良仕事に出てきたらしいがたいのいい中年男性が里奈に気づき、鍬《くわ》を振り上げてこちらへ駆けてくる。

頭上で盛大な舌打ちが響いた。

「邪魔しやがって」「あー、白けた、白けた」「格好つけてんじゃねえよ、バーカ」

突っ伏している潤の背中を次々に踏みつけ、少年たちは雑木林の奥へと退散を始める。口々に吐き捨てる罵声と足音が完全に消えるのを待ってから、潤は身体を転がして仰向けになった。

「大丈夫か、坊主」

里奈と一緒にやってきた男性に助け起こされる。

「大丈夫です」

立ち上がろうとすると、眩暈《めまい》がした。

「血、出てる」

ふらつく潤を、里奈が真剣な表情で見つめる。その眼に涙がいっぱいに溜まっていた。

「あんた、千沙婆《ばあ》さんとこにきた子か」

「はい」

頷いた潤に、男性がタオルを差し出した。鼻に当てると、怖いような勢いで赤く染まっていく。フリースも血で汚れていた。

「酷い目に遭ったな。今日は花祭りで康男君や葵ちゃんが神楽の助っ人に出てるからな。その隙を狙って、隣町のたちの悪い連中が、たびたび里奈ちゃんに手を出しにくるんだ」

潤がタオルを汚してしまったことを謝ると、男性は首を横に振った。

「けどなぁ、里奈ちゃん。あんたも自分で、もっと気をつけなきゃいかんよ。身体はいつまでも子供じゃないんだから」

男性に説かれても、里奈はきょとんとした表情をしている。男性は潤を見て、仕方なさそうな笑みを浮かべた。

「てなことを、この子に言っても、分かんないかねぇ……。まあ、今のところは大ごとになってないからいいけど」

潤は答えることができずに、視線を伏せた。

男性が自分の畑に戻っていくと、里奈が背後からしがみついてきた。

「まだ、血、出てる」

「すぐに、とまるよ」

「ね、鬼様んとこいこう」

「え……」

長い睫毛を伏せるたび、涙の雫《しずく》が頰にこぼれる。

「鬼様が守ってくれるから。鬼様んとこいけば、怪我《けが》もすぐに治るから。ね、お願い。里奈と一緒に鬼様のところまできて」

潤の沈黙を承諾と受け取ったのか、里奈の顔に歓喜の色が広がった。

「いこ」

精一杯の力で、潤を助け起こそうとする。その里奈を、体育館のときのように突き放すことはできなかった。

潤が立ち上がると、繁みに隠れていたハナが小走りにやってきた。

「ごめんな、怖かったよな」

潤と里奈に交互に撫でられ、ハナはハッハッと息を吐いた。大きな丸い眼が、潤んでいるように見えた。

里奈に連れられて集会所の近くまでやってくると、色とりどりの幟《のぼり》が眼に入った。幟の下、大勢の人たちが集会所を取り囲んでいる。人垣の奥から、笛と太鼓の低い音が漏れ聞こえてきた。

ハナのリードを樹の根元に巻きつけてから、潤は里奈に腕を引かれて人垣の中へと分け入っていった。カメラのファインダーを覗くことに夢中な観光客たちは、フリースの胸元を血で汚した潤がすぐ傍を通っても、気にも留めない。

どんどん人混みを掻き分け、いつしか潤と里奈は人垣の一番前に出た。

ようやく舞庭《まいど》の全貌が見えてきた矢先——。

眼の前で、青い翼が翻る。

ざっと音をたて、藍色の直垂《ひたたれ》をいっぱいに広げた青年が、舞庭の土を蹴って跳躍した。

手に持った榊が空を切る。腰を落とし、片足を軸に、舞庭を狭しと回転する。

その迫力にカメラを構えている観光客たちも、身を引いた。

大勢に取り囲まれていながら、青年の眼差しは遥か彼方を見据えている。

その青年の顔を見た途端、潤はハッとした。

切れ長の眼。細い鼻筋。真っ直ぐに結ばれた形のよい唇。

鷺の飛翔を思わせる見事な舞。

再び腰を落とし激しく回転した途端、舞庭に控えていた男たちが、一斉に身体を左右に揺らし始めた。

〽七滝や　八滝の水を汲み上げて

歌ぐらと呼ばれる掛け声が沸きあがる。

〽日頃の穢《けが》れを　日頃の穢れを　今ぞ清める

左右に身体を揺らしながら、笛の響きに合わせて男たちが唱和する。

「見て、ヤッスンたち」

里奈に囁かれ視線をやると、舞庭から一段高くなった場所にいる楽隊の中に、法被《はっぴ》姿の康男と葵と周がいた。三人ともきちんと正座をし、舞手を見つめ、一心に笛を吹き鳴らしている。

〝テーホヘテホヘ、テホトヘテホヘ〟

歌ぐらが、あのビデオで見たときと同じ掛け声に変わっていく。
ひときわ大きくなった掛け声に合わせ、青年が力強く舞い上がる。
そのとき潤は、心の奥底でなにかが微かにうごめくのを感じた。
〝テーホヘ、テホトヘテホヘ〟
掛け声が高まり、やがて舞庭が一体となって、右へ左へと揺れ始める。
なぜか潤の脳裏に、若い頃の父と母の顔がぼんやりと浮かんだ。

10 神部屋《かんべや》

いちの舞が終わったとき、辺りはすっかり暗くなっていた。

観客の拍手の中、頭を下げる青年の息が白い。

半野外の舞庭《まいど》に流れ込む空気は日没後の冷たいものに変わっていたが、激しい舞を終えたばかりの青年は、滴るほど汗びっしょりになっていた。

投げられたタオルで汗をぬぐい、知人から声をかけられ白い歯を見せている。遥か彼方を見据えて舞っていたときとは、別人のような快活な表情だ。

「いこ！」

里奈に腕を引かれ、潤は観光客たちの合間を縫い、集会所の中に入った。黒光りする木造廊下の奥は、関係者以外入れない。里奈は勝手知ったる様子で、どんどん奥へ進んでいく。

途中で通りかかった厨房《ちゅうぼう》では、大きな鍋いっぱいに作られた根菜の煮物が、千沙が作るのと同じ醤油の甘辛い匂いを放っていた。

集会所のいくつかの部屋は控室になっているらしく、出番を待つ集落の人たちが、お椀《わん》に入った煮物を肴《さかな》に、紙パック入りの清酒を酌み交わしている。誰もが静かに出番を待ち、潤たちを気に留める人はいなかった。

「鬼」という張り紙のされている部屋の前にくると、里奈は迷わず板戸に手をかけた。建てつけの悪い横引きの戸を、苦労して引きあける。

瞬間、大きな金色の眼玉に射抜かれ、潤はどきりとした。

部屋の中央に据えられたひな壇に、大小様々の鬼の面が、ずらりと飾られていた。表情豊かな鬼の面は、どれひとつとして同じものがない。鼻の形、眉の太さ、唇の厚さ、髭《ひげ》の生え方、額のしわの寄り方まで、人間と同じように個性がある。

「しーっ」と唇の前に人差し指を当て、里奈が潤を見上げた。ほのかに赤い唇に、いたずらっぽい笑みが浮かんでいる。

里奈の眼差しの先を見ると、ひとりの老人が壁に寄り掛かって居眠りをしていた。

「ここね、鬼様の部屋だよ」

老人を起こさないように、里奈がひそひそ声で囁く。

ひときわ大きな榊鬼《さかきおに》の面が、金色の巨大なまなこを光らせてこちらを見ている。

天井に張り巡らせた注連縄《しめなわ》から、ざぜちと呼ばれる半紙の切り紙が吊り下がっていた。ざぜちの柄《がら》は集落によって違う。それぞれの集落の花太夫《はなだゆう》が七百年前から大切に保管してきた絵型を基に、忠実に切り抜き作られる。この集落のざぜちは、村の財産である馬を表す駒《こま》や、収穫物の野菜、村を守るやしろ、鳥居、梵字《ぼんじ》などが主なモチーフになっていた。

鬼の面や、まさかりや、草鞋《わらじ》などの小道具が並べられた部屋が、神部屋《かんべや》という最も神聖な舞の支度部屋であることに、潤は気がついた。最初の神下ろしが行なわれるこの部屋で精神統一をしてから、舞手は神遊びの庭に出ていくのだと、ふるさと教室のビデオで説明されていた。

「もうすぐ、地固めの舞が終わるだにな」

ふいに、眠っているとばかり思っていた老人が声をあげた。

「おじいちゃん起きてたの?」

「寝てたって、花祭りの次第は分かるずら」

子犬のように近づいていった里奈の頭に、老人は掌を載せる。

そのとき、前方の戸ががたがたと開き、お囃子の笛を終えた康男たちが現れた。

里奈と一緒に神部屋にいる潤に、康男、葵、周の三人のクラスメイトたちは、各々驚いた表情を浮かべる。

「おい杉本、お前、血がついてるだに」

康男がいち早く、潤が鼻血で汚したフリースに気がついた。

「どうしたずら、一体なにがあっただに」

真剣な面持ちで覗き込まれ、潤は一瞬口ごもる。

「里奈、助けてもらったんだよ」

里奈が無邪気な声をあげた途端、康男の表情ががらりと変わった。

それが憤怒の形相であることを見て取り、里奈の顔にも気まずさが浮かぶ。

「まさか……」

康男に向き直られ、里奈はさっと潤の後ろに身を隠した。

「里奈っ！」

康男が怒鳴った瞬間、老人が立ち上がった。

「神部屋で喧嘩はいかんぞ、康男」

老人の毅然とした声に、康男は唇を結んだ。代わりに黙って手を伸ばし、里奈の手首をきつく握る。

そこへ、次の舞手である二人の中年男性が神部屋に入ってきた。

「じいさん、やちごまの用意できてる？」

「康男君たち、ご苦労だね」

なにも知らない男性たちが、口々に声をかける。

「控えの間に食事が用意されているから、時間のあるうちに食べときなさい」

「次は一力花《いちりきばな》が入るから、また、そこで頼むよ」

男性たちと入れ替わるように、潤は康男たちと一緒に神部屋を出た。

お膳が用意されている控えの間に入るなり、康男が放り投げるように、手首をつかんでいた里奈を部屋の奥へ突き飛ばす。

「ちょっと」

間に入ろうとした葵を無視し、康男は里奈の前に立った。

「里奈、お前、また、あいつらについてったんか！」

康男に詰め寄られ、里奈が泣きそうな顔になる。

「だって……」

神部屋と同じくざぜちの飾られた部屋の中に、里奈の蚊の鳴くような声が小さく響いた。

「絶対、なんにもしないって、言ったんだもん」

「バカッ」

いつも温厚な康男が、普段からは信じられないような怒声を発した。

「何度言ったら、分かるんだ！」

手を振り上げた康男を見かね、葵がもう一度二人の間に割り込んだ。

「ちょっと、やめなよ」

「アオは引っ込んでろ」

いつも一番にぎやかなはずの周は、なにもできずにおろおろと部屋の隅で手をこまねいている。潤も呆気に取られて、二人の言い合いを見つめた。

「悪いのは里奈じゃなくて、あいつらのほうじゃない。なのに里奈を殴ろうとするなんて、ヤッスン、少しおかしいよ」

「おかしくてもいいずら」

里奈は葵の背後で、ぎゅっと眼をつぶって小さくなっている。

「何度も何度も言いなりになる、里奈が一番悪い」

「そんなこと言ったって、しょうがないじゃない」

「しょうがないことなんて、ないっ!」

康男の大声が部屋中に響き渡った。

「アオになにが分かる。里奈はちゃんと分かるはずだ。分からなきゃ、駄目なんだ!」

細い眼を見開き、康男は声を張りあげた。その迫力に気圧《けお》され、葵が口を閉じる。

「ごめん……」

葵の背後で、啜り泣きが漏れた。

畳の上にぽたぽたと涙をこぼしながら、里奈が葵の陰から進み出る。

「ごめんね、ヤッスン。里奈が悪い。ぶっていいよ。だから、アオちゃんと喧嘩しないで」

里奈の泣き顔を見ると、康男は肩で息を吐いて畳に敷かれた座布団に座り込んだ。

お膳の並べられた控えの間がしんとする。

神部屋の向こうから、お囃子の音が聞こえてきた。

それまでおろおろするばかりだった周が、鍋の味噌汁《みそしる》をよそい、膳の上に並べ始める。

「ほら、杉ぽんも」

いつの間にか、潤の前にまで膳が用意されていた。見返せば、周はいつものだらしない笑みを浮かべている。

夕刻に始まった神楽は、明日の朝まで続く。交代しながらひと晩中続けるお囃子に備え、康男も葵も膳の上に用意されたおにぎりを黙々と食べ始めた。

潤はどうしたものかと、眼の前のお膳を見つめた。

やがて大人たちに呼ばれ、三人のクラスメイトは再び神座《かんざ》の神楽に加わるため、神部屋に戻っていった。

「杉本、ありがとな」

控えの間を出る直前、康男は潤の眼を真っ直ぐに見つめてそう言った。

三人がいなくなると、控えの間には潤と里奈だけが残された。

「食べないの？」

白い頬に米粒をつけた里奈が、小さな口元をもぐもぐさせながら声をかけてくる。

さっき切った口の中が痛いこともあったが、花祭りに参加していない自分が、ここに用意されている食事を食べてしまっていいのかが分からなかった。

「お腹、減ってないの？」

「あのさ」

体育館で潤が里奈を突き飛ばしてしまったときといい、今回の葵との言い合いといい、康男と里奈が特別な関係にあるのは既に明らかだった。

「相川とお前って……」

それを里奈にどう聞けばいいのかが分からず、潤は途中で言葉を呑み込んだ。

「里奈もだよ」

ふいに里奈がそう告げる。

意味が分からず眉を寄せた潤に、「里奈も相川だよ」と里奈が繰り返した。

兄妹——ということか。

だが周は、里奈も本来なら自分たちと同じ中二だと言っていたはずだ。

「従兄《いとこ》なの？」

「違うよ」

里奈は屈託なく首を横に振る。

「里奈とヤッスンは双子だよ」

「え？」

眼が細く小柄な康男と、色白で大きな瞳をした里奈は、どこをとってもひとつも似ていない。

けれど、男女の双子は二卵性だ。東京で通っていた中学にも、まったく似ていない二卵性の双子がいた。その双子は同性だったが、体格も顔もまるで違った。

「里奈はね、ヤッスンのお姉ちゃんなの」

あっけらかんと続けられ、潤は言葉を失った。

その後、神部屋で康男を待つという里奈と別れ、潤は観光客たちで溢れる舞庭に戻ってきた。

先の中年男性二人に、いちの舞を踊っていた青年を加えた三人が、やちごまと呼ばれる木の剣を手に、舞庭いっぱいに豪快な舞を繰り広げている。

観光客を掻き分けていくと、少し離れたところで柱を背に腕を組んでいる葵の姿が眼に入った。

「どうしたの？　お囃子はいいわけ？」

人垣をくぐり抜けて声をかければ、葵は皮肉っぽい笑みを浮かべた。

「今回の一力花の願掛け主がね、女に神座に入られるのは嫌だってさ」

一力花は、願掛け主がお布施をすることによって舞われる、花祭りの次第とは別の個人用の神楽だ。

「本来の花祭りは、台所以外、女は入ってはいけないってことになってるからね」

葵は冷めた眼差しで神座を眺める。その視線の先に、大人たちに交じって笛を吹く、康男と周の姿があった。

「この集落、もう何年も子供がいないんだよ。この後の花の舞だって、豊橋からわざわざ子供を呼んでるくらいだし」

少子化が進む集落では、どの地域でも舞庭を女児に解禁している。

「でも、いざ個人の願掛けとなると、集落の本音が丸見えだね」

腕を組んだまま、葵は鼻を鳴らした。

人垣の一番前で、真剣に舞に見入っている初老の男性が願掛けの主だという。長男の結婚が決まり、他県から嫁を迎え入れるにあたっての神楽の奉納だそうだ。

男性の隣では、若い男女が身を寄せ合っている。

「あの人、これから大変だよ」

物珍しそうに舞を見ている細面の女性を、葵が顎で指した。

なにがどう大変なのかを葵は口にしようとしなかったが、潤にもなんとなく分かるような気がした。その辺りに、かつて母が東京へ逃れ、現在葵が〝脱出〟を試みている理由があるのかもしれなかった。

「あのさ」

潤は思い切って、尋ねてみる。

「相川とあの子って、双子なんだ」

「ああ……、杉本は、まだ知らなかったんだっけ」

葵は組んでいた腕を解《ほど》いて、潤を見た。

「びっくりしたよ」

正直に口にすると、葵はふと笑みを浮かべる。

「似てないもんね」

けれど、里奈が自分を「お姉ちゃん」と言っていたことを告げた途端、葵の口元から笑みが消えた。

「……そう。里奈は、まだ、そう思ってるんだ」

二人が黙ると、お囃子の音が耳に響く。哀愁の漂う笛の音に合わせ、舞手たちが舞庭の上で回転するたび、草鞋と土間が擦れる音がざっと湧き起こる。

「最初は、確かにそうだったんだ」

やがて葵が口を開いた。

「里奈は身体は健康だったから、誰も気づかなかったしね」

小学校に上がった当初は、里奈も康男や葵たちと同じクラスにいた。

だが三年生になった頃から、里奈は急にいろいろなことができなくなった。

「今思えば、違うんだよ。私たちのほうができるようになっただけ。でも、里奈はずっと変わらなかった」

そのうち、里奈だけが頻繁に名古屋にいくようになった。

「当時は私も子供だったから、それが羨ましくてしょうがなかった。なんで里奈だけ、毎週名古屋にいけるのかと思ってた。でも里奈は、本当は名古屋にいくのを嫌がってたんだよ」

名古屋での行き先は大学病院だった。里奈はそこで知能検査を受けていた。

しばらくして、里奈だけが複式学級の低学年のクラスに戻ることになった。

そのとき葵は両親から、「これからは、里奈ちゃんを守ってあげろ」と諭《さと》されたという。

「さすがに私にも、なんとなく意味が分かった」

葵が深く息をついた。

「ヤッスン、変わったよ」

四年生に上がったとき、顔つきまでが違って見えたと葵は呟く。

はっきりと学年が分かれてから、集落では康男が「兄」と見做《みな》されるようになっていった。康男の振る舞いもまた、それにふさわしいものだった。

「でも……。里奈はまだ、自分のほうがお姉ちゃんだと思ってるんだね」

答えることができず、潤は視線を彷徨わせた。

人垣の隙間から、藍色の直垂《ひたたれ》が翻る様子が眼に入る。

切り草と呼ばれる五色の幣《へい》を切っ先につけたやちごまを振りかざし、いちの舞を踊っていた青年が真ん中に進み出た。

途端に神座がひときわ華やいだ。

同じ振り付けで踊っているのに、青年の切り草だけが、ぱっと花のように咲く。

その手さばきの見事さに、潤は魅了された。

ただ激しく舞い踊っているだけではない。青年は、舞道具の扱いにも長《た》けていた。

一力花は、もう三十分以上続いている。

先に一時間に及ぶいちの舞を踊り、誰よりも体力を消耗しているはずなのに、並んだ三人の中で、青年の跳躍が一番高い。補佐役の宮人《みょうど》が差し出した紙コップの水を、素早く飲み捨てる様までが小気味よい。

見つめているうちに、潤は微かな高揚を覚えた。

「あの人が、蒼汰さんだよ」

葵の言葉に、潤はハッとする。

「ふるさと教室のビデオで、いちの舞を踊ってたのも、あの人」

遠目にもよく目立つ、端整な眼鼻立ち。白い息を吐く、形のよい唇——。

澄川の花太夫の孫にして、奥三河一の舞の名手。

心の奥底を揺さぶる見事な舞は、同じ舞手によるものだ。ビデオで踊っていたのは、少年時代の暮林蒼汰だった。

舞の名手に託されるいちの舞に限らず、一力花では、誰もが蒼汰に舞を乞う。花祭りのシーズンに入ると、蒼汰はどの集落でも神部屋に戻る暇もないほど、出ずっぱりで神楽を舞うことになるという。

「集落に伝わる舞を正確に踊り分けられるのは、今じゃ、蒼汰さんぐらいなんだって」

その名手が、地元の澄川出身であることがやはり誇らしいのか、葵は頬をほのかに染めて蒼汰を見つめていた。

「すごいよね」

普段何事にも醒めている葵が、珍しくうっとりとした声を出す。潤も促されるように、人垣の向こうに眼を凝らした。

蒼汰の跳躍の向こうでは、康男と周たちが一心に笛を吹き鳴らしている。

11 面談

固く絞った雑巾でふくと、黒い板張りの床はニスを塗ったように輝く。

四つん這いになって雑巾をかけていた潤は、ふと顔を上げてあけ放った窓の外を眺めた。連なる山並みのところどころに、燃えるような紅葉が見える。

濃い緑を茂らせる杉並木の中、赤と橙を織り重ねた紅葉はひときわ鮮やかだ。

杉や檜のプランテーションの一部に落葉樹や広葉樹を残すのは、そこから山の管理者が変わる目印なのだと、ホームルームの時間に担任の校長先生から教わった。それと同じ目的で、集落の境には、紅葉や桜が植えられることが多いのだそうだ。

十一月半ばの低い陽光が、囲炉裏の切られた部屋の奥にまで届いている。

バケツで雑巾をすすぎ、潤は額に滲んだ汗をぬぐった。

学校帰りに立ち寄った潤をつかまえるなり、老人は軽トラックにハナを乗せて出かけていってしまった。いつも従順なハナが少し嫌そうな素振りをしていたので、獣医の検診にでもいくのかもしれなかった。

出発際、老人は潤にバケツと雑巾を手渡してきた。帰ってくるまでに、雑巾がけをしておけということらしかった。

残された潤は、結局ひとりで広い板張りの雑巾がけにいそしんでいる。体《てい》よく使われている気もするが、潤は相変わらず、老人のところを訪ねるのが好きだった。

囲炉裏の切られた部屋を隅々まで磨き上げ、潤は縁側に腰を下ろした。

老人が用意しておいてくれたドクダミ茶を飲みながら、眼の前に広がる杉並木を見渡す。

初めて集落にきたのは夏の終わりで、まだ沸き立つように蟬たちが鳴いていた。あれから季節が巡り、明るい山並みは初冬の気配をたたえ始めている。

この二ヵ月半の間に、潤は少しずつ、周囲のものが眼に入るようになっていた。眼をそらし続けていたクラスメイトたちのことも、たいして関心のなかった周囲の山や川や星空のことも、ハナのリードを握って集落を駆けまわっているうちに、自然と身に馴染んできた。

一時距離を感じた康男や周との関係は、十一月頭の花祭りで、里奈を隣町の不良たちから守ったことをきっかけに、完全に修復されていた。

康男は今まで以上に、集落や学校のことを詳しく教えてくれようとするし、周は授業中でもうるさいくらいに声をかけてくる。葵だけは超然としているが、それは別段今に始まったことではない。

梢《こずえ》の先を、百舌《もず》が甲高い声をあげて飛んでいく。この辺も、随分と冬鳥が多くなってきた。もう少しすると、学校の池にマガモやキンクロハジロが渡ってくるだろう。

広い校庭の様子が頭に浮かんだ途端、潤は先週行なわれた運動会のことを思い出した。

ふいに、千沙のごつごつとした掌の感触が甦る。

目隠しした家族を誘導する競技で、潤は初めて祖母の千沙の手を握った。

澄川小中学校の運動会は、生徒同士の競争が中心となる東京の学校の体育祭とは、まるで色合いの違うものだった。保護者ぐるみで参加する競技がほとんどで、記録を競い合うというより、町内会の余興といったあんばいだった。

しかもその基準が実にいい加減ときている。〝保護者〟というくくり以外は、性別も年齢の制限もない。潤が誘導するのが七十を過ぎた千沙なのに、葵が誘導するのは二十歳の姉だったりする。

だが、あらかじめ同等のレベルに組分けされ、「さあ走れ」とけしかけられる東京での体育祭に比べると、その不公平ぶりはむしろ気楽でもあった。

レベル分けされた競争は、一見公平を装いつつ、その実、生徒の体力の優劣を白日の下にさらけ出す。自分が優良可のどこに位置しているのかを如実に可視化される体育祭を、潤はずっと不得手に感じていた。

けれど、勉強にしろ、体育にしろ、澄川小中学校では元々の人数が少なすぎて、端《はな》から競争が成り立たない。東京の学校であれば絶対にあり得ない、ばらばらな人選の遊びのような競技は、いっそ新鮮でもあった。

いつも眼を細めて穏やかに笑っている静かな祖母が、いざ競技に出ると、意外に張り切るのも発見だった。

目隠しをし、手に持ったお玉にボールを入れた相手を、ボールを落とさぬように校庭一周を誘導するゲームで、恐る恐る誘導する潤を時折追い越しかけるほど、千沙は勇んでいた。

葵の姉がボールを転がし、祖父と出場した周が最後まで息を合わせることができなかったので、潤と千沙は、父と一緒に出場した康男に続き、二位でゴールすることができた。

「やるなぁ、千沙婆《ばあ》さん」「東京からきた孫との息がぴったりだに」

あちこちから健闘を讃《たた》えられると、千沙はやっぱり眼を細めて穏やかに笑っていた。

祖母のふしくれだった厚い手の感触を、潤は今でも覚えている。長年畑仕事を続けてきた、働く人の掌だった。

ふとそこに、ハンドルを握っていた、母の細い指先が重なる。

当日、多恵子は仕事でこられなかったが、母の作った色とりどりの野菜のピクルスや、カンパーニュのカツサンドは康男や周に絶賛された。

「こんなおしゃれっちいパン、食ったことないだに」

そう言う康男の家の弁当は、おにぎり、巻き寿司、稲荷寿司《いなりずし》という、徹底的にご飯押しのものだった。

「やっぱ東京もんは違いますな、東京もんは」

周も遠慮なく潤の弁当に手を伸ばした。

澄川小中学校の運動会が保護者参加前提だと聞いたとき、周はひとりで浮かれていた。だがあんなに楽しみにしていたにもかかわらず、周の両親は結局豊橋からやってこなかった。

「兄貴が大学受験だからさぁ、いろいろ大変なわけよ」

その日、周はなにかとそう言い訳していた。

小学部の低学年たちによる遊戯《ゆうぎ》では、大人びた肢体を持つ里奈だけが妙に目立った。本人は至って楽しそうにしているのだが、長い手足はリズムに乗れず、常に半テンポずつ遅れた。

澄川の集落の人たちはそうした光景に慣れているようで、特別視している者は誰もいない。

だが花祭りの控えの間で、葵と康男が「しょうがない」「しょうがないことなんてない」と里奈のことを言い合っていたことを思い出すと、潤は胸の奥が微かに重くなった。

気づくと、手の中の茶碗が冷たくなっている。冷めてしまったお茶を飲み干し、潤は勢いをつけて立ち上がった。

後は新しい水で雑巾をすすいで干しておこう。

バケツの水を庭に撒き、雑巾を手に厨房に足を向けた。振り返れば、ふき終えたばかりの板の間は艶々と輝いている。

今度、千沙の家の廊下も水ぶきしてみようか。廊下を艶々にしたら、祖母はどんな顔をするだろう。

初めて握った祖母の掌の感触を思い返しながら、潤はそんなことを考えた。

廊下を歩いていくと、奥の部屋の襖があいているのが眼に入る。祖母の家の仏間で、何度も嗅いだ匂いが鼻先を擽《くすぐ》った。

白檀《びゃくだん》の香り――。線香の匂いだ。

香りに誘われるように、自然と足が奥の部屋へと向かう。

襖の向こうに、大きな仏壇が見えた。千沙の家と同じ、畳敷きの立派な仏間だった。

白いサザンカの活けられた花瓶の奥に、柔和な笑みを浮かべた老婦人の写真が立て掛けられている。

きっと、おじいさんの奥さんだろう。

潤は仏壇に近づいて、優しそうな老婦人の笑顔を見つめた。

その隣のもう一枚の写真に眼を移したとき、どきりと胸が波打った。

若い男女が、寄り添って笑っている。

野良仕事の途中だろうか。首にタオルを巻き、土で汚れた軍手をはめた、飾らない姿だった。

ひょっとして――。息子さん夫婦？

そう思った瞬間、潤は見てはいけないものを見た気がした。

それまで仙人かなにかのように感じていた老人の事情に立ち入ってしまった気がして、思わず後じさる。

慌てて仏間を離れ、潤は足早に厨房に向かった。


十二月頭の期末試験が終わると、澄川小中学校の中学部では個別面談が始まる。

潤の面談日、多恵子は仕事を休んで学校へやってきた。

三者面談はつつがなく進行した。苦手な古文に少してこずりはしたが、潤の期末試験の成績は、東京の学校に通っていたときより概《おおむ》ね良好だった。

「成績、体育、生活態度ともに、問題はありません」

担任の校長先生の言葉を、多恵子は安堵した面持ちで聞いていた。

「後はお母さんと二人で話すから」

しかしそう言われて廊下に出されると、潤はいささか不安になった。

自分のいないところで自分の話をされるのは、やはり気分が落ち着かない。学校の面談と噂話は違うと分かっていても、心がざわつくことに変わりはなかった。

廊下にいると耳をそばだててしまいそうで、潤は一階の図書室に向かった。

隙間風の入る木造校舎は、室内であっても息が白くなるほど寒い。山深い澄川の冬は、東京とは体感温度がまるで違う。

窓の外を見れば、分厚い雲から冷たい雨が降り始めていた。広い校庭が、瞬く間に濡れていく。小学部は既に短縮授業に入っていて、校庭にいる生徒の数は少なかった。

図書室に近づくにつれ、潤はいつもと様子が違うことに気がついた。図書室から、引き裂くような女の子の泣き声が聞こえる。

訝しく思いながら引き戸をあけた途端、里奈をおぶった葵と衝突しそうになった。

「どいて！　急いでるから」

葵は潤を押しのけて廊下に出た。呆気に取られて見送りかけ、どきりとする。

里奈の赤いスカートの後ろが、真っ黒く濡れていた。

「そんなこと言うの、やめなさい」

棒立ちになっている潤の耳に、小学部の先生が図書室に残っている生徒たちをたしなめている声が響く。

「汚い」「臭い」

小学部の生徒たちが口にしている言葉の切れ端が耳に入り、潤は茫然とした。

「よしなさい！」

今度は強く叱責すると、先生は手早く床にモップをかけ始めた。

立ち去ることも図書室に入ることもできず、潤はそのまま廊下に立ち尽くす。

過呼吸を起こした自分を抱き寄せてくれた、温かな胸。

鬼様に踏んでもらうから、悪いことは一個も起きない。

屈託なくそう語った、舌足らずな口調が甦る。

同時に、リズムに乗れず、ばらばらに手足を動かす不器用な姿が浮かんで消えた。

「あ、杉本君。予約の本、届いてるわよ。入ってちょうだい」

先生に声をかけられ、潤はやむなく足を進めた。潤と入れ違いに、小学部の生徒たちがひそひそと囁き合いながら、逃げるように図書室を出ていく。

なにも気づいていないふうを装い、潤は予約していた本を先生から受け取り、窓辺の席に腰を下ろした。だがどれだけ意識を集中しようとしても、めくったページの内容はひとつも頭に入ってこなかった。何度も同じ箇所を眼で追った末、潤は諦めて本を閉じた。

廊下に出ると、丁度葵が戻ってくるところだった。

「あの……」

「なに？」

声をかけた途端、険しい表情を向けられる。

刺々《とげとげ》しさに怯《ひる》み、潤はなにも言えなくなった。葵はそのままいきかけたが、思い直したように戻ってきた。

「ごめん」

「え？」

いきなり謝られて、潤のほうが戸惑う。

「いや、ちょっと私も苛々してたから。自分、あの子のこと心配なんでしょ？」

葵は深い息をついて廊下の窓枠に肩を寄せた。

「この間、あの子のために鼻血が出るまで殴られたんだもんね。杉本にも、心配する権利くらいはあるよ」

葵が妙な筋を通そうとしていることに、潤はむずがゆい面映《おもは》ゆさを感じてしまう。

「……彼女、大丈夫なの？」

「大丈夫だよ。今は保健室にいる」

葵はあっさりと頷いた。その様子は、こうしたことが初めてではないことを窺わせた。

「あ、でも」

再び葵が表情を硬くする。

「このこと、ヤッスンには絶対言わないで」

潤が黙って頷くと、葵は曇った窓ガラスを拳でぬぐい、誰もいない校庭に眼をやった。

「こんなこと、しょっちゅうあるわけじゃない。今日は読み聞かせの日だったからね。たまたま夢中になりすぎたんだよ」

時折低学年の生徒のために、先生が絵本の読み聞かせをしているのは、潤も知っている。

「失敗するたび、がみがみ怒鳴られたところで、どうにかなるわけでもないんだし」

ごしごしと癇性《かんしょう》に窓をぬぐいながら、葵は口元を引き締める。

「でも本当は、私にとやかく言う権利なんてないけど。私はどうせ、すぐにここから出ていくつもりだし。里奈のことだって、別に最後まで面倒見るわけじゃないし」

少し厳しい眼差しで、葵は遠くを見つめた。

「ヤッスンは、覚悟してる。里奈のために、一生澄川から出ないって前に言ってた」

〝杉本、ありがとな〟

真っ直ぐに自分を見つめてきた康男の強い眼差しを、潤も思い出した。

窓の外は、冷たい雨が降り続いている。十一月はまだ小春日和の日もあったのだが、十二月に入ってから急激に気温が下がった。

この先、標高の高い澄川は、何度も雪に覆われることになるという。

「杉本のお母さんてさ、やっぱ違うね」

ふいに葵の口調が軽くなった。

顔を上げれば、さっきとはまったく違う表情で潤を見ている。

「違うって、なにが」

潤の声に兆した不機嫌さに気づかず、葵は窓枠に凭《もた》れて低い天井を見上げた。

「やっぱ都会的っていうか、長年、東京で仕事してきた人って感じかな。校庭歩いてるだけで、この辺の他の大人とは、全然違って見えた」

そんなの、ただの見当違いだ。

だが潤はそれを口には出せなかった。初めから東京に生まれている自分に、葵の憧れを否定することはできない気がした。

「お姉ちゃんにはがっかりだよ。せっかく名古屋の専門学校にいったのに、途中で戻ってきて、結局店の手伝いなんかやっちゃってさ」

六歳違いの葵の姉は、ボーイッシュな葵とは対照的に、栗色《くりいろ》の長い髪を肩に垂らしたおっとりとした感じの人だった。姉がお玉のボールをこぼしたとき、葵が盛大に舌打ちしていたことを思い出す。

「でも、うちだって、結局は戻ってきたんだ」

言うつもりはなかったのに、言葉が勝手に口を衝いた。その声が必要以上に強く響き、潤は自分でも驚く。眼を丸くしている葵に気づき、激しい羞恥に襲われる。

「そうか、ごめん」

背を向けようとした途端、しかし、きっぱりと謝られ、潤はなんだか拍子抜けした。

葵の謝罪は真っ直ぐだった。

そこには含みも衒《てら》いもない。葵はただ、己の思い至らなさだけを詫《わ》びていた。

神谷って――。ものすごく正直だ。

それは多分、自分にも、他人にも。

潤は今まで、葵のような女子に会ったことがなかった。そもそも東京の学校に通っていたとき、潤にはそれほど女子と接する機会がなかった。女子と頻繁に言葉を交わす男子は、クラスの中ではほんのひと握りと決まっていた。

その特定の男子を前にしたときの女子の態度は、大抵、ほんの少し不自然だった。

ぞんざいな口をきいていても、そこはかとなく装っている風情があった。

どこかの糸を一本切ったら、一気にほつれて形がなくなる編みぐるみのように思えていた東京のクラスの女子たちの中にも、葵のように確固とした、きらりと光る貝ボタンのような個性はあったのだろうか。

最初は酷くとっつきにくかった葵と随分言葉を交わしていることに気づき、潤は密かに鼓動を高まらせた。

ふいにズボンのポケットの携帯が震える。母からの着信だった。

面談が終わったようだ。

「じゃ」

互いの素っ気ない声が重なった。

葵が図書室の引き戸をあけると、「きゃっ」と声があがる。葵の取り巻きの中学部一年生女子たちが、いつの間にか引き戸の陰から廊下の様子を窺っていたらしい。

視線を感じて振り向くと、一年生唯一の男子の泰助が、もの言いたげな眼差しで潤のほうをじっと見ていた。

12 特別授業

体育館に続く石段を、何人もの生徒が足早に下りていく。

見知らぬ顔に追い抜かれるたび、いちいち違和感を覚える自分に潤は驚いた。

東京の学校に通っていた頃は、これが日常だったはずだ。クラスで一緒になったことのない生徒は、同学年であっても顔も名前も知らないのが当たり前だった。

クラスメイトが三人だけという状況に、自分は随分と慣れてしまったようだ。

その状態をどう受けとめればいいのかが分からず、潤は体育館の後ろの竹山に眼をやった。竹の根元に生い茂っているクマザサは、すっかり縁の白い冬模様に変わっている。

体育館に入ると、既に大勢の中学生がそこかしこでグループを作っていた。

「杉本！」

康男に手招きされ、潤は倉庫へと足を向けた。

「今日はお前も手伝うずらよ。やちごまと扇を配るだに」

初めて入った体育館倉庫には、たくさんの神楽の道具が整然と並べられていた。

澄川小中学校は面談の終了と同時に中学部も短縮授業に入り、冬休みに入るまで、午後は特別授業が行なわれる。毎月のふるさと教室の拡大版といった位置づけだ。

正月三が日に三ヵ所の集落で催される花祭りを前に、普段は豊橋の役所の教育課に勤めている暮林蒼汰が、特別講師として舞の手ほどきにやってくる。

その指導を受けるため、この日は愛知県各地の神楽クラブの中学生たちが澄川に集まってきていた。中には、大阪や東京からきている生徒までいるという。

潤は今まで神楽の練習に参加したことがなかったが、授業となると、さすがに逃げることはできなかった。康男の指示に従って、白木の木刀を手に取る。

練習用の舞道具は、採り物と呼ばれる本番の祭りで使われる伝統的な道具とは違い、どれも簡素なものだった。やちごまはただの木刀で、扇も無地の軽いものだ。

「はい、はい、並んで、並んで。右手にやちごま、左手に扇ずらだにー」

周が大張り切りで、がらがらとした破れ鐘声を張りあげる。

「扇は閉じたままで使うだにだに～」

康男を真似ているのか、語尾が妙な澄川弁になっている。

「あいつ、地元でもないくせに。バッカみたい」

奥から扇を取ってきた葵が憤慨した。

「まあまあ」

康男は地蔵のように眼を細めて笑っている。

やちごまの配付は周に任せ、葵から扇を受け取ろうとすると、ふいにもっさりした影に遮られた。一年生の泰助が、葵と潤の間に割り込んできた。

泰助はちらりと上目遣いで潤を見上げ、すぐに葵に向き直る。泰助が葵と一緒に扇の配付を始めたので、手持ちぶさたになった潤は倉庫を離れた。

体育館の中は、喧騒に満ちている。あちこちで固まったグループから発せられる雑談が混然となって高い天井に反響し、ぐるぐると渦を巻く。その喧騒に身を浸していると、懐かしいような、不慣れなような、妙な感覚に囚《とら》われた。

やがて、校長先生と一緒に、白いスウェットに身を包んだ青年が現れた。

青い直垂《ひたたれ》を纏っている姿しか見ていなかったせいか、潤は一瞬、それが誰だか分からなかった。長めの前髪をふわりと額に流し、明るい眼差しで体育館に集まった生徒たちを見渡している暮林蒼汰は、垢抜《あかぬ》けた様子の都会的な青年だった。

「はい、今日は神楽の特別授業の日です……」

校長がマイクを手に話し始める。

潤たちの担任でもある校長先生のいいところは、常に話が短いことだ。今回も、実に端的に挨拶を終えると、マイクはすぐに蒼汰の手に渡された。

蒼汰がマイクを手にした瞬間、体育館の中は水を打ったように静かになった。

華がある、とはこういうことを言うのだろう。たった一歩踏み出しただけで、蒼汰は体育館中の視線を難なくその一身に引き寄せた。

「今日は、舞の練習をするのが初めての人もいると思います」

緊張を帯びた静寂の中、蒼汰のよく通る声が響く。

花祭りでは、稚児《ちご》の舞である花の舞、少年の舞である三つ舞、青年の舞である四つ舞を、素顔で踊る。仮面をつけずに舞われるこれらの舞は、神々に対する子供の成長のお披露目と、感謝の表明だと考えられている。

潤たち中学生が主に担うのは、少年の舞である三つ舞と、明け方のハイライトでもある湯ばやしだ。湯ばやしは、湯たぶさと呼ばれる束ねた藁《わら》を湯釜に浸し、その湯飛沫《しぶき》をところかまわず浴びせかける、花祭りの中でも最も人気のある舞のひとつだ。神々が浸かった湯の飛沫を浴びることで、日頃の穢《けが》れが落ち「生まれ清まる」と言い伝えられている。

「まずは道具を持たずに、重心を決める基礎から始めましょう」

マイクを校長に返し、蒼汰は大きく両腕を広げた。

他校の生徒たちに交じり、潤も見よう見真似で腕を開く。翼のように大きく腕を広げ、左右にゆっくりと揺れた後、腰を落として片足を軸に一回転する。

蒼汰の動きを見ていると、いともシンプルに思えるのだが、実際にやってみると、バランスを取るのが非常に難しい。中腰で回転するとき、軸となる脚にかかる重さが半端ではない。

初心者はあちこちで尻餅をついている。

「難しいと思ったら、腰を落とす角度を変えてみて。最初は浅くていいから」

何度か手本を見せた後、蒼汰はひとりひとりの動きを丁寧に見始めた。

「そこまでできるなら、もっと腰を低くして」

「今度は、伸ばしてるほうの足をもっと真っ直ぐに」

「その位置から、もう少し高く跳べる?」

上級者たちにはレベルに合わせた要求を出し、初心者たちには手を添えて姿勢を直してやっている。蒼汰が傍にきたとき、潤はわずかに緊張を覚えた。蒼汰はしばらく潤の動きを見ていたが、なにも言わずに通り過ぎた。基本の動きは間違っていないらしい。

潤以外の澄川中学の二年生は、お手本という形で最前列で踊っている。康男と葵の舞は安定しているが、周はどすんどすんと何度も尻餅をついていた。

二十分近く同じ動きを続けていると、底冷えをする体育館の中にもかかわらず、額や胸元から汗が噴き出してくる。ようやく休憩の号令がかかったときは、すっかり息を切らしていた。

休憩の後は、実際にお囃子に合わせ、舞道具を持っての練習となった。

蒼汰が太鼓のばちを持ち、康男と周と葵が笛を構える。

とん　とん　とととん……

鼓動のような太鼓のリズムに合わせ、哀愁の漂う笛の響きが体育館中に響き渡った。

両手に道具を持つと、益々バランスが取りづらい。道具を美しく見せながら舞うのがいかに高等技術であるのかを、潤はこの日思い知った。

途中で太鼓を校長先生に引き継ぎ、蒼汰は再びひとりひとりの舞のチェックに回り始めた。

蒼汰がひと通りの指導を終えると、最後は最もテンポが速い五拍子の舞を全員で踊ることになった。五拍子の舞に移った途端、校長先生をはじめとする先生たちが「テーホヘテホヘ」とあの独特の掛け声を一斉に唱和した。

激しい舞に、全員がへとへとになったところで、七十分の特別授業はようやくお開きとなった。

「杉本」

倉庫でやちごまを整理していると、後ろから康男に声をかけられた。

「お前うまいだに」

唐突な言葉に、潤は一瞬ぽかんとする。

「初めてとは思えんずら。五拍子にもちゃんとついてきてただに」

首に巻いたタオルで汗をふきながら、康男は嬉しそうな笑みを浮かべた。

「そうだな。来年の三つ舞は楽しみになりそうだ」

よく通る声が響く。

振り向くと、周と葵を従えて、蒼汰が倉庫に入ってきていた。

「校長から聞いてたけど、お前、東京から千沙婆《ばあ》のところにきたんだろ。結構、筋いいと思うよ」

親しげに声をかけられ、潤は眼を見張る。

「後はさ、周。お前だよ。お前がもう少し、なんとかなってくれよ」

「え？　師匠、なんで俺、いきなり杉ぽんの下扱い？　師匠、そりゃないでしょー」

「俺を師匠呼ばわりするなら、もう少し、なんとかしろよ」

「だからって、今日初めて踊った初心者よりも下ってことはないんじゃね？」

周ががらがら声を張りあげて騒ぎ始めた。

「まあ、これからみっちり鍛えてやるよ。これで来年は、やっと澄川だけで三つ舞が踊れるな」

蒼汰が明るい声をあげて、周の頭を押さえつける。

勝手に盛り上がられて、潤は焦った。

「ちょっと待ってください。俺、花祭りには参加しません！」

倉庫の中がしんとした。

回収した扇を手に後から入ってきた泰助と一年生の女子たちも、驚いたようにこちらを見ている。

「なんで？」

周が無頓着な声をあげた。

「なんで杉ぽんって、そんなに神楽嫌がるの？　他の集落の手伝いがめんどいってのはまだ分かるけど、澄川の花祭りくらいは参加しなよ。杉ぽんだって、今は澄川で生活してるんだからさ」

潤は黙って視線をそらす。

「……バカにしてるんですよ……」

突然、背後でたまりかねたような声がした。

「この人、僕らのこと、田舎者だと思ってバカにしてるんですよ……！」

一年生の泰助が扇を握りしめ、憤然と潤を睨みつけてきた。

「うぉおお、泰助、まさかのまじギレ」

大げさに仰天してみせる周を押さえつけ、蒼汰が前に出て掌を打った。

「はいはい、やめやめ。今日はこれで終わり」

蒼汰は全員の顔を見回した後、最後に潤を見る。

「お前の好きにしろ。神楽なんて、強要されて舞うもんじゃない」

無言で会釈し、踵を返す。一瞬葵と眼が合ったが、潤はすぐに視線を伏せた。

重苦しい空気を背中に感じながら、潤は体育館倉庫を足早に立ち去った。


山道を登りながら、潤は久しぶりに後味の悪い思いを嚙み締めていた。

田舎者だと思って、バカにしている——。

泰助からぶつけられた言葉が、胸に響く。ほとんど話したことのない大人しそうな一年生の眼に、自分がどんなふうに映っていたのかを、このとき初めて悟らされた。

でも。自分に神楽を舞うことはできない。絶対に。

そう思った瞬間、鋭い鳴き声をあげて百舌《もず》が飛び立った。

途端に心の奥底から、黒い雲がむくむくと湧き上がる。

自分は絶対に変わってはいけないのに、慢性化していたはずの痛みが、いつの間にか薄れかけている。

知らず知らず澄川に慣れ始めている己を、潤は恐ろしく感じた。

こんなふうにして、自分も過去を忘れていってしまうのだろうか。

そんなこと、許されるわけがない。

生物部の中でも、たいして賛同者がいなかった野鳥観察。そこに、自分と同じくらい意味を見出《みいだ》してくれたのは、冬馬だけだ。しかもそれが、密かに眩《まぶ》しく眺めていた陰日向のない級友だったことに、潤は内心誇らしさを感じた。

気兼ねの要らない冬馬との時間は、本当に楽しかった。互いの興味を、何時間でも話していられた。

こうして共に学生時代を過ごしながら、平等に大人になっていくのだと、信じて疑うことがなかった。

とまってしまえ。

ふいにくるおしい思いが込み上げた。

自分の時間など、とまってしまえばいい。

あのとき、冬馬の時間が断ち切られてしまったように。

これからは、冬馬のためにも、潤がしっかりと生きていかなくてはいけない。それが冬馬の供養になる。

母もカウンセラーも、異口同音に同じようなことを言っていた。

だが、自分が生きていくことが、失われてしまった冬馬にとって、一体なにになるだろう。

冬馬には冬馬だけの、人生があったはずだ。

冬馬の夢、理想、願いを潤は知らない。

そこには、冬馬にしか分からない、様々な思いや試みがあったはずだ。たくさんの可能性があったはずだ。

突然奪われた冬馬の可能性を、他の誰かが、ましてや自分などが贖《あがな》えるわけがない。断ち切られてしまった冬馬のことを、せめて刻印していたいと思うのに、過去はこんなにたやすく上書きされていこうとする。

未来も今も過去になって、結局は消えていく。この世界に意味なんてどこにもない。ない。ない。

叩きつけるように足を踏み出すたび、底のない沼に落ちていく。

地面だけを見つめて歩いていくうちに、しかし、潤の耳は遠くから響いてくる聞き覚えのある鳴き声をとらえた。

ハナ――？

我に返って顔を上げると、茶畑の中の道を、ハナがひとりで走ってくる姿が眼に入った。

「ハナッ！」

叫んだ潤のもとに、ハナが一心に駆け寄ってくる。

「ひとりでどうしたんだ」

膝に飛びついてきたハナが長いリードを引きずっていることに気づき、潤は嫌な予感を覚えた。潤がリードを握ると、ハナはひと声短く吠え、今きた道を一目散に引き返し始めた。

はやる気持ちを抑えながら、潤はハナと一緒に走り出す。

六地蔵の並ぶT字路を過ぎ、枯れ薄《すすき》でいっぱいの野っぱらに入ったとき、立ち枯れた雑草にまぎれ、黒い羽織のようなものが見えた。

「おじいさんっ！」

それがうつぶせに倒れている老人の背中であることに気づき、潤は全身から声を放った。

13　夜道

うたた寝から眼が覚めると、リノリウム張りの床が見えた。

つい、うとうとしていたらしい。ベンチに凭《もた》れていた潤は、慌てて周囲を見回した。

病院内の蛍光灯は明るすぎて、今が何時なのかも分からない。人気《ひとけ》のない廊下に、病院独特の冷たい匂いが漂っていた。

老人が運び込まれた集中治療室は、治療中の赤いランプが点《つ》いたままで、重たい鉄扉の向こうからは物音のひとつも聞こえない。

かつかつと響く微かな音の先を見ると、どこかから入り込んだ黒い羽虫が、天井の蛍光灯にぶつかっては跳ね返されていた。ポケットの中の携帯を取り出し、時刻を確認しようとしたが、院内に入ったときから電源を切っていたことに気づく。

冬枯れた野原に老人が倒れているのを発見したとき、潤は迷わず母の多恵子に連絡した。

たまたま休憩中だった母は、すぐに電話に出た。そして即刻、自分の勤める総合病院に搬送できるよう、救急車を手配してくれた。

救急救命士が到着後、無理を言って潤も一緒に救急車に乗せてもらった。ハナは、後からやってきた千沙に、老人の家まで送り届けてもらうようにした。

病院では、母が看護師長と一緒に受け入れ態勢を整えてくれていた。到着するなり、母は若い看護師たちと声をかけ合い、手際よく老人を集中治療室に運び込んだ。潤には、すべてがあっという間の出来事に思われた。

あれからどのくらい時間が経ったのだろう。

うとうとしていたのはほんの一瞬だった気もするし、案外長い時間だった気もする。

自分の母親が看護師であることを、今日ほど心強く感じたことはない。

思えば、澄川にきて以来、初めて母が勤める病院にきた。白い看護服に身を包み、マスクをつけた母の姿を、潤は久しぶりに見た。その姿は、東京の病院で働いていたときと、ほとんど変わらなかった。

母はベテランの看護師らしく、堂々と自分の職務を全うしていた。

老人をストレッチャーから降ろすときも、中心となって若い看護師たちに声をかけていた。たった四ヵ月前にきたばかりなのに、自然と周囲に頼られているように見えた。

そこには、〝出戻り〟として地元の病院で働くことになった気兼ねめいたものは微《み》塵《じん》もなかった。

多恵子が既に新しい環境に溶け込み、そこで中心を担っていることに、潤は頼もしさを覚えると同時に、一抹《いちまつ》の寂しさを感じずにはいられなかった。

ふいに廊下の奥が騒がしくなる。

顔を上げると、若い看護師と共に意外な人物が近づいてくるのが眼に入った。

集中治療室の前のベンチに座っているのが潤だと気づき、相手も驚いているようだった。

「じいちゃんを助けてくれたのって、お前だったのか」

じいちゃん？

潤も軽く眼を見張る。

ダウンジャケットを小脇に抱え、息を切らしているのは、ついさっきまで、自分たちに神楽を指導してくれていた、奥三河一の舞の名手にして、澄川の花太夫《はなだゆう》の孫。暮林蒼汰だった。


杉木立に囲まれた山道は街灯が少ない。

車のライトだけを頼りに走る夜道は、どこまでも続く海底トンネルのようだ。

蒼汰が運転する白いスポーツセダンの助手席で、潤は暗い窓の外を見ていた。ヘッドライトに照らされて流れていく杉並木は、海底神殿の柱にも見える。

ハナの散歩中に倒れた老人は、軽い心筋梗塞を起こしていた。

幸い発見が早かったので大事には至らなかったが、精密検査も含めてしばらく入院することが決まった。

「寒くない？」

突然声をかけられ、潤はハッとする。

「……平気です」

「煙草《たばこ》吸いたいから、窓あけるけど、いい？」

潤の返事を待たず、蒼汰は運転席側の窓を少しあけた。

片手ハンドルになると、蒼汰はシガーソケットで煙草に火をつけ、唇の端にくわえる。車内に苦い煙草の匂いが漂った。

老人には夜勤の多恵子がつき添うことになり、潤は蒼汰の運転する車で集落まで送ってもらうことになっていた。カーラジオからは、潤が普段あまり聞かないJポップが流れている。

潤はこの日初めて老人の素性《すじょう》を知った。

蒼汰の祖父、暮林啓太郎《けいたろう》――。澄川林業組合の組合長で、澄川の花太夫。

それが、世捨て人のように思っていた老人の本当の姿だった。

「参るよな。普段かくしゃくとしてるから、こんなことになるとは思ってもみなかった」

窓の外に向かって煙を吐きながら、蒼汰が呟くように言う。

病院から連絡がきたとき、蒼汰は既に豊橋に向かっていたらしい。

「あの、すみません……」

「なにが？」

「送ってもらって」

「たいした距離じゃない」

　ハンドルを切り、蒼汰は首を横に振った。

「それに犬がいるから、今日は俺もじいちゃんのところに泊まるよ。あの家、未だに薪でしか風呂が焚けないとか、まじ、あり得ないんだけどさ」

　裏庭に積んである薪のうちのいくつかは、潤が割ったものだ。

　薪に対し刃が直角になるように、体重をかけて勢いよく斧を振り下ろす。蒼汰が生徒たちの舞を指導していたように、潤も老人に手を添えられながら教え込まれた。

　うまくいくと、薪はぱっかりと綺麗に二つに割れた。慣れてくると、面白いくらいだった。

「あのさ」

　蒼汰がラジオの音量を絞る。

「お前さ、今日、なんであんなこと言ったの？」

　その問いかけに、潤は忘れかけていた気まずさを思い出した。

　花祭りには参加しない。

潤はこの日、皆の前ではっきりそう宣言したのだ。

「もしかして、あいつらとうまくいってないとか」

「別にそんなんじゃないです」

「じゃ、なんでさ」

田舎者だと思ってバカにしてる——。そう言って睨んできた泰助の眼差しを思い返し、潤は膝の上で拳を握る。

「周とお前がきたおかげで、ようやく澄中の二年生で三つ舞ができるようになったんだ。来年の花祭りは、豊橋や名古屋からわざわざ助っ人を呼ばなくて済む。校長含め、皆、結構期待してんだよ」

「二年生と、一年生で踊ればいいじゃないですか」

葵との間に割って入ってきた泰助の姿を思い浮かべ、潤は言い返した。普通に答えたつもりなのに、ふて腐れたように響いたことに自分でも驚いた。

「ああ、泰助な。あいつは喘息《ぜんそく》持ちだから、そう長くは舞えない。湯ばやしならなんとかなるが、三つ舞はきつい。三つ舞は原則、三折《みおり》だからな。扇、やちごま、剣と採り物を換えて、最低でも二時間近く舞う」

「そんなの、俺だって無理です」

「そんなことない。周だって、一応、舞えるんだ。練習すればなんとかなる」

「無理です……っていうか、やりたくないです」

「やってみれば、結構いい思い出になるぞ。花の舞や三つ舞は、その年齢のときにしか舞えないんだし」

蒼汰の口調が説得の色合いを帯びてきた。

「ほら、あの学校、ろくに人数がいないから、文化祭とか成り立たないだろ。そうだよ。文化祭だと思えばいいんだ。大人になってから、絶対、やっておいてよかったって思うって」

母は運動会だと言い、蒼汰は文化祭だと言う。

そうした学校行事を純粋に楽しめない生徒だって、いつの時代でもどこの場所でもいくらでもいるはずだ。

潤はくわえ煙草でハンドルを握る、蒼汰の端整な横顔を窺う。

神楽を舞っているときの遠くを見据えた透明な表情とは違い、眼差しにも口調にも、無自覚な自信が滲み出ている。

潤はふと、かつてのクラスの中心にいた男子たちの姿を思い出した。サッカー部や陸上部などの運動部に属し、成績も悪くなく、容姿も今様《いまよう》で、背も高い。まったく臆すことなく、女子とも頻繁に言葉を交わす、ひと握りの男子たち。

彼らは自分の言動に迷いがなく、それを他人が正面から受け取ることも、当然だと感じている節があった。誰にでも気さくに話しかけることができるのは、無視されたり、拒絶されたりしたことのないものだけが持つ、無防備な特権だ。

母にせよ、蒼汰にせよ、どこにいても簡単に中心になってしまう、華のある人たちの説得は、自分のように中心から離れたところにいる生徒からすれば、いつだって少し焦点がずれている。

「じいちゃんだってさ」

しかし、そう続けられたとき、潤は心臓が小さく跳ねるのを感じた。

「ま、じいちゃんはああいう人だから口に出しては言わないけど、でもやっぱり、澄中の子供の三つ舞が見たいと思ってるはずだよ」

潤と老人のこれまでの交流を、蒼汰は知らないはずだ。

けれどこの言葉を聞いたとき、もう老人を自分の逃げ場のように思うことはできないと、潤は感じた。もちろん、老人がそんな下心を持って自分に接していたとは思わない。

だが老人はもう、菌糸の森に棲《す》む仙人ではない。澄川の花太夫なのだ。

「俺だって、わざわざ助っ人にきてくれる神楽クラブの子を徹底的にしごくわけにはいかないし。結局、本当の澄川の舞は、澄川の子供だけに受け継がれていくものなんだよ」

「俺、別に澄川の生まれじゃないですから」

車内を沈黙が流れた。

杉の梢の先に月が見える。今日は雲が多いのか、それほど星は出ていない。

「それも、そうだな」

やがて蒼汰が呟くように言って、ダッシュボードの灰皿に煙草をねじ込んだ。

「無理強いはしない」

中心に立つ人物らしい清廉さで、蒼汰はあっさりと潤の言葉を受け入れる。

「とにかく、もう一度礼を言うよ。じいちゃんを助けてくれて、ありがとな。発見が遅かったら、どうなっていたか分からない」

運転席の窓を閉め、蒼汰は前を向く。

「じいちゃんが逝っちまったら、俺は本当にひとりになっちまうからな」

こぼれ落ちた言葉に、潤は反射的に蒼汰を見た。

老人の家の仏間で偶然眼にした、一枚の写真が眼に浮かぶ。

野良仕事中らしい男女が、手を休めて寄り添っている写真だった。首にタオルを巻いて笑っていた男の顔が、蒼汰の横顔に重なる。

ただの〝中心人物〟にしか映っていなかった蒼汰に、初めて生身の人間の血潮が通った気がした。

真っ直ぐに前を向き、もう蒼汰は運転だけに意識を集中している。

14 新年

元日の朝、中二階の窓をあけると、ふわふわした淡雪が降っていた。

杉や檜に包まれた深緑の山に降る雪は、透き通って見える。白ではなく、夏の早朝、山の端を這う霧をそのまま凍らせたような透明な雪だ。痛いほどの冷気に肌をさらされ、潤は身震いしながら窓を閉める。部屋の中でも吐く息が白かった。

階段を下りていくと、すぐに台所から温かな匂いが漂ってきた。

「潤君、おはよう。顔を洗ったら、料理運ぶの手伝ってくれる？」

多恵子に声をかけられ、潤は頷いてから洗面所に向かう。

「外、見た？　雪が降ってるよ」

元日の朝の雪は〝御降《おさがり》〟と言って縁起がいいのだと、多恵子は嬉しそうだった。

冷たい水で顔を洗い、潤はぼんやり鏡の中の自分を眺めた。

元旦。いつもと同じ、ただの寒い冬の朝なのに、ここから新しい年が始まるのだと、見えない線を引かれる。

澄川で迎える、初めての正月だった。

テーブルには、あっという間にたくさんのご馳走が並べられた。多恵子が正月必ず作るローストビーフも、テーブルの中央を占めている。

千沙が作ってくれた雑煮は、潤が今まで食べた中で、最もシンプルなものだった。澄んだ汁の中に、菜っ葉と軟らかく煮た白い餅だけが浮いている。鶏肉も紅白のかまぼこも入っていない。

「澄川の雑煮といえば、これだよね」

質素な雑煮を、多恵子は懐かしいと連呼しながら食べている。

東京ではたまに関東風の雑煮を食べるくらいで、きんとんとか昆布巻きとか、お節《せち》っぽいものはそれほど食べなかった。

物心ついたときから正月は母と二人きり。そうなるとテーブルに上るのは、ローストビーフやマカロニグラタンといった、潤の好物ばかりだった。たまに訪ねてくる父に至っては、正月でもファストフードのハンバーガーや、コンビニの唐揚げを買ってきていた。

潤自身、お年玉をもらうと早速街に繰り出して、冬馬やクラスメイトたちと合流した。東京郊外のベッドタウンとはいえ、駅前にいけば、正月から営業しているゲームセンターもカラオケ店もある環境だったのだ。

潤はふと箸をとめた。

この先、自分はいつまでここにいるのだろう。このまま、杉山に囲まれた小さな集落で、母と祖母と三人で暮らしていくのだろうか。

脳裏に三人のクラスメイトの顔が浮かぶ。

生まれ育った澄川から〝脱出〟を試みようとしている葵。澄川から一生出ないと決めているらしい康男。花祭りのために、豊橋からわざわざ移り住んできたという周。

その誰とも近い立場に立てない自分を感じ、潤はそのまま箸を置いた。

曇りガラスの向こうの雪は、いつの間にかやんでいるようだった。


翌日、潤は昼過ぎまで寝て過ごし、お節の残りを食べた後、再び自分の部屋に引きこもった。

ベッドの上に身を投げ、携帯の無料ゲームアプリを立ち上げる。学校もなければ、他にいく場所もない正月休みは、いつも以上に時間を潰すのが難しい。

多恵子は元日を休んだだけで、今日は朝から出勤している。夕刻には戻って、千沙と一緒に隣村の花祭りを見にいくと言っていた。千沙の中学時代の後輩が初孫と一緒に山見鬼《やまみおに》を踊るので、それを見にいきたいのだそうだ。潤はもちろん、家にひとりで残ることを選んだ。

奥三河は、正月も花祭り三昧《ざんまい》だ。この三が日は、三ヵ所の集落で祭りが行なわれている。きっと康男や周たちも、朝から助っ人に駆り出されているのだろう。

惰性《だせい》でゲームを続けていると、時折、ハナの顔が浮かんだ。

黒くて丸い眼、濡れた鼻、くるりと巻いた太い尻尾が恋しかった。

多恵子によれば、検査の終わった老人は、一時的に自宅に戻っているらしい。退院の日、孫の蒼汰が白いスポーツセダンで迎えにきたと言っていた。

でも、もう、自分が老人のところを訪ねることはないだろう。

そう考えた途端、急に単純なゲームがバカバカしくなり、潤は携帯を投げ出して布団をかぶった。そうしていると、あれほど眠ったはずなのに、再び瞼《まぶた》が重くなってくる。

夢とも回想ともつかぬぼんやりとした意識の中で、潤はかつてのクラスメイトたちを見たような気がした。

事故以来、急に姿を消した潤のことを、彼らはどう思っているだろう。そもそも、自分のことを思い出すような級友はいるだろうか。

サッカー部で重要なポジションを務めていた快活な冬馬と違い、潤はクラスでも目立たない生徒だった。それなりにつき合う級友たちはいたが、いくらでもすげ替えの利くうちのひとりにすぎなかった。

唯一突出していた野鳥の知識を心から称賛し、共有してくれたのは、冬馬くらいだ。

冬馬だけが、本当の楽しみを分け合える、本物の仲間だった。

飛び立つ鳥の名前を瞬時に言い合うゲームに、潤も冬馬も夢中になった。大抵冬馬のほうが速かったが、たまに潤が先に言い当てると、「おおっ」と感嘆の声をあげてくれた。

冬馬の「おおっ」という声を聞くたび、潤はなんだかとても誇らしい気分になった。

冬馬がいることで、喜びも楽しさも倍増された。

一刹那《いっせつな》、冬馬の感嘆が耳元をかすめた気がして、息をとめる。

錐《きり》で突かれたように胸が疼《うず》いた。

冬馬が失われたとき、潤の中からも、なにか大切なものが確実に失われてしまっていた。

深い穴に落ちていくように、全身から力が抜けていく。

そのとき、突然、傍らの携帯がけたたましい着信音を鳴らし、潤はぎょっとして飛び起きた。

発信元を確認すると多恵子からだ。

「潤君?」

通話ボタンを押した途端、多恵子は一方的に喋り始めた。遅番だった看護師が急用でこられなくなったため、夕刻に戻ることが難しくなったという。

「だから、お母さんの代わりに、おばあちゃんを隣村まで連れていってあげてほしいの」

ようやく話の意図がつかめ、潤は困惑した。

「おばあちゃんなら、ひとりでも大丈夫だろ」

自分たちがくる以前、祖母はずっとここでひとりで生活していたのだ。

「昼間ならいいけど、夜は心配よ。この間の花太夫《はなだゆう》さんみたいなことがあったらどうするの。冬は特に、お年寄りの心筋梗塞が多い季節だもの。おばあちゃん、どうせ、今は炬燵《こたつ》でテレビでも見てるんでしょう？　暖かい部屋から、いきなり寒い外に出るのが一番危険なの」

隙を見つけて病院を抜け出しているらしい母の口調は、いつになく強硬だった。

「お願いだから、一緒にバスに乗ってあげてちょうだい。夜道で転ばれでもしたら、正月早々縁起でもないことになるし。帰りは、私が二人とも車でピックアップするから。山見鬼が出るまでには必ず帰る」

口早に「お願いね」と念押しされ、通話は切れた。

潤は呆然として携帯を耳から離す。

外を見れば、既に日が暮れ始めていた。この季節、日が暮れてしまうと、辺りは一気に真っ暗になる。

耳を澄ますと、階下から千沙が見ているテレビの音が響いてきた。最近耳の遠い祖母は、ひとりになると結構な音量でテレビを見ている。

出かけるにしても、まずはバスの時刻表を確認しなければいけない。盛大に溜め息をついて、潤はベッドから下りた。

結局潤は不本意ながら、千沙と共にバスで隣村へ向かうことになった。

けれどバスを降りてから、潤は初めて母の言う通りにしておいてよかったと思った。

バス停から花祭りの会場の神社まではさほど遠くなかったが、元旦に降った雪のせいで、山道はカチカチに凍りついていた。内股に力を入れて踏みしめていないと、簡単に足を取られる。

足元のおぼつかない千沙を支えながら、潤は慎重に歩きやすい場所を選んだ。

やがて、庭燎《せいと》と呼ばれる篝火《かがりび》が見えてきた。交代で夜通し火を守る庭燎衆《せいとしゅう》たちが、榾《ほだ》を燃やしている。

神社の境内の深い闇の中で、篝火はぱちぱちと赤い火の粉を巻き上げていた。既に神楽が始まっているらしく、半野外の舞庭《まいど》にはたくさんの人が溢れている。

人垣の間から舞庭を覗き込むと、丁度いちの舞が始まるところだった。潤は人混みを掻き分け、背の低い千沙を列の前のほうに誘導した。

康男たちは違う集落の助っ人に出向いているようで、神座《かんざ》で篠笛を吹いているのは、白髪の老人ばかりだった。

ぐらぐらと煮え立つ湯釜を前に立っているのは、暮林蒼汰だ。

蒼汰はどこの集落でも、一番の踊り上手に託される、いちの舞を踊っているらしい。

やはり蒼汰は、どこにいても中心に立つ人だ。

ふるさと教室や、昨年近所の集落で行なわれた花祭りのときとは違い、この村のいちの舞では、蒼汰は真っ白な直垂《ひたたれ》を纏い、両の手に大きな榊の枝を持っていた。

榊の枝を捧げ持ち、腰を落とすと、垂直に跳び始める。

その様子は、いつもの鷺のように両腕を広げて蓆《むしろ》を踏みしめる動作とはまったく違う。勢いをつけて何度も飛び跳ね、蒼汰は両手の榊を上へ下へと振り回した。着地するたび、ぴしゃりぴしゃりと榊が地面に叩きつけられる。

「いつもと違う……」

「この村の舞は大入《おおにゅう》系だに」

潤の呟きに、千沙が答えた。

「大入系？」

「そうずら。澄川一帯の集落は振草《ふりくさ》系だにな」

天竜川支流に伝わる花祭りは大きく二つの系統に分けられる。ダムの建設に伴い、大入系を継承する集落のいくつかは水の中に沈み、段々少なくなってきているという。

「他にも、一ヵ所大川内《おおかわうち》系があるだに」

千沙によれば、花祭りは集落ごとに、すべて少しずつ違うのだという。

集落に伝わる舞を正確に踊り分けられるのは、今では蒼汰だけ――。

以前、葵が誇らしげにそう言っていたことを思い出した。

同時に、〝本当の澄川の舞は、澄川の子供だけに受け継がれていく〟と語った蒼汰の声が甦る。

「ほれ、くるぞ」

ふいに千沙から背中を押され、潤は我に返った。

瞬間――。

前に押し出された潤めがけ、勢いよく榊が振り下ろされた。

「なっ……！」

気づくと潤は、勢いづいた蒼汰から、榊で滅多打ちにされていた。

〝トーヘー　トヘヘト！〟

その途端、舞庭に控えていた庭燎衆たちが、一斉に唱和を始めた。

聞きなれた〝テーホヘテホヘ〟の掛け声とはまた違う。

〝トーヘー　トヘヘト　トーヘートヘヘト〟

テンポの速い掛け声の中、蒼汰が憑《つ》かれたように両腕を振り回し、庭燎衆たちを榊で打ち据える。その勢いは舞庭を取り巻いている観客にまで及び、あちこちで悲鳴のような歓声があがった。

「榊ではたかれると、厄除《やくよ》けになるだに」

潤を前に押し出した千沙は、眼を細めて笑っている。

白い袂《たもと》を閃かせ、蒼汰が嵐のように周囲を打ちつけて回り、舞庭はあっという間に揉《も》みくちゃになった。興奮の坩堝《るつぼ》の中、逃げ惑う人もいれば、上半身裸になり、肌が真っ赤になるまで打ち据えられている人もいる。

大きな榊の枝が裂けてばらばらになるまで、蒼汰は周囲を打って回った。

榊の緑の葉がすべて舞庭に散り、蒼汰の手に残るのが枝の切れ端だけになったところで、いちの舞は終わった。

沸き起こる拍手の中、蒼汰が神部屋《かんべや》に戻っていく。

神部屋の引き戸の奥に消える前、蒼汰がちらりとこちらを振り返った気がした。

舞庭ではすぐに地固めの舞が始まったが、千沙が表へ出ていったので、潤もその後についていった。

千沙は神社の会所《かいしょ》に向かい、そこで花代と呼ばれる奉納金を支払った。会所の宮人《みょうど》が、すぐさま半紙に千沙の名を達筆で書きつける。

後に半紙は神座の壁に貼られ、千沙もこの村の花祭りの共催者のひとりとなる。過疎化の進む奥三河では、こうしてそれぞれの集落が互いに支え合いながら祭りを開催しているのだ。

舞庭に戻ると、ひときわ高い歓声があがった。

花笠をかぶった三人の幼児が、あでやかな稚児《ちご》装束に身を包み、大人たちに抱きかかえられながら舞庭に登場した。全員が女の子のようだ。

舞庭に下ろされた幼女たちは、扇と鈴を握りしめ、あちらへこちらへとよろめくように足を運ぶ。大きな花笠を支えるのが精一杯で、とても舞っているようには見えない。

それでも、大勢《おおぜい》の観衆を前に懸命に眼を見張る愛らしい様子に、ホームビデオを手にした両親と思しき大人たちが盛んに声援を送っていた。

「あの子たちは皆、里帰りしてきた親たちが連れてきたんだだに」

豊橋や名古屋に出ていった人たちが、花祭りの時期に子供を連れて戻ってくるのだという。ふっくらとした頬に白粉《おしろい》を塗り、小さな唇に赤い紅を差した幼女たちは、幼いながらにこれを晴れの場と心得ているらしく、神妙な面持ちで鈴を振っている。

きっと、こうして幼児時代に花の舞を踊った経験のある子供たちが、都会の学校の神楽クラブに入ったりするのだろう。

「さて、花の舞が終わると、次は山見さまが出るだにな」

腰をぽんぽんと叩き、千沙が畳敷きの観客席によじ登ろうとする。祖母を手伝い、潤も靴を脱いで一段高い見物席に分け入った。

花祭りには、山見鬼、榊鬼《さかきおに》、茂吉鬼《もきちおに》と三人の鬼が登場する。千沙の後輩が舞う山見鬼は一番初めに登場する鬼で、山を割り、浄土を開くとされる〝役鬼《やくおに》〟だ。

いつの間にか時刻は、深夜に差しかかり始めていた。

普段なら布団に入っていないと痺《しび》れるような寒さを感じるのに、ここは大変な熱気だった。畳敷きの真ん中に切られた囲炉裏が赤々と燃えていることもあるが、なにより見物席にぎっしりと詰め込まれている観客たちの人いきれがすごい。

祭りを開催する集落の人手は年々減っているのに、都会からやってくる観光客は年々増えている。一眼レフのカメラを構える彼らの中には、シーズン中、花祭りをはしごする猛者《もさ》もいるという。

神座近くでは、花の舞を踊り終わり緊張の解けた幼児たちが、周囲の喧騒をものともせず、毛布にくるまって眠り始めていた。

「潤君！」

ふいに背中を叩かれ、潤はびくりと肩を竦める。

振り返ると、母の多恵子が息を切らしていた。

「何度も携帯鳴らしたのよ」

この喧騒の中では、どれだけ着信音が大きくてもとても気がつかない。

「でも、見つけられてよかった。山見さま、これからでしょう……？」

多恵子はまだなにかを言いかけていたが、突然、白髪の老人に声をかけられ、後を続けることができなくなった。

「なんだ、千沙さんとこの多恵ちゃんじゃねえのか」

「こりゃまた久しぶりずら。いつ、こっちに帰ってきたんだに」

「相変わらず、別嬪《べっぴん》だなぁ」

隣村の花太夫や宮人たちが、わらわらと多恵子の周囲を取り囲む。

「そうだ、多恵ちゃん、笛吹いてくれよ」

「え……、そんな、無理です。ずっと吹いてないし、ここのテンポ、地元と違うし」

いきなり篠笛を差し出され、多恵子はおおいに困惑していた。

「なにを言うか。多恵ちゃんには、昔っからできないことなんかないだによ。この村はもう何年も、わしら年寄りしか吹き手がおらんだに」

「そうだ、そうだ。千沙婆《ばあ》さん、多恵ちゃんを借りるよ」

多恵子の困惑をよそに、千沙は笑顔で頷き返す。

「ちょっと、お母さん！」

多恵子はまだ抵抗していたが、結局は宮人たちの手で神座に引き上げられてしまった。

花太夫が太鼓を叩き始めると、その場で慌ただしく白い直垂を羽織った多恵子も神楽の席に加わった。

細い指先を何度も篠笛に当て直している多恵子は、まだ戸惑っているように見えた。

けれど、形の良い唇をそっと笛に押し当てた途端――。

潤は母の中に、ふっと違うものが入った気がした。

澄んだ音があがり、多恵子は一瞬にして、全員の視線を引きつけた。

流れる風を思わせる笛の音色には、少しの迷いも見られなかった。

潤は初めて、母が神楽の笛を吹く姿を見た。

すっと視線を伏せた表情は、いつもの母とはまるで別人のようだった。

「小さいときに習い覚えたことは、身体に沁み込んでいるだに。お母さんは、奥三河の子だにな」

白髪の宮人たちに傅《かしず》かれるようにして、多恵子は一心に笛を吹いている。哀愁の漂う調べは少しのくるいもなく、とても飛び入りとは思えない。

母もまた、蒼汰と同じく中心の人だ。

〝多恵ちゃんには、昔からできないことなんかない〟と言った宮人の老人の言葉は、あながちお世辞ではないようだった。

「毎年同じように見えて、花祭りは集落によっても年によっても全然違う。蒼汰が戻ってきてくれたのも、最近のことだにな」

「え？」

千沙の言葉に、潤は顔を上げた。

少年の頃からいちの舞を踊り、花祭りの一部のように見える蒼汰が、舞庭に現れない時期があったのか。

しかし、たとえ都会に出ていたとしても、蒼汰ほど頼りにされている踊り手が、何故シーズン中に里帰りをしなかったのだろう。

潤がその疑問を口にしようとした矢先、ひときわ高い歓声があがった。

まさかりを担いだ山見鬼が、舞庭に登場したのだ。だが歓声の先にいたのは、まさかりを地面に突き立てて見得を切る山見鬼ではなかった。

山見鬼を追って舞庭にまろびでた、小さな小さな鬼だった。

四、五歳の幼児と思われるいたいけな身体だが、顔にはしっかりと鬼の面をつけている。小振りのまさかりをくるりと回すたび、観客から大きな歓声が沸き起こった。

「伴鬼《ともおに》だに」

千沙が細い眼を、益々糸のようにする。

舞庭でまさかりをくるくると振り回している大鬼と子鬼が、千沙の後輩とその孫らしい。

浄土を切り開く山見鬼は、伴鬼を連れてくる。その伴鬼は、しばしば今回のように幼児が演じる子鬼であることが多いという。

余程の練習を積んだのか、男の子と見られる子鬼の舞は、先に花の舞を踊った幼女たちより数段達者だった。大鬼の動きを必死で追う子鬼の一途な姿に、舞庭は熱狂の渦に包まれた。

「……覚えておらんか」

最初、潤は傍らの千沙がなにを言っているのか聞き取れなかった。

「なに？」

「うちのじいさんも、昔、山見さまを踊ったことがあるだに」

千沙の指先が、小さなまさかりを振り回す、子鬼の姿に留められる。

「そのとき、伴鬼を踊ったのは、潤坊ずら」

一瞬、周囲の喧騒が消えた。

〝それに潤君、まだ小さいとき……〟

以前、花祭りへの参加を持ちかけてきたとき、母が言いかけていたのは、まさか、このことか。

千沙がゆっくりと微笑んだ。

「潤坊も、澄川の子だにな……」

15 冬休み

朝起きると、窓の外が真っ白になっていた。

元旦に降った透明な淡雪は山道を凍らせただけで積もりはしなかったが、三が日後に日本列島を襲った「爆弾低気圧」は、たったひと晩で集落を丸ごと雪で包み込んだ。杉山の向こうに見える、明神《みょうじん》山も深い雪をかぶっている。

朝ごはんも早々に、潤は長靴を履いて外へ出た。

昨夜の猛吹雪が嘘のように空は青く晴れ渡り、集落はしんとしている。なにもかもが発光しているように見える、よく晴れた冬の朝だった。

夜勤明けの母に代わり、潤は中地区までの買い出しを請け負った。三が日も明けると、お節の残りも心許なくなり、潤自身、そろそろラーメンやカレーが食べたくなっていた。

巡回バスは運行していたが、潤はとりあえず歩けるところまで歩いてしまおうと決めた。千沙が用意してくれた内側にウレタンを貼った大きな長靴は、雪の中でも驚くほど歩きやすい。

白い息を吐きながら、潤は無心に坂を下っていった。

くきくきと音をたてて雪を踏みしめていくと、うっすら胸元が汗ばんできた。身体の芯は熱いのに、頬や耳は痛いほどに冷たい。ニット帽を深くかぶり直し、潤はやはり母の言うことを聞いて耳当てもしてくればよかったと思った。

ふと、白い直垂《ひたたれ》を羽織り、宮人《みょうど》たちに囲まれて篠笛を吹いていた、白狐《びゃっこ》の化身を思わせる母の姿が脳裏に浮かぶ。

同時に、小さな穴から舞庭《まいど》を覗いているような印象がよぎり、潤は頭を横に振った。

幼い頃に祖父と一緒に伴鬼《ともおに》を踊ったことがあると祖母に指摘されてから、急にこんなイメージが浮かぶようになったが、これはきっと後から植えつけられたものだろう。所謂《いわゆる》、既視感というやつだ。事実、自分はこの集落のことを、なにひとつ覚えていない。

だがそう思えば思うほど、初めて花祭りのビデオを見たときに覚えた、心の奥底が湧き立つような感触が生々しく迫ってきて、潤を悩ませた。

やがて、六地蔵が並ぶT字路まできたとき、背後から歓声が聞こえてくるのに気づいた。

振り返ろうとした途端――。

「うわっ！」

いきなり冷たいものを横面《よこつら》にぶつけられた。

驚いて見返すと、頬を真っ赤にした里奈が、眼をきらきら輝かせて走ってくる。よける暇もないまま、再び丸めた雪を、思い切りぶつけられた。

ダウンジャケットに当たった柔らかい雪玉は、パッと粉のように飛散する。それを見た里奈は益々勢いづき、日差しにさらされて溶けかけている雪を両手で掬《すく》い、バシャバシャとかけてきた。

「やめ……、よせってば」

勢いに押されて後じさりながら、里奈の背後に視線をやり、潤はぽかんと口をあけた。

後方から、ほとんどびしょ濡れになった康男と周が息を切らしながらやってくる。ひと目で二人が妙な興奮状態にあることが分かった。

周の白いダウンジャケットは泥にまみれ、康男に至っては雪の中、シャツ一枚になっている。潤の姿を見るなり、二人は顔いっぱいに不吉な笑みを浮かべた。

「いやっほーっ」

周が甲高い雄叫《おたけ》びをあげて、雪を掬い上げる。

普段は穏やかな康男までが、雪を丸めると小柄な身体を思い切りしならせ、大リーグのピッチャーの如く派手な投球フォームを作った。

途端に、壊れたピッチングマシーンに狙われたように、雪玉が飛んでくる。

「ちょっ……、やめろ……」

肩で破裂、顔をかばった腕で破裂、腹で破裂、腿《もも》で破裂――。

雪まみれになっていく潤を見て、周も康男も大喜びで手を叩く。

どんなに躱《かわ》そうとしても次々に飛んでくる雪玉に、ついに堪忍袋の緒が切れた。

「いい加減に、しろっ！」

潤も足元の雪をつかむと、力いっぱい投げつけた。

水を含んだ雪が周の顔面にヒットし、花火のように飛散する。

「やった、やった！」

里奈がはしゃいで手を叩いた。

すぐさま康男が反撃に出たが、潤ももうやられてばかりはいなかった。里奈が潤に加勢し、二手に分かれて雪玉を投げ合う。大張り切りの康男たちにつられ、潤も完全に本気になった。

こうなったら、やけくそだ。

家の中で燻《くすぶ》らせていた鬱憤《うっぷん》を晴らすように、羽目を外す。

飛散した雪が襟元から入り込もうが、手袋を落とそうが、気に留めるものは誰もいなかった。

すぐ傍らで、里奈が頬を上気させて笑っている。切りそろえられた黒髪のあちこちに溶けかけた雪がついているが、まるで気にしていない様子だった。

なんの混じりけもない、ただひたすらに楽しいと訴えてくる純粋な眼差しは、潤の幾重にも纏った重い鎧《よろい》を一瞬にして射抜いてしまいそうだった。

里奈の喜びが雪飛沫《しぶき》のようにきらきらと飛散し、全員に伝播《でんぱ》する。康男も周も真っ白な息を吐きながら、満面の笑みを浮かべていた。

ふいに里奈が潤の腕を取った。

気づいたとき、潤は里奈と共に、雪の上に仰向けに倒れていた。溶けかけた雪の中に、ずぼっと身体が埋もれてしまう。

雪のクッションを背に、青く晴れ渡った冬の空が眼に入った。

康男と周も歓声をあげ、雪の上に身を投げる。

自分と里奈の重みでできた窪みの中に身を横たえ、潤は青い空を眺めた。

つっ、と澄んだ鳴き声をあげ、一羽の小鳥が切り取られた空を横切る。

シジュウカラ——。

心に呟いた瞬間、〝おおっ〟という冬馬の声が遠くで響いたような気がした。

「雪、楽しいね」

いつもならすぐに訪れる、刺すような胸の痛みを、傍らの里奈の朗らかな声がかき消した。

息がかかるほど近くに里奈の白い顔があり、潤はどきりと胸を躍らせる。

里奈の白い頬の下で、血潮が生き生きと燃えていた。

どぎまぎと視線をそらし、潤は久しぶりにまともに眺める空の眩《まばゆ》さに眼を細めた。

「バッカじゃないの!」

三十分後、潤たちは雑貨店のストーブの前で、葵に怒鳴られていた。

雪の中に身を沈め、心地よさを感じたのはほんの一瞬のことだった。汗ばんだ身体は一気に冷え、その後、どうにもならない寒さがやってきた。

葵の家でもある雑貨店に辿り着いたとき、周は歯の根も合わなくなっていた。

「いい年して、なに、こんなにびしょびしょになるまで、雪合戦とかやってんのよ。里奈が風邪でも引いたらどうするつもり?」

葵の剣幕に、周がずびずびと洟《はな》を啜りながら口を挟む。

「いや、里奈ちーが、一番初めにやり始めたんだって」

「だからって、こんなになるまではしゃぎ回ることないじゃない。まったく、岡崎だけならともかく、ヤッスンや杉本まで、なにやってんの」

「あ、なに、その差別的発言」

身を乗り出した周が、そのまま「べーっくしょん!」と唾を撒き散らしたので、葵は悲鳴をあげて飛びすさった。

「まあまあ」

最後までダウンジャケットを着込んでいた周がすっかり凍え切っているのに、シャツ一枚で雪の中に寝転んでいた康男は案外けろりとしている。

「澄川でもこんなに雪が降ったのは久しぶりだに、ちょっとスイッチが入ったずらよ」

「すっごく面白かったんだよ、アオちゃん!」

ストーブの前に並んでいる康男と里奈が、まったく同時に首を傾《かし》げた。

二人の奇妙なほどのシンクロに、潤は内心小さな感嘆を覚える。容姿は少しも似ていないのに、時折同じ仕草を、しかもほとんど同時に行なう。

「ほら、皆、濡れてる服は一度脱いで、ちゃんと乾かしてね」

栗色の髪を肩に垂らした葵の姉が、店の奥からタオルと着替え用の白いシャツを持ってきてくれた。

「しばらくはこれを着てなさい」

店の売り物らしい、男性用肌着だった。

「わー、茜《あかね》さん、恐縮です」

周がころりと態度を変え、でれでれと近づいていく。

茜と呼ばれた葵の姉は、柔らかく笑って、周にタオルを手渡してやっている。潤も茜から、タオルと肌着を受け取った。

「里奈、あんたはこっちで着替えな」

小柄な康男が兄のように、大柄な周の肩に手をかけた。

「学校が始まったら、また神楽の練習をやるずら」

「大丈夫かな」

「大丈夫ずら。周は、期待の星だに」

「了解、了解」

もっさりとした坊ちゃん刈りを振って、周が何度も頷く。

潤はなにも言うことができず、ただ黙って下を向いていた。

「こら、バカ男子、着替えは終わった？」

磨りガラスの向こうから、葵の声が響く。周は慌てて肌着をかぶった。

「お姉ちゃんが、甘酒作ってくれたよ」

「いやっほうー！」

周が真っ先に声をあげる。

康男も何事もなかったように、磨りガラスの戸をあけた。

「おじゃましまーっす」

靴を脱ぎ捨てて畳に上がっていく二人に、潤もかろうじて従った。

居間に作られた大きな掘り炬燵《こたつ》のテーブルの上には、作りかけのざぜちが何枚も置かれている。テーブルの片隅で、新しいセーターに着替えた里奈が、熱心にカッターを動かしていた。半紙に型紙を当てて、丁寧に切っている。

「熱いから、気をつけてね」

茜がテーブルの上に、甘酒の茶碗を載せた盆を置いた。

「さ、里奈もひと休みしよう」

葵に声をかけられ、里奈がやっと顔を上げる。潤たちが部屋に入ってきたことにも気づいていない様子だった。

生姜《しょうが》の利いた甘酒は、舌が焼けるほどに熱かった。全員がふうふうと甘酒を冷ます息が重なる。三口も飲むと、お腹の底にぽっと炎が灯《とも》ったようになった。

「いやぁ、まじに沁みるっす。茜さん、本当にこの鬼と血の繋がったお姉ちゃんなんですかぁ」

周がわざと葵をちらちら見ながら、茜にすり寄る。茜は困ったように笑っていたが、葵は完全に無視を決め込んでいた。

「ざぜち、結構進んでるだにな」

「なんだかんだいって、もう澄川の花祭りまで二ヵ月だもの。本当に、早いよね」

茜がテーブルの上のざぜちを手に取ってそろえる。

「康男君のところは祓《はら》い幣《べい》も作らなきゃいけないから、もっと大変でしょう？」

花祭りでは、ざぜちの他に、お祓いや神事に使う、「切り草」と呼ばれるたくさん潤が言い終わる前に、千沙がいそいそと立ち上がった。運動会のときを思わせる機敏な動作で居間の隅にある箪笥《たんす》をあけ、アルバムを取り出してくる。

「ほれ、なにしてる。座らんか」

ざぜちの広がっているテーブルの端にアルバムを載せ、千沙は立ち尽くしている潤を促した。

畳の上に膝をつき、潤はアルバムに手をかける。

ページをめくり、小さく息を呑んだ。

眉を吊り上げカッと眼を見開いた山見鬼《やまみおに》の横に、小さなまさかりを担いだ子鬼がいる。

写真としては、まともなものが一枚もない。せっかく堂々と見得を切っている山見鬼は、どれも中途半端に見切れていた。カメラは子鬼の姿ばかりを追っている。

「潤坊のお父さんが、ここにきたとき撮った写真だに」

カメラの奥に、潤は父の眼差しを感じた。

「じいさんの見よう見真似でな……」

千沙が眼を細めて写真を撫でる。

「飛び入りだっただに、練習する時間もなかったのに、たいしたものだったずら」

写真を見るだけでは、本当にちゃんと舞えていたのかは分からない。まさかりに振り回されているだけのようにも見える。

だがカメラはひたすらに子鬼の姿を追っていた。何枚も何枚も、子鬼の姿ばかりが切り取られていた。

鬼の仮面の小さな穴から覗く、舞庭の様子が脳裏をよぎる。

観客席の一番前で、カメラを構えた少し若い父と母が、盛んに声援を送っていた。

潤はもう、それを既視感と片づけることができなくなった。

「後からじいさんが、自分のまともな写真が一枚もないと文句を言ったずら」

義父に気兼ねすることもなく、父は潤の姿だけに焦点を合わせてシャッターを切っている。

「でも、婆も潤坊の写真のほうがいいだによ」

亡くなった祖父と、今は大阪で暮らしている父とを交え、確かに自分たち家族は全員で花祭りの舞庭にいたことがあったのだ。

その事実が、潤の心を熱く照らした。

「じいさんは頼りがいのある真っ直ぐな人だったが、なにぶん昔気質《かたぎ》でな」

写真を見つめる潤の手元に、千沙が蜜柑《みかん》をひとつ置く。

「お母さんのことも、子供時代は随分厳しく躾《しつ》けただに。おかげでお母さんは、なんでもよくできる子に育ったけど、やっぱり時々耐えきれんで、物陰でひとりで泣いてたずら。それを見ると、婆も切なかっただに。二人で一緒に泣いたこともあったずら」

潤は顔を上げて千沙を見た。千沙は自分も蜜柑を剝きながら、独り言のように続ける。

「お母さんは、頭もいいし我慢強いけど、不器用なところがあるだにな。そういうところは今も変わらん」

母が不器用——？

仕事先の病院では皆に頼られ、家では料理を工夫し、部屋を整頓し、常に自身も身ぎれいにしている多恵子が不器用だとは、潤には思えなかった。

ひとりで泣いている少女時代の母を想像しようとすれば、そこに、冬馬の家の玄関の前で泣きじゃくっていた姿が重なってしまい、潤は重く瞼を閉じる。

なぜ千沙が、自分にそんな話を聞かせるのかが分からなかった。

潤が黙っていると、千沙は小さく咳払《せきばら》いして、蜜柑の横に甘露飴《かんろあめ》を置いた。

「花太夫さんのところには、もういかんのか」

ふいに話題を変えられ、蜜柑を剝こうとしていた指がとまる。

潤は今まで、自分が老人の家を訪ねていたことを、誰にも告げていなかった。学校帰りに、倒れている老人を偶然見つけただけ——。母も蒼汰も、そう思っているはずだった。

茫然として見返せば、千沙はにやりと笑みを浮かべた。

「お母さんは知らん。でも、婆の眼はごまかせん。外から帰ってきた日の潤坊のズボンや上着には、犬の毛がいっぱいついとっただに。あれは、花太夫さんとこの犬の毛ずら」

潤の衣服を洗濯したとき、千沙は既に気づいていたのだろう。

「蒼汰は今日、豊橋に帰っただにな。明日から、犬の散歩をする人がいなくなる」

蜜柑を食べ終えた千沙は、布巾で手をぬぐってからざぜち作りの作業に戻っていった。

潤はアルバムに視線を落とす。

まさかりを担いだ小さな子鬼が、写真の中から自分を見ていた。


翌日、潤は老人の家を訪ねた。

茶畑の中を歩いてくる潤にいち早く気づき、庭先に寝そべっていたハナがピンと起き上がる。

「ハナ」

近づいて両腕を広げれば、抱きつくように飛びついてきた。

老人は軒先に大根を干しているところだった。

「明けましておめでとうございます」

潤は自分から、大きな声で挨拶した。

老人は軽く頷き、軒先に下がっている干し柿をひとつ取り、放って寄こした。相変わらず、余計なことは、なにひとつ言おうとしなかった。だから、潤もなにも聞かなかった。

ハナにリードをつけ、山道を走り出す。

積もっていた雪がそこかしこで溶け始め、あちこちから水の流れる音がする。まだ遠い、けれど確実に近づいてきている春の気配を運ぶ音だ。冷たい空気に、土の匂いが混じっている。

ハナと一緒に坂道を駆け下りながら、潤は昨日の出来事を思い返した。

里奈のはじけるような笑顔。きらきらと飛び散る雪飛沫。

周の身体についた傷。その周を兄のように受け入れていた康男。

石油ストーブに暖められた空気の揺らめき。甘酒の匂い。

きっと康男は、体育の着替えのときにでも、周の身体の傷に気づいていたのだろう。

或いは、この集落の旧家の長男である康男は、最初からそれとなく事情を聞かされていたのかもしれない。

なんでもないことのように周を受け入れていたのは、決して康男の優しさではない。

あれは、勇気だ。

正直に言うと、潤は怖かった。

癇癪《かんしゃく》を起こして自分の息子の身体に傷をつけるような父親も、それを見過ごしているらしい母親や兄のことも、「自分のせい」と言い訳して、へらへらしている周自身のことも。

怖くて正視できなかった。

だが、康男は眼をそらさなかった。

自分よりずっと背の高い周の肩に手をかけている康男の姿は、とても大きく見えた。

その勇気は、きっと、ゲームのアイテムのように簡単に手に入ったものじゃない。

長い時間をかけて、康男の中で培われてきたものだろう。

〝ヤッスン、変わったよ〟

双子の姉の里奈と学年が分かれたとき、顔つきまでが違って見えたと、葵が話していたことを思い出す。

きっと――。

本人にしか分からない深い苦しみと悲しみを乗り越えて、康男はちょっとやそっとのことでは動じない、確かな勇気を手に入れたのだ。

遠く、雪をかぶる明神山を潤は見つめた。

新しい年がきた。

ふいにその事実が胸に迫る。

明日から始まる新学期を、いつしか本気で心待ちにしている自分がいた。

16 根

新学期はいつもと同じように始まった。

広い教室に、生徒は四人だけ。担任の校長先生を囲み、授業はのんびりと丁寧に進む。

周は授業中にもかかわらず、どうでもいい無駄話をひっきりなしに続け、校長先生に注意される前に、葵から雷を落とされた。康男は冬なのに、やっぱり首にタオルを巻いて、地蔵のように眼を細めていた。

新しい年がきても、山の中の学校の時間はゆるやかに流れていった。

一月半ばの晩、潤は自分の部屋から携帯で電話をかけた。

「ああ？」

呼び出し音が数回続いた後、不機嫌極まりない唸り声が響く。

一瞬臆して息を呑むと、相手は気配を察したのか、急に声音を変えた。

「もしもし、もしもし？　潤……？　もしかして潤か？」

このまま切られては大変と思っているのか、父の悟の声は切羽詰まって聞こえる。

「……そうだけど」

答えた瞬間、耳元で安堵の息が漏れた。

「やっぱ潤か。ごめんごめん、ちょっと寝てたから、変な出方しちゃって。どうした、元気か。そっちの生活には慣れたか。随分、久しぶりだよな。連絡くれて嬉しいよ」

「うん、まあ」

大阪のテーマパークにいくのを断ってからずっと、潤は父と直接話していなかった。

「どうした。もしかして、なにかあったのか」

多恵子とも連絡を取っていなかったのか、悟は随分と勢い込んでいる。

「別にないけど」

「あ、そうか。正月だからか。明けましておめでとう」

正月も明け切っているのに、真っ向からそう言われ、潤はちょっと戸惑った。電話の向こうで、父が大真面目に頭を下げている様子が浮かぶ。

一緒に暮らしていた幼い頃は気づく術《すべ》もなかったが、父の悟には少々浮世離れしたところがあった。時計を見れば、夜の八時。

寝ていたと言っていたが、果たして父は一体何時に床に入ったのだろう。

「お母さんも、おばあちゃんも元気か」

「元気だよ。お父さんは？」

「俺？　俺はいつだって元気だよ。お母さんは相変わらず忙しいのか」

「そうだね」

澄川にきて以来、ほとんど祖母の千沙が作った料理を食べていると話すと、「そういや、おばあちゃんの作る料理、うまかったよな」と、悟は明るい声をあげた。

「なんか、しょっぱいけどね」

「あれが普通だよ。お母さんが薄味すぎるんだ」

年老いた祖母をひとりにするのは心配だという名目で澄川にきたのに、結局は却って負担をかけている気がする。だが、最近自分から話しかけるようになった潤を、千沙は本当に嬉しそうに見つめてくれた。

「お父さんは、忙しいの？」

「俺？　俺は……、別に忙しくないな」

「あの、イラストレーターさんは？」

父が同居している、ふわふわした感じの女性を思い出す。あちこち破れたような服を着た、年齢のよく分からない人だった。

「うーん……。出ていっちゃったな」

「え、なんで」

「なんでだろうなぁ」

悟の声が決まり悪げに揺らぐ。

「やっぱり……。お父さんが、ちゃんとした職に就かないのがいけないのかもしれないなぁ」

飄々《ひょうひょう》と答える父に、今度は「なんで」とは聞けなかった。

世の普通の父親が、平日の昼間から家にいることがないと潤が悟ったのも、小学校に上がってからだ。今の潤ならば、祖父が父と母の結婚に猛反対したという理由が分かる。

「なんか、面白いことでもあったのか」

だが、次になんの屈託もなくそう問われ、潤は小さく眼を見張った。

母なら絶対こんなことは尋ねない。尋ねたとしても、そこには別の意味がある。潤に学校生活について尋ねるとき、母は大抵、密かに不安そうな眼差しをしている。

事故があった後も父の態度はあまり変わらず、当初それは潤を失望させたが、今は気楽なようにも感じられた。

気づいたときには、今日の出来事を夢中で話してしまっていた。

いつもと変わらずに始まった学校生活の中で、この日はちょっとした事件が起きた。

校長の英語の授業が終わる直前のことだ。

一階の小学部の生徒たちが、なにやら大声をあげているので、最初はまた喧嘩でも始まったのかと思った。ところが窓越しに眼をやると、大きな黒いものが校庭を嵐のように駆けまわっている。それが猪《いのしし》だったと告げると、「まじで!」と悟は感嘆の声をあげた。

「すごいな、澄中、猪が出るんだ」

その後は近所の農家のおじさんや派出所から駆けつけた警官も交え、大捕り物が繰り広げられ、授業どころではなくなった。猪はどれだけ大人数に追いかけられてもまったく怯むことなく校庭中を爆走し、大人たちの四苦八苦とは裏腹に、二階に避難してきた小学部の生徒たちは大はしゃぎだった。

仕舞いに興奮状態の猪が回転式ジャングルジムに突っ込み、勢い余って一周くるりと宙を回ったと話すと、悟は爆発的な笑い声をあげた。

結局、そこで電気網をかけられた猪は、麻酔銃を撃たれて取り押さえられた。

「冬になって山に食べ物がなくなったから、里に下りてきたんだろうって、先生たちが言ってた」

捕らえられた猪は、害獣駆除の許可を取って解体するのだと聞いた。

「猪鍋《ししなべ》にするんだって」

「そりゃあ、いいや」

悟は心底楽しそうに笑っている。

いずれ連絡網で、母の多恵子も事の顛末《てんまつ》を知ることになるだろうが、そのときはこんなふうに笑い話で済まされるとは思えない。安全面を危惧し、冬の間は竹藪を通っての登下校をやめろと言われるかもしれない。

常識的に考えれば、そのほうが至極まっとうな意見だろう。けれど、それは潤が聞きたい言葉ではなかった。

「あのさ……」

ひとしきり話し終えたところで、潤は本当に聞きたかったことを切り出した。

「昔、お父さんが撮った、花祭りの写真を見たんだけど」

「ああ、花祭りな。潤が子鬼を舞ったときのだろう」

なんでもないように、悟が応じる。

「飛び入りだったのに、うまいもんだったよ」

「それって、俺がいくつのとき？」

「四つになったばかりのときじゃないかな」

十年前——。その祭りを最後に、母と父は別居し、母は澄川への里帰りをやめた。

やはりあの写真は、両親と祖父母が一堂に会した、最後の時間を切り取ったものだった。

「もうそんなに経つんだな。あれは、俺が澄川にいった最後の年だよ。おばあちゃんが、潤の写真がよく撮れてるって、喜んでくれてさ」

祖父が自分のまともな写真が一枚もないと嘆いたことは、父の記憶からはすっかり抜け落ちているらしい。

「でも、潤が花祭りにいったのは、別にあれが最初じゃないぞ」

「え？」

「潤は赤ん坊のときから、ずっと花祭りにいってるよ」

潤が生まれてから、悟と多恵子は毎年、花祭りの時期に合わせて澄川を訪れていたという。

「おじいちゃんが、山見鬼《やまみおに》の舞手だったからな。いっつも、真夜中まで舞庭《まいど》にいたんだ」

「俺も？」

潤は信じられない思いだった。

「そうだよ。最初はお父さんもびっくりしたよ。お父さんは北海道の生まれだし、その後もあちこち転々としてたから、ああいう文化とはとんと無縁でさ。寒い中、ひと晩中続く神楽っていうだけでもカルチャーショックなのに、そこに赤ちゃんを連れてくなんて、考えてもみなかった」

父方の祖父母は早くに亡くなり、父は子供の頃、親戚宅をたらい回しにされていたらしい。東京の下町の工場に住み込みで働いているときに、近くの大学病院に勤めていた母と知り合ったということだけは、潤もなんとなく知っていた。

「特に潤は夜泣きが酷かったからさ……」

夜泣きの件については、母からも聞かされたことがある。

赤ん坊の頃、癇の強かった潤は、夜中に何度も眼を覚まし、驚くほど執念深く泣き続けたらしい。そんなとき、疲れ切っている母に代わって父が潤を胸に抱き、「月の沙漠」や「朧月夜《おぼろづきよ》」等、なぜだか月にちなんだ童謡ばかりを小声で繰り返し歌って聞かせていたそうだ。

「花祭りって、〝寒い、眠い、煙い〟っていって、大人にだってハードルが高い祭りだもの。潤が途中で泣き出したらどうしようって、すごく心配だったんだよ。おっかない鬼は出てくるし、踊りも結構ハードだし、激しい掛け声もかかるしさ」

ところが歌ぐらやお囃子が響き渡る喧騒の中、毛布にくるまれた潤は、いつも以上にぐっすり眠り込んでいたという。

「あのとき、潤にはちゃんと根っこがあるんだなって思ったよ」

「根っこ？」

「そうだよ。文化っていうのはこうやって、幼い頃から身体に沁み込んでいくんだなって思ったんだ」

聞いているうちに、腹の中がむずむずしてきた。

記憶のない自分を断じられるのは、陰で無責任な噂話をされるのとよく似た不快感がある。

「それに、赤ちゃん連れてきてるのは、別にうちだけじゃなくてさ」

だが、舞庭に寝かされている赤ちゃんの中に双子がいたと聞かされたとき、乖離《かいり》していた心が、再び父の話に引き込まれた。

「男の子と女の子の双子だよ。女の子の睫毛が長くて可愛かったな」

康男と里奈の顔が浮かんだ。

花の舞を終えた後に畳の上でぐっすりと眠り込んでいた幼児たちの姿に、自分やクラスメイトたちが重なり、潤は鼓動が速まるのを感じた。

「そんなの、覚えてないよ」

「そりゃあ、そうだよ。赤ちゃんのときのことなんて、覚えてたら大変だ」

ひとしきり笑った後、悟は幾分感慨深げに続ける。

「でもお父さん、それを見て安心したんだ。潤にはちゃんと故郷があるんだって」

なに、それ――。

なに、訳分かんないこと言ってんの？

「潤は、お父さんみたいな根無し草にはならなくて済む」

なに、勝手なこと言ってんの――？

けれど燻《くすぶ》る不快感も憤りも、ちっとも言葉になってくれなかった。なぜなら、潤はこのとき既に気づいていたからだ。

どうして、この晩、父に電話をしたのかを。

「お父さん。三月の花祭りで、俺、三つ舞を踊るかも」

「おおっ」

間髪を入れずに嬉しそうな声があがる。

「三つ舞っていったら、少年の舞だろ？　やったらいいよ。潤なら絶対うまくできる」

またいい加減なことを言う。

自分のことなど、本当はちっとも知らないくせに。

「よく知ってるね」

「なんだかんだで、花祭りには数年通ったからな。それに、年をとると、十年前なんて、ほんの昨日のことみたいに思えるんだよ。潤も三十半ばになれば分かるって」

潤の皮肉を取り違え、悟はただただ嬉しそうにしている。

「だったら、今年の澄川の花祭りにはお父さんもいこうかな。お母さんやおばあちゃんにも久しぶりに会いたいし」

山見鬼《おじいちゃん》も、もういないから――。

父の言外の言葉が聞こえた気がした。

「よし、決めた。今年の三月は澄川にいくぞ。お母さんにも連絡しとく」

「うん、そうしてよ」

これで、よかったのかどうかは分からない。だが、これでもう、逃げられない。

そして本当は、そのために電話した。

自分は、背中を押してほしかった。

父ならきっと、なんの躊躇《ちゅうちょ》もなく、簡単にそうしてくれる。

そう思って携帯を手にしたのだ。

「潤」

電話口で呼びかけられ、潤は我に返った。

「思ったより、元気そうでよかったよ。こんなこと言うと、お母さんに怒られちゃうかもしれないけどさ……」

少し躊躇《ため》らった後に、悟は続ける。

「お父さんは、今でも潤とお母さんが頼りなんだ。これからもずっとそうだ」

改まった父の言葉に、潤はどう応じればいいのか分からなかった。

幼い自分の前で、両親が言い争うことはただの一度もなかったけれど、離婚の原因が母ではなく、父のほうにあったことだけは分かる。

ふわふわした感じのイラストレーターの他にも、ずっと昔に父が母以外の女性と一緒にいるのを見た記憶が、潤にはぼんやり残っている。

父との通話を終わらせた後、潤は窓辺に寄ってカーテンをあけてみた。

びっしりついた結露をぬぐえば、冬でも葉を落とさない針葉樹の上に、満月に近い月が冴《さ》え冴《ざ》えと輝いている。

父からの電話を受けたとき、母はこの件を喜ぶだろうか。それとも、どうして一緒に暮らしている自分に直接言わないのかと、胸を痛めるだろうか。

たとえ痛めたとしても、母はきっと、それを表に出したりはしないだろう。男親のほうが話しやすいはずだと冷静に判断し、理解してくれるだろう。

なぜなら母は、いつだって中央に立つ、正しい人だから。

病院で若い看護師にてきぱきと指示を出し、隣村の舞庭で白髪の宮人《みょうど》たちに傅《かしず》かれて篠笛を吹いていた母の姿が脳裏をよぎる。

恐らく悟は、慰謝料どころか養育費だって払っていない。

潤にとっても、多恵子だけが頼りなのだ。

だが、母の気丈さと正しさは、ときとして、潤の心を竦ませる。

そんなとき、校庭を爆走した猪の話をただひたすらに面白がる父の気安さが懐かしくなる。

浮世離れした父と、現実世界の中心に立つ母。

そのどちらにも似ていない自分。

月明かりに照らされる針葉樹の森を、潤はしばらく見つめていたが、やがて窓から忍び寄る冷気に肩を震わせ、静かにカーテンを閉めた。

17
稽古

「杉本、両腕はもっと高く上げろ」

打ち鳴らされるばちの音に合わせ、潤は両腕を広げる。

「肩の力を抜いて、水に浮かべるように伸ばすんだ。肘が落ちてる。もっと水平に」

ばちでテンポを取りながら、蒼汰が張りのある声を体育館の高い天井に響かせた。

「そうだ、三人でしっかり動きを合わせろよ」

右手を掲げるのと同時に、右足の膝を深く曲げ、腹につくほど腿を高く持ち上げる。

左足の爪先だけで立ちながら、潤は康男の動きを眼で追った。周は時折右左を間違えたりしてまごつくが、康男の動きは正確だ。小柄ながらきびきびと動き、三角形の頂点となって、潤と周を引っ張っていく。

「杉本、もう少し腰を落とせ。上半身はそのままだ。また肘が落ちたぞ」

下半身に注意を向けすぎれば、上半身がおろそかになってしまう。

「足の出し方をそろえろ。ふらつくな」

体育館に入ったときは底冷えのする寒さだったのに、十分も経たずに汗が噴き出した。

眼が合うと、康男が微かに頷いてみせる。いつもの練習の通りにやればいいのだと諭されたようで、潤は肩の力を抜いた。

土曜の朝の体育館に、三つ舞を舞う三人の白い息がこぼれる。

徐々にリズムがつかめてくると、ばらばらだった手足が、ようやく意識しなくても動くようになってきた。

父に電話をした翌日、体育館に現れた潤を、康男と周と葵はごく自然に受け入れてくれた。

皮肉めいた態度を取ることも、心変わりの理由を尋ねることも、まったくなかった。

むしろ、一年生の泰助のほうが、少し迷惑そうな顔をした。

それでも、上級生三人が当たり前のように潤を交えて練習を始めたのを見て取ると、それ以上、態度を硬化させるようなことはなかった。

里奈は端《はな》から大喜びで、潤が体育館に足を踏み入れたときから、子犬のように纏わりついてきた。

しかし今日、蒼汰の指導の下、本格的に三つ舞の稽古を受けることになり、潤は今までふるさと教室や放課後に積んできた練習が、その実、〝入門〟にすぎなかったことを悟らされることになった。

もっと足を高く上げろ、ふらつくな。腰を落とせ、回転をそろえろ、高く跳べ――。

容赦のない注文が、矢継ぎ早に飛んでくる。

ふるさと教室のときのような、鷹揚《おうよう》さはそこにはない。尻餅をつかずに回転ができれば上出来という段階は、遥か過去のことになっていた。

しかも三つ舞は、常に三人の舞手が三角の形を取らなければならない。激しく舞いながらも綺麗な三角形を保つのは、並大抵のことではなかった。

両腕を広げる、足を上げるといった繰り返しの所作のときはともかく、腰を落とし、片足だけを軸に激しく回転するとき、他の二人の姿が見えなくなり、回転の速度がばらばらだったり、誰かが着地にまごついたりすると、どうしても三角形が崩れてしまう。

「ほら、また形が崩れてる。もっとしっかり互いを見ろ」

一月も下旬になり、三月の第一週に行なわれる澄川の花祭りまで、それほどの余裕はなくなってきた。このところ、土日は必ず澄川に戻って稽古を見てくれている蒼汰の指導にも熱が入っている。

隣町の中学や、名古屋や豊橋の神楽クラブに頼らず、澄川中に通う生徒だけで三つ舞を踊るのは、実に五年ぶりのことだという。

しかもそのうちの二人、周と潤が、ともに転入生なのだから、澄川の過疎化は深刻だ。

子供がたくさんいた時代は、花の舞や三つ舞を踊るために、集落の子供たちは幼い頃からしのぎを削っていたと聞く。初舞台である花の舞をうまく踊れなければ、二度目はない。何度も舞庭《まいど》に立てるのは、そこから選《よ》りすぐられてきた舞の名手ばかりだったのだそうだ。

祖母の千沙が子供の頃、少年たちはこぞって舞上手のおじさんの家に通い、日頃から厳しく舞の手ほどきを受けた。なんでも、少年の舞である三つ舞の舞手に選ばれた男子生徒は、勉強ができるより、運動ができるより、断然女子生徒の人気を集めたという。

昔の花祭りは〝木の根祭り〟とも言っただに。木の根と〝しとね〟をかけたずら。潤坊にはちいと早すぎる話かもしれんが、十五で嫁にいった時代もあるずらよ――。

渋茶を啜りながら、千沙がそんな生々しい話を平然と口にするので、聞いている潤はどんな顔をすればいいのか分からなかった。

かつて祭りは、集落の男女の出会いの場でもあったのだ。

だが時代の変化に伴い、若い人たちが都会に出ていくようになると、集落で生まれる子供の数が激減した。

若い働き手の都会への流出は、安い外国産の木材が流通し、奥三河の主産業である林業に陰りが見えてきたことが主な原因ではあるが、決してそれだけではなかった。

テレビから流される都会中心のきらびやかな情報が、人の心を大きく変えた。

多様な価値観と選択肢の中では、伝統行事が常に最優先されるとは限らない。

勉強の邪魔になると、息子が舞庭に立つことを承知しない家庭が増え、様々な娯楽が溢れる中、当の子供たちの関心も祭りから離れていった。

昔は自分たちの祭りの伝統を守るために、よその集落の人間を舞庭に入れることを嫌った集落の人たちも、今では祭りを存続させるために、奥三河とは縁もゆかりもない都会の学校の神楽クラブの子供たちに頼らざるを得ない状況が続いている。

そんな中、にわか転入生を交えているとはいえ、地元中学の生徒だけで三つ舞を踊るという試みは、潤たち自身が思う以上に、集落の人たちの感慨を呼んでいるらしい。

「やってる、やってる」

一番テンポの速い五拍子の舞を踊っていると、葵が一年生たちと一緒に体育館に入ってきた。少し遅れて、大きな紙袋を抱えた里奈が扉の陰からぴょこんと顔を出す。

真っ直ぐに切りそろえられた黒髪が揺れ、大きな瞳がきらきらと輝いた。

「はいはい、そこまで」

蒼汰がようやく休憩を告げれば、「だぁあああっ」と声をあげ、周が真っ先に腰を下ろす。

間に休憩を挟みつつも、午前中いっぱい舞い踊ったのだ。潤も康男も、すっかり汗だくになっていた。

「はい、店から差し入れ」

「やりぃー！」

葵が差し出したスポーツドリンクに、一番に手を出したのも周だった。

「はああー、うんめぇえええ」

坊ちゃん刈りを揺らし、さもうまそうに喉を鳴らす。

途中で何度か給水はしていたが、潤も喉がカラカラだった。ありがたくいただこうとすると、なぜか泰助が葵と自分の間に入ってきた。

康男のドリンクは葵から手渡されたが、潤は泰助から受け取る形になった。

「ありがとう」

軽く会釈すれば、あまり好意的とは思えない眼差しを向けられる。泰助だけは、未だに潤になんらかのわだかまりを覚えているようだった。

「こっちはお姉ちゃんの手作り」

葵がお弁当の入ったバスケットを蒼汰に渡そうとする。

「おお、茜お姉さまの！」

蒼汰が受け取る前に、周がむいむいと割り込んでいき、「ちょっと！」と葵に声をあげられた。

「これはうちのお母さんからだよ」

里奈が大きな袋をあけると、香ばしい匂いが溢れ出る。

「あ、かきもち！」

「これ、うちの母ちゃん得意だにな」

正月、奥三河ではどこの集落でもたくさんの餅をつく。東京でビニールパックされた餅しか食べたことのなかった潤には、それも珍しい光景だった。

ビニールパックの餅は焼かないと食べられないが、集落でついた餅は、乾いてからもそのままぽくぽく食べられた。正月に食べきれなかった餅は天日にさらし、カチカチに硬くしてから、油で揚げてかきもちにする。塩を振っただけなのに、これがまた、たまらなくうまかった。

「よし、昼にするか！」

蒼汰のひと言で、全員から歓声があがる。

午後からは葵たちがお囃子に加わり、一年生の泰助も交えて湯ばやしの稽古もすることになっていた。地元澄川の花祭りとなれば、蒼汰だけではなく、潤たちも何度も舞庭に立つことになる。

潤は康男と並んでマットの上に腰を下ろした。

「杉本、お前やっぱり、うまいだに」

茜が作ってくれた唐揚げ入りのおにぎりに齧《かじ》りついていると、康男が眼を細めて話しかけてきた。

「えー、ヤッスン、俺は？　俺は？」

周が耳ざとく聞きつけて声をあげる。

「周は、期待の星だによ」

「そっか、やったー」

康男のいかにも適当な返答に、周は満足しておにぎりを両手に取った。

「おい、周、期待っていうのはな、待たれてるってことだよ。要するに、まだ完全にはできてないってことだ。お前、そこんとこ、ちゃんと分かってんのかよ」

「いや、俺、期待の星が性に合ってるんで」

蒼汰に嘆息交じりに突っ込まれても平然としている周に、潤は思わず口元を緩める。

康男も周も、強い。

周の場合は、図太いと言ったほうがいいだろうか。

二人とも、東京のクラスではついぞ会ったことのないタイプだ。

それとも、葵を見るときにたびたび思うように、彼らのような個性は、大勢の生徒たちの中では発露しにくいものなのかもしれない。

人数が増えれば増えるほど、人は多面的にはとらえられない。どうしても、正面だけで判断される。初めて周に会ったとき、潤が「うざい」と感じたように、それだけが基準になって、側面的なものはないものとされていく。

偏見は一番楽なものの見方だから簡単に罷《まか》り通ってしまうが、その実、一番物事をつまらなくさせている。

見るべきものなどなにもないと思っていた澄川で、潤は随分新しい発見や体験をしている自分に気づくようになっていた。

たとえば、山全体が鳴り響くように輪唱するヒグラシ。常緑の杉山の中、境界線を記すために残された見事な紅葉。プラネタリウムのように、群青の夜空を覆い尽くす星。ひと晩で、集落をすっぽりと包み込む深い雪。季節によって変わる、空気の手触りと土の匂い。

どれもこれも、綺羅《きら》星の如くものや情報が溢れる東京では、経験できないものばかりだ。

以前は新しい経験が増えていくたびに、過去が上書きされていくようで、それを恐ろしく感じた。けれどいつしか、潤はそれを少しずつ受けとめるようになっていた。

「杉本」

ふいに声をかけられて、ハッとする。

振り向けば、康男から唐突に頭を下げられた。

「俺、お前に感謝してるずら」

「え？」

潤が呆気に取られると、康男は葵の隣でかきもちを頬張っている里奈を指さした。

「里奈、ようやく防犯ブザーを忘れないようになっただに」

里奈のモヘアスカートのベルト部分に、小さな赤い丸いもののついたストラップがついている。

「前は何度言っても忘れてたのに、今は毎日ちゃんとつけてる。やっぱり、去年の杉本の鼻血が効いただにな」

その言葉に、昨年、たちの悪い連中から里奈を守ろうとして、無茶な真似をしたことを思い出した。人を疑うことを知らない里奈の純粋さにつけ入る悪辣さに、つい我慢ができなくなり、気づいたときには躍りかかってしまったのだ。

それまで喧嘩などしたことのなかった潤は、あっという間に叩きのめされ、フリースの前を自分の鼻血で真っ赤に染めた。里奈が近所のおじさんを見つけて大声を出さなければ、どうなっていたか分からない。

「里奈は自分がされたことはすぐに忘れて簡単にまた騙《だま》されるけど、杉本が流した鼻血のことだけは、今でも忘れていないみたいずら」

たった数ヵ月前の話なのに、なんだか随分昔のことのような気がする。

あのとき、潤は里奈に連れられて、初めて花祭りを間近に見た。

蒼汰の見事な舞と、テーホヘテホへと響き渡る歌ぐらの大合唱に、記憶の底をまさぐられているような気分になった。

ふと、電話での父との会話が甦り、神座近くの畳敷きで毛布にくるまれて眠っている赤子の姿を思い浮かべた。

まだ物心がつかない頃、潤は、里奈や康男や葵と、同じ舞庭にいた可能性がある。

否、自分たちは、確かに一緒にそこにいたのだろう。

冬馬のことがなければ、果たして自分は、それを運命だと思っただろうか。

だが、事故がなかったら、そもそも母と自分が澄川に戻ってくることはなかったはずだ。

考えているうちに、いつもの袋小路に突き当たり、潤は密かに途方に暮れる。

この世界に意味なんてどこにもない。

そう決め込んだ自分と、不思議を感じて仕方のない自分が鏡越しに向き合い、瞬《まばた》きもせずに互いを見つめていた。

「いやだな、蒼汰兄ちゃん、そんなことないってばぁ」

葵のいつになく高い声が響く。白いスウェットに身を包んだ蒼汰の肩を、葵が拳で叩いていた。

小さな違和感が胸をかすめた。

葵の顔が、声が、違って見える。

葵は自分や周のことは名字で呼ぶが、幼い頃からずっと一緒にいる、地元の康男や蒼汰のことは名前で呼ぶ。それは親しみというより、同姓の親族や兄弟が多い集落で、間違いなく相手を呼ぶときの便宜性によるものだ。

それくらいのことは、潤も理解できるようになっていた。

だが、蒼汰に対している葵は、やっぱりいつもの葵と違う。

〝蒼汰兄ちゃん〟と呼ぶ声に、わざとぶっきら棒を装おうとする、微かな衒《てら》いが滲んでいる。

「杉本先輩」

ぼんやり葵を見つめていると、ふいに声をかけられた。

振り向けば、普段言葉を交わしたことのない一年生女子が、妙に顔を輝かせて囁くように話しかけてくる。

「三つ舞に出ることになったのって、やっぱり葵先輩のためですか」

あまりのことに咄嗟に応じることができなかった。

潤の絶句を別の意味に受け取ったのか、一年女子は益々好奇心いっぱいの顔をする。

「すてきですね、応援します！」

早口にそう言うと、女子はザリガニのように素早く後じさり、他の一年女子の元へ戻っていった。直後、女子の間から「きゃあーっ」と甲高い歓声があがる。

時折、葵と二人でいるところを彼女たちに目撃されてはいたが、そんな想像力を働かされていたとは、ついぞ思いもしなかった。

葵は蒼汰の傍らで、微かに高揚した様子でなにかを喋り続けている。

康男と周は、里奈も交えてかきもちの争奪戦に夢中だった。

18 取材

二月に入ると潤たちは俄然忙しくなった。舞の稽古に加え、下旬には学年末試験が控えている。

花祭りの準備も今がたけなわだ。澄川の舞庭《まいど》となる神社の境内の集会所では、集落の人たちが集まって湯蓋《ゆぶた》の制作に入っていた。潤も休みの日は試験勉強の合間を縫い、たびたび千沙のお供で集会所を訪れた。

湯蓋は、舞庭の中央に据えられる湯釜の上に吊り下げる、方形の天蓋のようなものだ。

東は青、西は白、南は赤、北は黒、そして、中央は黄。

花祭り当日、天井に張り巡らされる五色の神道《かかみち》を通り、日本全国八百万《やおよろず》の神々が、舞庭の上の湯蓋を目指してやってくる。

湯蓋には、ひいな、かいだれ、みくし、ざんざと、様々な形と名前を持つ五色の切り草がふんだんに吊るされ、その華やかさは巨大なくす玉のようだ。湯蓋の中央に吊るされる蜂の巣と呼ばれる網状の袋には、「祓い銭」が入れられる。夜明けに現れる茂吉鬼《もきちおに》が舞の最後に蜂の巣を払い落とし、それを拾った人にはその年の福が授けられると伝えられている。

こうした作業のすべての指揮は、宮人《みょうど》の長である康男の父が執っていた。

この間、祭りの最高司祭である花太夫《はなだゆう》は人前に姿を現さない。

花太夫はひとり集落の滝に赴き、滝神《たきがみ》の「お水」を迎えて神棚に祀《まつ》り、「打ち清め」の儀式を執り行なう。その姿は、孫の蒼汰ですら見ることがないらしい。

潤は今でも暇を見てはハナの散歩に出向いていたが、時折、首に数珠をかけた老人が、床の間にじっと佇んでいるのを見ることがあった。その後ろ姿には、やたらに話しかけることのできない気迫のようなものが漂っていた。

その日も、潤は千沙と共に集会所を訪れていた。

集まった集落の人たちは、にぎやかに言葉を交わしながら、テーブルの上に紙を重ね、五色の幣《へい》を切り出している。北を表す黒には、実際には濃い紫色の紙が使用されていた。

「すっぎぽーん」

集まってきたクラスメイトたちに肩を叩かれ、潤は千沙の傍を離れて、彼らのテーブルに移動した。

康男の隣で切り草を切っていた里奈が、嬉しそうに顔を上げる。里奈はこの日も、スカートのベルト部分に丸い防犯ブザーのついたストラップを下げていた。

「お前たちは、採り物の修理を頼む」

康男の父の言葉に従い、潤たちのテーブルでは鬼が使うまさかりの修理や制作をすることになった。舞庭で鬼たちが派手に振り回すまさかりは、毎年こうした修繕や作り替えが必要になるらしい。葵から色の剝げてしまったまさかりを手渡され、潤も刷毛《はけ》で色を塗り直す作業に加わった。

ペンキの匂いが鼻をつく。

ふと横を見ると、細かい模様を筆で塗り直している葵の横顔が眼に入った。

一年女子からあんなことを言われて以来、潤はどうしても葵を意識してしまう。さりげなく席をずれると、葵はちょっと顔を上げた。だがすぐに視線を手元に戻し、もう作業に集中していた。

概《おおむ》ね葵は誰に対しても素っ気ないが、そこに例外がいないわけではない。その特別な相手が自分でないことくらい、一目瞭然だ。

それなのに件《くだん》の一年女子は、あれからも潤の姿を見るなりちょくちょく近づいてきて、葵が密かにマフラーを編んでいることなどを耳打ちしたりする。

「きっとバレンタインのプレゼントですよ。私が話したこと、絶対内緒ですからね」

勝手に喋ったくせに口止めを強制し、仲間の元に戻ると、再びきゃいきゃい歓声をあげたり、潤に向かって手を振ってきたりする。

頻繁に話しかけてくる一年女子が、お喋り好きのバスの運転手の娘だと知ったときは、さもありなんと少々呆れた気分になった。

一年女子たちの偽《にせ》王子だった葵の相手に抜擢《ばってき》されてしまったのは、自分が〝東京からきた〟という、いかにも彼女たちの好みそうなストーリーを背負っているからだろう。もっとも、東京といっても、潤が住んでいたのは、彼女たちが想像しているであろうお洒落《しゃれ》な街並みからは程遠いベッドタウンだ。

潤は周囲を見回し、今日は一年生たちがいないことにホッとした。

娯楽の少ない集落では、老若男女が噂話で場を持たせているところがある。ようやく集落の生活に馴染んできたと思ったら、今度は見当違いの恋の噂を立てられることになるとは、思ってもみなかった。

ふいに集会所の入り口が騒がしくなった。

なにやら見慣れぬ人たちが、大きな機材を担いで集会所に入ってこようとしている。

「うわ、テレビだ！」

いち早く気づいた周が、勇んで立ち上がった。

どこかのテレビ局が、花祭りの準備の撮影にきたらしい。

「すみません、皆さん、ちょっと、よろしいですかー」

黒縁眼鏡をかけた若い男が、テレビカメラと、もこもこしたガンマイクを持ったクルーを従え、畳敷きの部屋の中にまで入り込んできた。

「撮影に協力していただきたいんですけれど……」

「はい、はい、俺、映りたいでーす、インタビューしてくださーい!」

男が言い終わらぬうちに、周がカメラの前に進み出て手を挙げる。

「あの、花太夫に取材許可は取っているんですか」

浮かれる周をたしなめるように、部屋の奥から康男の父が声をかけてきた。

「もちろんです。役場の振興課の許可も取ってますよ」

黒縁眼鏡はそう言うと、康男の父に企画書らしい紙を手渡した。康男の父は初耳らしく、怪訝《けげん》そうにそれを読んでいる。

そこへ、テレビクルーから少し遅れて、蒼汰と校長先生がやってきた。

「相川さん、すみません。なんか、俺の上司が、澄川の役場の振興課に勝手に話を通しちゃったみたいで……」

蒼汰は明らかに不服そうな顔をしている。

「それに、花太夫は別に許可なんて出してない」

黒縁眼鏡の男に向き直り、蒼汰は声を一段低くした。

「あんたたちに押し切られて、黙ってただけじゃないか。いい加減なこと言うな」

既にひと悶着《もんちゃく》あったらしく、蒼汰と黒縁眼鏡は互いに不快そうに睨み合っている。

「我々は、貴重な花祭りを後世に残すためのお手伝いにきたんですよ」

「だったら、切り草のひとつでも、一緒に切り抜いていってくれよ。そのほうが、こっちはよっぽどありがたいんだ」

喧嘩腰の二人を見かね、康男の父が「まあまあ」と声をかけた。

「振興課と花太夫の許可があるなら、こちらは構いません。作業の邪魔にならないように、カメラを回してください」

「やったー！」

康男の父の承諾に、一番喜んだのは周だった。

早速ガンマイクを向けられ、大張り切りでカメラの前に立っている。

「できたら、君たちも後ろにいてくれないかな」

黒縁眼鏡の部下らしい太った女性からも「お願いします」と懇願され、潤と康男と葵は、周の背後に座って作業を続けることになった。

「大丈夫、下向いてれば顔なんて映んないよ」

葵に囁かれ、潤はできるだけ深く俯いた。

カメラが回り、周へのインタビューが始まる。

「花祭りはですねぇ、国の重要無形民俗文化財にも指定されていてですねぇ、まあ、その、大変貴重なお祭りなわけですねぇ……」

周の得意げな声が聞こえてきた。

「ほんっと、あいつ、バカのひとつ覚えだよね」

苛立たし気に呟く葵を、康男が「まあまあ」と宥《なだ》める。

「それで、君はどうして神楽を踊るのかな？」

「それは、お父さんとお母さんに誉めてもらいたいし、兄貴の受験もうまくいってほしいからです！」

きっぱりと答えた周に、「ちょっと、カメラとめて」と、急に黒縁眼鏡が声色を変えた。

「それは違うんじゃないかな」

「え？」

「いや、七百年の伝統のある神楽を踊るのに、その願いは少し小さいんじゃないの」

「え、えーと……」

黒縁眼鏡の駄目出しに、周の声が小さくなる。

「家族の健康と、幸福とか？」

「うーん、それもちょっと違うな」

インタビューは、完全におかしな方向に流れ始めていた。

「ほら、分からない？　今年の春は震災から五年目でしょう？」

「え、震災……？」

周の声が不安そうに揺れる。

「そうだよ。もっとこう、復興とか、日本を元気にしたいとか、いつまでも過去に囚われずに前へ進むとかさ。そういう、大きな祈りを込めて舞うものじゃないの？　だって、花祭りっていうのは、日本全国、八百万の神様を勧請する大神楽なんでしょう？」

潤も葵も康男も、顔を上げて周を見た。

周は与えられようとしている台詞《せりふ》を呑み込むことができず、助けを求めるように潤たちを見返す。

「おい、いい加減にしろ」

蒼汰の強い声が響いた。

「台本ありきで、子供たちに喋らせようとするのはやめろ。なにを思って舞おうが、そんなのは舞手の自由だ」

「でももうすぐ、震災から五年目の春じゃないですか」

「そんなこじつけがなければ報道できないっていうなら、報道なんてしてもらわなくて結構だ。第一、花祭りと震災は関係ない。無理やり関連づけようとするほうが、被災地の人たちに対して失礼だ。澄川の神楽ひとつで、日本が元気になってたまるか」

「こっちはそちらの振興課の許可を受けて、取材にきてるんですよ」

「じゃあ、俺に邪魔されたって言えばいい。名刺はさっき渡しただろう？」

いつの間にか集会所の全員が、蒼汰と黒縁眼鏡のやり取りを見守っていた。

周はすっかりしょげ返り、潤たちのテーブルに戻ってくる。項垂《うなだ》れる周をねぎらうように、康男がその肩を軽く叩いた。潤も顔を上げて、テレビクルーたちを睨みつけた。

確かに彼らは役場の振興課に正式に許可を取って、取材にやってきたのだろう。それを報道として成立させるために、全国的に意味のある震災の話題を持ち出したのかもしれない。

だが、なにも知らない彼らが、周の願いを小さいと決めつけるなんて、あんまりだ。

シャツの下に傷を隠す周が、「お父さんとお母さんに誉めてもらいたい」「兄貴の受験もうまくいってほしい」と素直に願うことが、どれだけ大変なことなのか、彼らには想像できるはずもない。

「そちらの用意した答えを生徒に強要されるのは、学校側としても認められません」

それまで黙っていた校長が口を開くと、急に集会所の中がざわつき始めた。

「そういうのは〝やらせ〟って言うんだに」

決め手のひと言を放ったのは、なんと千沙だった。

「今日のところはお引き取りください」

結局宮人の長である康男の父が結論を出し、テレビクルーは早々に引きあげることになった。蒼汰は腕組みをして、最後まで彼らの背中を睨んでいた。

「あーあ、テレビ、いっちゃった」

一番傷つけられたはずなのに、テレビカメラがいなくなると、周が残念そうに肩を落とす。

「でも、あんなこと言っちゃって、師匠、役所を首になったりしないかな。師匠の上司がテレビ呼んだんでしょ？」

「大丈夫だよ」

周の心配そうな問いかけに、葵が首を横に振った。

「蒼汰兄ちゃんはね、前にもテレビに嫌な目に遭わされたことがある。そのことは、皆だって覚えてるもの」

潤の知らない話だった。

「さ、皆さん、作業に戻りましょう」

康男の父に促され、潤たちも作業に戻る。

テーブルの片隅では、一連の騒ぎにまったく気づいていない里奈が、いくつもの切り草を立派に完成させていた。

翌週は学年末テストのために、神楽の稽古は中断された。

千沙は相変わらず集会所に通って花祭りの準備をしているようだったが、潤は毎晩、苦手な古文と格闘していた。東京では完全に諦めていた科目だが、こちらにきてほとんどの科目の点数がアップすると、苦手を克服したい欲が出てきた。

その晩は、古文のテストの前日だった。苦手科目の本番を前に、潤は遅くまで机に向かっていた。

それにしても、やっぱりちんぷんかんぷんだ。

かもねむってなんなんだ。否定なのか、肯定なのか、疑問なのか。はっきりしろよ、昔の日本人。そもそも、枕詞《まくらことば》って必要か。あしひきのとか、あおによしとかって、一体全体どういう意味だ。

深夜零時を過ぎると、さすがに眠くなってきた。

風呂に入ろうと立ち上がった瞬間、携帯がメールを受信した。こんな時間にメールを送って寄こすのは、夜勤の母か、浮世離れした父に決まっている。

そう思って受信ボックスを見ると、見たことのないアドレスからの着信だった。

父が新しいフリーアドレスでも取ったのだろうか。

しかし、メールを開いた途端、潤は自分の頬が引きつるのを感じた。

携帯を握る手が震え出す。思わず叩きつけるように電源を落とした。

ひゅっと喉の奥が鳴る。

潤は携帯を投げ出すと、胸を押さえて蹲った。

指先が痺れ、口元が強張り、それまで普通に行なえていたはずの呼吸の仕方が一気に分からなくなった。気管支が詰まり、胸が溶鉱炉のように熱くなる。

母は夜勤で家にいない。どんなに苦しんでも、耳の遠い祖母に、自分の声は届かない。

やがて、息苦しさに眼の前が真っ白になり、ほとんど意識を失うように、床の上に倒れ込んだ。

朦朧とした意識の中、潤は康男と周と共に、三つ舞を舞っていた。

ようやく手足が自由に動くようになっていたはずなのに、なぜかしら、テンポがずれる。

手と足の動きが連動しない。どうしても、二人についていくことができない。

持っていた扇が手からこぼれ落ち、榊の緑の葉が足元にばらばらと散った。

明け方、冷たい床の上で意識を取り戻したとき、潤は高い熱を出していた。

その日、潤は学校を休んだ。

テストはもちろん受けられなかった。だがそれだけでは終わらなかった。

その日以来、潤は学校へいくことができなくなった。

部屋から出ることすら、できないようになっていた。

19 メール

窓の外から小さな乾いた音がする。

潤は少し顔を上げ、音のする方向を眺めた。葉の落ちた広葉樹の幹に、中型の鳥の影が見え隠れしている。後頭部の赤が眼を引いた。

里に下りてきたアカゲラが、木の幹を突《つつ》いているのだろう。アカゲラやヤマゲラといったキツツキの仲間が幹を突くのは、餌を取るためではない。なわばりを宣言するための、ドラミングと呼ばれる行動だ。

潤は窓から眼をそらし、瞼を閉じた。

学校へいけなくなってから、どれくらい経つのだろう。勉強机の上に溜まっていくプリントには、眼を通す気にもなれなかった。

母の多恵子も、祖母の千沙も、担任の校長先生も、クラスメイトたちも皆心配している。

特に康男は、わざわざ遠回りをして、毎日律義に教材のプリントを届けにきてくれている。

なんとかしなければいけないのは、分かっている。

しかし、立ち上がろうとするたび、深夜に着信した差出人不明のメールの文面が眼に浮かぶ。

そのたったひと言を思い出すと、全身から力が抜けてしまう。身体が泥のように重くなり、どうしても力を入れることができない。

それからしばらくするうちに、潤は妙なことに気がついた。

テレビのニュースで、ドラマで、或いはネットで、人が言い争っていたり、誰かが責任追及されたりしているのを見ると、その矛先のすべてが、自分に向かってくるように感じられる。

誰も彼もが、自分を糾弾しているように思えてならない。

耐えられなくなり、再び、以前心療内科で処方された抗不安薬を服用するようになってしまった。

薬を飲めば気分は落ち着く。だが同時に、何事に対してもやる気がなくなる。

こうした状況を熟知している母は、学校へいくことを強要することはなかった。毎日ぼんやりしているだけの潤を、できるだけそっとしておこうと心を砕いているようだった。

しばらくは病院から休暇をもらっているようで、多恵子は今日も朝から家にいる。

約半年ぶりに過呼吸の発作を起こして以来、潤は自分を案じている母と祖母とひとつ屋根の下で、互いの気配を感じながらひっそりと過ごしていた。

その日は、午後から急に家の中の空気が慌ただしくなった。

何度も黒電話のベルが鳴り、そのたびに、千沙や多恵子がかわるがわる電話口で長い間話し込んでいる。その様子から、あまりよくないことが起きているらしいことが伝わってきた。

やがて、ぎしぎしと階段を踏み、多恵子が中二階へやってきた。

「潤君」

ベッドに横たわったまま、潤は眼を閉じていた。

「お母さん、これから病院にいかなきゃいけなくなったんだけど」

寝たふりをして、やり過ごすつもりだった。

「花太夫《はなだゆう》さんが、また倒れたんだって」

だが母が続けた言葉に、潤はさすがに眼をあけた。

「大丈夫なの……?」

潤は上半身を起こし、ダウンジャケットを羽織った母を見る。

「今回は蒼汰さんが一緒で発見も早かったから、大事には至らないと思うけど、こう何度も倒れるようなことが続くと、これから先のことがね」

再び黒電話のベルが鳴り、千沙が応対している声が聞こえてきた。

「分かったから、お母さん、早くいって」

潤の言葉に頷き、多恵子は階段を下りていった。

すぐに表の車のエンジンがかかり、タイヤが砂利を踏む音が響く。潤はベッドから下り、多恵子の車が遠ざかっていくのを見守った。

おじいさん――。

床の間に供えた手桶《ておけ》を前に、じっと佇んでいた後ろ姿が脳裏をよぎる。

今日って、一体、何日なんだ。

もう「打ち清め」の儀式が始まっているのだと、蒼汰に説明されたことを思い出し、初めて日にちに思いが至った。

朦朧とした意識の中、榊の葉を散らした幻を見て以来、潤にとっての花祭りは既にないものになっていた。

しかし、最高司祭の花太夫が倒れたら、実際問題、祭りはどうなるのか。

他校の神楽クラブの生徒で替えが利く、自分の場合とは比べようがないだろう。

また電話のベルが鳴っている。

花祭りの直前に花太夫が倒れたことで、澄川には大きな動揺が走っているらしかった。くぐもる千沙の声に耳を澄ましながら、それでも潤は、自分の部屋から出ることができずにいた。

翌日、康男が家にやってきた。

いつもなら、玄関先で千沙に教材プリントを渡すだけで、康男は自転車に飛び乗って去っていく。だが、この日は違った。

「潤君」

多恵子に遠慮がちに声をかけられ、潤は仕方なく伏せっていたベッドの上から半身を起こした。

「康男君がきてくれたよ」

開いた扉の向こうに、いつもと同じく首にタオルを巻いた、野良仕事帰りの小父さんのような康男の姿がのぞいた。

以前、東京で部屋から出られなくなったとき、訪ねてきたクラスメイトと無理に顔を合わせていると、潤はしばしば過呼吸の発作を起こした。多恵子も当時のことを懸念しているのか、康男を完全に部屋に招き入れようとはしなかった。

「杉本!」

ところが康男はまったく構わず、多恵子を押しのけるようにして、どんどん部屋の中まで入ってくる。

「しんどかったら、そのままでいいだに」

あっと思ったときには、もう眼の前で、地蔵のように眼を細めていた。

「思ったより元気そうでよかったずら」

潤は無言で、すっかりむくんでしまった頬を擦る。

「古文の追試のことは、心配せんでもいいだに。どうせ、俺と周も赤点だにな」

かっかと笑っているのは、世話好きで年寄り臭い、いつも通りの康男だ。なにかを探るような眼差しで怖々《おずおず》と近づいてきて、潤を無意識のうちに緊張させた、かつてのクラスメイトたちとはまるで違う。

「今、お茶を淹《い》れるから。康男君、ゆっくりしていってね」

見ていて大丈夫と悟ったのか、多恵子は安堵したように階段を下りていった。

二人きりになると、康男は部屋を見回した。

「ええ部屋だにな」

「なにか用？」

「そうそう、杉本に大事な相談があるずらよ」

潤の投げやりな様子にもまったく臆さず、康男はぐいと顔を近づけてくる。

「蒼汰兄ちゃんとこのじいちゃん――花太夫さんが、手術をすることになっただに」

「ああ……」

その件は、昨夜、多恵子からも聞かされていた。

蒼汰の祖父、啓太郎は年末に倒れて以来、血栓を溶かす薬を服用してきたが、心臓の冠動脈が狭くなり、たびたび詰まりが起きているという。そこで、詰まりやすくなった心臓の動脈に、バイパスを通す手術をすることになったのだ。

心臓の手術と聞いて青褪めた潤に、「ここにバイパスを通すの。割と一般的な手術よ」と、多恵子はわざわざチラシの裏に図を描いて、詳しく説明してくれた。

皮肉にも、その手術が澄川の花祭りの前日になりそうだとも聞いている。

「今年の花祭りの花太夫は、蒼汰兄ちゃんがやることになったずら」

先日二十七歳になったばかりだという蒼汰は、最高司祭の花太夫には若すぎる。だが、熊野修験道の山伏の末裔《まつえい》とされる澄川の花太夫は元来世襲制で、同じ流れを汲む宮人《みょうど》でも代理を務めることは許されない。

「でも蒼汰兄ちゃんが花太夫になると、いちの舞の踊り手がいなくなる。だから……」

康男はずいと膝を詰めてきた。

「いちの舞は、杉本、お前が踊るだに」

黙って康男の話を聞いていた潤は、はじかれたように顔を上げた。

あまりのことに、すぐに言葉が出なかった。

一緒に三つ舞を踊れと言われたら、それを固辞するつもりではいた。だが、康男の申し出は、潤の予想の遥かに上をいっている。

まさか、集落一の舞上手に託される、いちの舞を踊れと言われるとは、夢にも思っていなかった。

「……なんで？」

「いちの舞は、集落の若手の代表が踊る舞だに」

「だったら、お前が……」

康男は大きく首を横に振る。

「杉本、お前は自分で思ってるよりずっとうまい。俺と杉本が踊るなら同じずら」

「同じじゃないよ。だって俺は……」

言い淀《よど》んだ潤を遮り、康男は真剣な表情になった。

「杉本、お前のほうがたっぱもあるし、手足も長い。同じ踊りでも、お前のほうが華がある」

潤は呆気に取られて康男を見返した。

そんなことは、今までただの一度も言われたことがない。

自分は母や蒼汰とは違う。中心に立つ器ではない。

いつだってクラスの片隅で、できるだけ目立たないように過ごしてきた。

瞬間。眼の前を、真っ青な翼を広げた鳥がぱっと飛んだ。

なぜだか突然、夏の雑木林で偶然出会ったオオルリの姿を思い出した。いちの舞で藍色の直垂《ひたたれ》を翼のように広げた蒼汰の姿が飛び立つオオルリと重なり、潤は激しく首を横に振る。

違う。

自分はあんなに眼を引く鳥じゃない。

自分は、くすんだクラスの中の一員で充分だ。

「それに、杉本は、山見鬼《やまみおに》の孫ずら」

「よせって」

畳みかけてくる康男に、潤は声を荒らげた。

「そんなの、俺とは関係ない」

自分と康男は同じではない。宮人の血筋でもある旧家の長男として、康男は澄川に対してなんらかの責任を感じているのかもしれないが、それは、東京でほとんどの日々を過ごしてきた潤に共有できるものではない。

潤が負うべきは、澄川での半年ではない。

自分の負うべきものは——。

深夜に着信したメールのひと言が瞼の裏に浮かぶ。

「関係なくなんてない。だって、杉本のじいちゃんと、俺のじいちゃんは……」

「やめろ！」

気づくと潤は、眼の前の康男の肩を力いっぱい押していた。

よろけた康男が床に尻餅をつくのと、紅茶とスコーンを載せた盆を持った多恵子が扉をあけたのは、ほとんど同時だった。

「どうしたの？」

驚く母には眼もくれず、潤は「出てけ！」と大声をあげた。

「康男君、大丈夫？」

母はすぐさま盆を置き、尻餅をついている康男のもとに駆け寄った。ちらりと振り返った眼差しに、潤への非難の色が滲んでいる。

「平気ずら。ちょっと勢い余っただけだに……」

いたたと尻をさすりながらも、康男は機敏に立ち上がった。

「おばちゃん、気にせんといて。杉本、体調悪いのに、俺が無理強いしたのが悪かったずら」

ずり落ちたタオルを首に巻き直し、康男は潤を振り返る。

「今日のところはこれで帰るずら。でも、杉本、考えといてや。俺、やっぱりそうするのが一番いいと思うだに」

真っ直ぐな声をかけられても、潤は顔を上げることができなかった。そのまま無言でベッドに戻り、頭から布団をかぶる。

「康男君、本当にごめんなさいね。よければこれ、持って帰らない？　里奈ちゃんの分もあるから」

多恵子が手製のスコーンをお土産にしようと持ちかけると、康男は「わ！」と素直な歓声をあげた。

「里奈が喜ぶだに」

「待ってね。今、ジャムも用意するから」

母が慌ただしく、階段を下りていく気配がする。潤は布団の中で固く眼を閉じた。

「じゃあな、杉本」

布団越しに、康男の普段と同じ声が響く。

「風邪、早く治すだら」

思わず、布団の中で眼をあけた。

風邪？

康男は自分の病気を、本当にそう思っているのだろうか。それとも――。

ふいに、兄のような眼差しで、自分より頭ひとつ大きい周の肩に手をかけていた康男の姿が甦る。

潤は布団の陰からそっと部屋の様子を窺った。階段をばたばたと下りていく康男の足音が遠ざかっていく。

すぐに階下で「わー、こんなにいいだらぁ？」と、多恵子のお土産に感激している声が聞こえた。

潤はベッドを下り、半開きになっている扉をしっかりと閉め直した。それから窓辺に寄って、厚いカーテンを引く。部屋が暗くなると、大きな溜め息が漏れた。

康男は受け入れようとしている。

それが、澄川のためなのか、花祭りのためなのか、単純に康男自身の資質によるものなのかは分からない。

けれど、由緒正しい旧家に生まれ、この先も集落で生きていこうと決めているらしい康男は、流れてきた他者を受け入れていかなければ、この先、過疎の集落が立ち行かなくなることを、本能的に知っている。

だからといって、自分はそう簡単に、康男の度量に甘えるわけにはいかない。

なぜなら、自分は周のように、一方的な被害者ではないからだ。

勉強机の上に放り出してある携帯に眼を向ける。胸の奥底が、やすりをかけられたようにちりちりと痛んだ。

もう、二度と見たくない。触れたくない。

そう思っているはずなのに、無意識のうちに携帯に手を伸ばし、電源を入れてしまう。

起動の電子音が、暗い部屋の中に響き渡った。

ぼんやりとした頭で考える。

そうだ。もう二度と眼にすることがないように、削除するために電源を入れたのだ。

震える指先で受信ボックスのファイルを開く。寒いはずなのに身体が熱を持ち、ダイヤルキーを操作しようとする指先が滑った。

「ちょっと、潤」

突然扉が開き、潤は携帯を取り落とした。

焦って指先を震わせたせいで、携帯は険しい表情を浮かべた多恵子の足元まで転がった。

潤が息を呑んだとき、多恵子は既に、それを拾い上げてしまっていた。何気なく液晶に眼をやった多恵子の表情が、見る見るうちに凍りつく。

すっかり青褪めてしまった母の顔から眼を背け、潤は唇を噛み締める。

二月の上旬。花祭りの準備を取材しに、テレビ局の人たちがカメラを持って集会所にやってきた。その日はディレクターと思しき男が周に〝台詞〟を強要し、それに腹を立てた蒼汰が撮影を中断させた。

しかし、役場の振興課が許可を出したのか、潤たちのあずかり知らぬところで、そのときの映像がニュースの中で流されたらしい。そこには、周の後ろにいた潤の姿も映り込んでいたのだろう。

どんなふうに報道されたのかは分からない。

だがそこにいた自分はきっと、お気楽で楽しそうに見えたのだろう。

〝田舎に逃げて、全部済んだと思うなよ〟

差出人不明のフリーアドレスからのメールには、たったひと言、そう書かれていた。

送信主が誰かは分からない。

アドレスを知っている元クラスメイトか、生物部の生徒か。或いはその誰かからアドレスを聞き出した、面識の薄い相手か。

ひとつだけ分かるのは、それが、事故を知っている人たちが胸に隠し持っている率直な思いの露呈だということだ。

〝杉本の自転車がパンクして、それで冬馬に乗せてくれって頼んだんだ〟

〝なのに、あいつ、葬式でも他人事《ひとごと》みたいな顔してたよな〟

〝涙ひとつ、流さないっておかしいよ〟

〝大体過呼吸なんて、本当はたいした病気じゃないんだろ？〟

心配して家にまできてくれていたはずのクラスメイトたちが、潤のいないところでは冷たい声でそう囁き合っていた。

田舎に逃げて、全部済んだと思うなよ――。

それが、本音で真実だ。

自分はそれだけの咎《とが》を負っている。その事実は、母だって本当は認めている。

冬馬の家の玄関の前で、母は泣きじゃくりながら謝罪していた。いつもは冷静な母が、崩れんばかりに肩を震わせ、何度も何度も頭を下げていた。

「やっぱり、全部、俺のせいだ」

「違う！」

多恵子が強い口調で打ち消す。

「潤のせいじゃない」

「嘘だ」

「嘘じゃない」

「嘘だ！」

潤は大声をあげて、多恵子の手から携帯を奪い返した。

「だって、俺、見たんだ」

お母さんは正しい。

いつだって、正しい。

お父さんも、おばあちゃんも、先生も、この集落の人たちも、皆、そう言っている。

その正しいお母さんが——。

「お母さん、謝ってたよね。冬馬のお母さんに、本当に申し訳ありませんって、何回も謝ってたよね」

多恵子の顔から一切の表情が消えた。

その能面のような顔を見返し、潤は自嘲的な笑みを浮かべる。

「それのどこが、俺のせいじゃないっていうの？　お母さんだって、本当はそう思ってるんだろ？　なのに、俺の前では、いっつもごまかすようなことばかり言って。ここに書いてある言葉のほうが、よっぽど正直だ」

その刹那《せつな》。左顔面に火のような痛みが走る。

母の右手が振り下ろされているのが眼に入り、生まれて初めて平手打ちされたのだと気がついた。

呆気に取られる潤の手から、多恵子がすごい力で携帯をもぎ取って投げ捨てた。

「違う！」

今まで聞いたことのない、母の太い声が耳朶《じだ》を打つ。

「違う、違う、そうじゃない！」

多恵子の指が、潤の肩にきつくくい込んだ。初めて潤を打ったことにも、気づいていない様子だった。

「お母さんが謝ったのは、潤のことじゃない」

見開いた母の瞳に、見る見るうちに涙が上る。

「だって……だって、お母さんは……」

顔を歪ませて、多恵子はあえぐように声を震わせた。

「潤が助かって本当によかったって、事故の後、それぱっかり、ずっと考えていたんだもの！」

大きく見張った瞳から溢れ出た涙が、ぽたぽたと床に散っていく。

「こんなこと思っちゃいけないって分かってる。でも、死んだのが、うちの潤じゃなくて本当によかったって、ずっとずっと、それぱっかり考えて……」

痛いほどに潤の肩をつかみ、多恵子はずるずると蹲《うずくま》った。

「あの日、冬馬君のお母さんに謝ったのは、そう思っているお母さん自身が、あんまり申し訳なかったから。潤のことを謝ったんじゃない」

潤の肩に凭《もた》れかかりながら、多恵子は弱々しく首を横に振る。共に蹲ったまま、潤はしばらく動けずにいた。

「ここに戻ってきたのは、お母さんがこんなふうに思っていることを、冬馬君のお母さんや他のお母さんたちに知られたくなかったから。あのまま同じマンションにいたら、きっとお母さんの本当の気持ち、皆に知られてしまう」

顔を上げ、多恵子は正面から潤を見た。

大きく見張った瞳から、涙が次々とふきこぼれる。

「潤が無事でよかった」

叫ぶようにそう言うと、多恵子は両腕で潤をしっかりと抱きしめた。

母の身体の熱に、潤は思わず全身を強張らせる。物心ついたときから、母からこんなに力強く抱きしめられたことはなかった。

「神様が潤を守ってくれたんだって、お母さんは今でもそう信じてる」

冬馬を死なせて、自分を残す。

そんな神様がいるものか。

頭では母の言葉を拒むのに、心のどこかが抱きしめられる温もりに沿うていく。

いつも冷静で堂々としている母が、髪を振り乱し、子供のように口をあけ、激しく泣きじゃくっていた。

「潤が生きててよかった」

多恵子は潤を抱きしめたまま、いつまでも咽《むせ》び泣いた。

「本当に、本当に、よかったよ……」

母はきっと、胸の思いを誰にも言えずに耐えてきた。

冬馬の死に咎を負っていたのは、自分だけではなかった。

母もまた、傷つき、怯えていたのだ。ずっと。

〝お母さんは、頭もいいし我慢強いけど、不器用なところがあるだにな〟

いつか、祖母が炬燵で語った言葉が脳裏に響く。

物陰でたったひとりで涙を流している少女の姿が、初めて眼の前の母と重なった。

潤は震える多恵子の背に、そっと冷え切った手を添える。

泣きじゃくる母の背中は、思っていたよりも、ずっと細くて小さかった。

20 決心

潤が学校に復帰し、再び神楽の稽古に参加するようになったのは、三月の第一週に開催される澄川の花祭りの直前だった。

校長先生や三人のクラスメイトたちは、まったく当たり前のように、潤の復帰を受け入れてくれた。周や康男に至っては、本当に風邪が長引いていただけだと考えている節があった。おかげで潤も、必要以上に構えることなく、学校生活に戻ることができた。

しかし、いざ戻ってみると、花祭りを控えた澄川小中学校での日々は慌ただしかった。幸い今年は閏年《うるう》で、例年に比べ、二月の日にちが一日だけ多い。そのたった一日を頼りにしなければならないほど、祭りの準備は切羽詰まったものになっていた。

しかも今年は、例年の澄川の花祭りとはまったく違う。

手術のために入院した啓太郎に代わり、まだ二十代の蒼汰が初めて花太夫《はなだゆう》を務める。

澄川の花祭りは、奥三河の花祭りシーズンのフィナーレを飾る、伝統の大神楽だ。真冬の十二月や一月に比べ比較的暖かい三月の開催ということもあり、観光客の数も多い。

若き花太夫を支えるため、康男の父を長とする宮人《みょうど》たちも細心の注意を払って準備に当たっている。潤もまた、早朝、土日、放課後と時間がある限り、康男や周と三つ舞の稽古に励んだ。自らの花太夫としての準備の傍ら、蒼汰も熱心に指導に当たってくれていた。

いちの舞を踊れという康男からの提案に、潤はまだ答えを出していない。

康男も話を蒸し返したりはしなかった。潤が練習に復帰しただけでよしとしているのかもしれないし、まずは三つ舞を完璧に仕上げるのが先だと考えているのかもしれなかった。

その日も、放課後、潤たちは体育館で蒼汰の指導を受けていた。

花祭りの本番を一週間後に控え、蒼汰の指導は明らかに今までと違ってきている。

採り物の持ち方、足を上げる高さ、回転の速度から指先の動きまで、注意は仔細《しさい》にわたり、途中で何度も舞をとめられた。

長時間舞い続けるのも苦しかったが、舞いかけては中断し、同じ動作を何回も繰り返させられるのも、相当の辛抱がいった。

特にこの日の蒼汰は厳しかった。

「駄目だ駄目だ、もう一度最初から」

少し舞っただけで、すぐにストップをかけられる。また、周が逆の足を出したらしい。

あまりの中断の多さに、葵たちのお囃子もほとんど意味をなしていなかった。

「周、やちごまの向きが違う」

最初こそ潤や康男にも注意がいったが、今では注意を受けるのは周ばかりになっていた。

相手の動きをちゃんと見ようとしない周は、すぐに自分勝手に踊り出す。延々踊り続けるだけならそれでもなんとなくごまかされるが、こうして細部を見ていくと、周の踊りは明らかに間違いが多かった。

「周、また足が逆だ」

蒼汰の声が叱責に近くなる。

「何度言ったら分かるんだ。ちゃんとまわりの動きを見ろ」

傍らの周の顔がだんだん赤くなってきた。

ただでさえ飽きっぽい周は、同じ箇所ばかり繰り返し直されることに、耐えられなくなってきているようだった。

「周、やちごまの角度をそろえろ」

「周、位置が違う。前に出すぎてる」

「周、そこは左じゃない」

次第に蒼汰は周の名前しか呼ばなくなった。

「おい、周、また違う」

再びストップがかけられたそのとき。

突然、体育館の高い天井に、奇怪な鳥のような甲高い声が響き渡った。

ハッとして視線を上げれば、顔を真っ赤に染めた周が手にしたやちごまを力いっぱい床に叩きつけ、言葉にならない叫び声をあげながら、走り去っていってしまった。

潤は呆気に取られてその後ろ姿を見送った。

いつもだらしのない笑みを浮かべ、へらへらしていた周。

なにより、花祭りと聞けば誰より張り切っていた周が、こんな癇癪を起こすとは思ってもみなかった。

「……悪い。やりすぎた」

蒼汰が決まり悪げに、頭を掻く。

「俺もちょっと気張りすぎだ。今日のところはここまでにしよう」

練習は、ここでお開きになった。片づけを始めた蒼汰を、葵が無言で手伝う。

初めて花太夫を務める花祭りを前に、蒼汰も神経をとがらせているのかもしれなかった。

「大丈夫だに」

校舎に向かう石段を上っていると、康男が背後から肩を叩いてきた。その後ろから、里奈がついてくる。眼が合うと、里奈は切りそろえた前髪を揺らしてにっこり微笑んだ。

切り裂くような声をあげた周を思い返すと、潤はまだ胸の中がざわついたが、康男も里奈もまるで意に介している様子がない。

そこに至るまでの経緯はきっと大きく違うのだろうが、二人の態度はときとして、とてもよく似て見えた。

帰り支度を終えて康男たちと一緒に校庭に出れば、杉並木の向こうに、新鮮な卵の黄身のような夕日が落ちていくのが眼に入った。

まだ指先が痺れるほどに寒いが、日一日と日は長くなってきている。

「そういや、俺、昨日父ちゃんから聞いたんだけど」

里奈のマフラーを巻き直してやりながら、康男が鼻の詰まった声を出す。

「花祭りが終わったら、蒼汰兄ちゃん、結婚するらしいだに」

「えっ？」

潤は思わず振り返った。

「やっぱ花太夫さんの手術があるから、決心したんじゃないかって父ちゃんが言ってたずら」

しかもその相手は、葵の姉の茜だという。

「そりゃあ、蒼汰兄ちゃんも熱くなるずらよ」

集落の若い男女が結婚することを、康男の両親は我がことのように喜んでいるらしい。

「神谷って、そのこと知ってるの？」

「そりゃ、知ってんだら。アオはアカ姉ちゃんと仲いいもの。ま、俺らぁは、まあったく、なあんにも、知らんかったけど」

呑気な返答に、潤は拍子抜けする。千里眼の如く思っていた康男の視界には、その実、大きな死角があった。

だって、そんなこと、あるわけない。

蒼汰を前にした葵の隠しきれない華やぎ。

ごく一部の男子にしか示されない、女子のあの口調、あの態度。東京のクラスで、何度も眼にした。あれは、憧れの男子と接するときに、彼女たちが心中に抱く微かな期待の表れだ。

隠れてマフラーを編んでいたという噂が本当なら、葵は姉と蒼汰の結婚話をどんな気持ちで受けとめたのだろう。

無言で蒼汰を手伝っていた、葵の冷たい横顔が浮かんだ。

「あ！　周ちゃんだ」

背後の里奈が、突然明るい声をあげる。

校庭の隅の祠《ほこら》の前で周が蹲《うずくま》っていた。

「周ちゃーん」

さっきのことなどなかったかのように、里奈が無邪気に駆け寄っていく。康男に眼で頷かれ、潤もその後に続いた。

潤たちの姿を見ると、周はいつものだらしない笑みを浮かべた。

「ご、ごめん……」

その頬や口元に鼻水の跡がつき、分厚い眼鏡のレンズも涙ですっかり曇っている。

「気にすることないだに」

穏やかに眼を細め、康男が傍らに腰を下ろした。

「蒼汰兄ちゃんも、言いすぎたって言ってたずら」

祠の前に、ピンク色の小さな花を咲かせたカラスノエンドウや、ハコベが置いてある。野に咲き始めた早春の花たちだ。周がお供えのつもりで並べたらしい。

里奈がそれを綺麗にそろえて花束にし、本格的にお供えを始めた。

「蒼汰兄ちゃんが本気になるのは、ちゃんと理由があるずら」

昨年まで、周がどんなに好き勝手に舞を踊ろうが、蒼汰は注意したりしなかった。

「でも、それは、お前がまだ、豊橋からきてる〝お客さん〟だったからだに」

助っ人にきてくれる神楽クラブの子を、徹底的にしごくわけにはいかない――。

以前蒼汰がそう言っていたことを、潤も思い出した。

あのとき蒼汰は、本当の澄川の舞は、澄川の子供にしか受け継がれないとも言っていた。

七百年続く舞を正確に伝えようとして、蒼汰もまた、必死になっていたのだろう。

「周はもう、〝お客さん〟じゃないだにな」

康男の言葉に、周は弱々しく首を振る。

「でも、あんなに厳しいんじゃ、俺、駄目だよ。もう、ついていけないよ」

「そんなことないずら」

「いや、きっと駄目だよ」

二人のやり取りを、潤は傍らで見守ることしかできなかった。

「だって、俺、兄貴と違って出来が悪いし、前の学校でも、しょっちゅうあんなんなっちゃって、先生からも見捨てられてたしさ」

坊ちゃん刈りの大きな頭を、周はゆさゆさと揺さぶった。

「だから、俺、前のクラスでもハブられてたし、家で折檻《せっかん》されても仕方がないんだって……」

周が頭を振るたび、涙がぽたぽたと地面に散る。

「そんなこと、ないずら」

「じゃ、どうして……」

周が声を震わせた。

「どうして、お父さんにベルトでぶたれても、お母さんはとめてくれないの?」

周の身体にできた傷が頭をよぎり、潤は口元を引き締める。そんな親がいることが、潤にはどうしても信じられなかった。

「俺の出来が悪いからじゃないの？」

「違うずら」

「じゃ、どうして？」

「俺にも分からん。でも、じいちゃんとばあちゃんは、お前をぶつか？」

「……ぶたない」

「俺やアオや杉本は、お前をハブるか？」

「……ハブらない」

「校長先生や蒼汰兄ちゃんは、お前を見捨てるか？」

「……見捨てない」

「だら？」

康男は辛抱強く、周の顔を覗き込む。

「それにお前、あんなふうになったの、こっちにきてからは初めてだら。気にすることなんてないずら」

それでも周は俯いた顔を上げようとはしなかった。

「でも、俺がこっちにきてから、お母さんは、一度も会いにきてくれない。運動会にも、きてくれなかった。花祭りだって、絶対見にこない」

泣き腫らした頰に、再び涙が筋を作る。透明な洟《はな》を地面に届くほどに垂らしながら、周は嗚咽《おえつ》した。

そのとき、潤の傍らの影が動いた。

花束を作っていた里奈が、泣いている周の身体を包み込むように腕を広げた。

「大丈夫だよ」

涙と鼻水でべたべたの周の顔を、迷わず自分の胸に引き寄せる。

「周ちゃんのお願い、ちゃんと榊神社に通じたよ」

片手で周を抱きながら、里奈は夕日が落ちていく杉山を指さした。

「この祠はね、鬼様のいる、榊神社に通じてるんだって。周ちゃんのお願い、鬼様に届いたよ。お母さん、きっとくる」

まだ澄川にきたばかりの頃。学校の裏の竹藪で、潤が過呼吸の発作を起こしたときと同じように、里奈は周を柔らかく包み込んでいた。

「大丈夫。里奈だって、たくさん失敗するけど、鬼様が全部なしにしてくれる。今年は周ちゃんも、里奈と一緒に鬼様に踏んでもらおう」

それまで必死にこらえていたのか、ついに周は大声をあげて泣き出した。里奈は優しくその背中をさすってやっている。

康男に眼で促され、潤はその場をそっと離れた。

日が落ちると、冷たい空気の中、木々の梢がくっきりと浮かび上がってくる。

白い息を吐きながら、潤と康男は自転車置き場までやってきた。

「相川」

静脈のように張った落葉樹の枝を眺めながら、潤は康男に声をかけた。

「鬼様に踏んでもらうって、どういうこと？」

「ああ、まだ杉本は知らんかっただら」

自転車のスタンドを跳ね上げ、康男が洟を啜る。

山見鬼《やまみおに》、榊鬼《さかきおに》、茂吉鬼《もきちおに》と、花祭りには三人の鬼が登場する。中でも一番面が大きく霊力も強い榊鬼は、花祭りの主役とも謳《うた》われる。

その榊鬼を松明《たいまつ》で舞庭《まいど》に導くのは、三つ舞を踊る少年たちの役目だ。

次世代を担う少年に導かれ、人里に招喚された荒ぶる鬼は、そこで花太夫や宮人たちと問答を行なう。

問答によって花太夫に調伏《ちょうぶく》された鬼は、今度は人のために反閇《へんばい》を踏むのだという。

「反閇？」

「悪いものを踏みつけて、もう出てこないようにするんだに」

病人が出たり、悪いことが起きたりした年、依頼があれば、榊鬼は依頼主の家まで赴き、病人や主人の背中を踏みつける。神部屋《かんべや》で子供の背中を踏むこともある。

「俺も里奈も、毎年、神部屋で榊鬼に踏んでもらってるずら」

潤が黙って聞いていると、康男がふっと笑みを漏らした。

「俺、昔、神部屋で榊鬼を蹴ったことがあるずらよ」

「え？」

榊鬼の面は重いもので五キロを超える。その巨大な面をかぶり、精神統一している舞手を後ろから思い切り蹴ったという。

「初めて父ちゃんに死ぬほど殴られたずら」

「でも、なんで」

「里奈が変わらんかった」

空気がしんとした。

ひとはけの夕映えが浮いた群青色の空を、康男はじっと見つめている。

「毎年鬼様に踏まれても、里奈は俺らと一緒にはならんかっただに」

道に迷う。勉強についてこられない。言われたことを守れない。

なにかに夢中になりすぎれば、トイレにいくことさえ忘れてしまう。

「いつまでたっても里奈は変わらん」

腹が立って、悲しくて、悔しくて、気がついたときには鬼様の背中を力いっぱい蹴っていた。

里奈を守るため、一生澄川から出ない。その覚悟に辿り着くまでに、傍《はた》からは想像できない大きな葛藤を、康男は乗り越えなければならなかったのだろう。

「でも……」

手袋をはめ、康男は自転車を引いて歩き出した。

「今は、変わらんのが里奈なんだって思うようになっただに」

潤を振り返り、康男は笑みを浮かべる。苦しさのない、真っ直ぐな笑みだった。

「里奈とおると、楽しい」

潤も自然に頷いた。

あの雪の日。

きらきらと飛び散る雪飛沫《しぶき》の中、はじけるような笑みを浮かべていた里奈は、昔絵本で見た星屑《ほしくず》の鱗粉《りんぷん》を撒き散らす妖精のようだった。

「それに、里奈にはできんことがいっぱいあるけど、里奈にしかできんこともある」

潤はもう一度深く頷いた。自分も、それを知っている。

大丈夫——。

温かな胸に抱き寄せられたとき、心の底から安堵した。最初は少し驚いたけれど。

でもあのとき既に、頑なに凝り固まっていた己の心の一部は溶け始めていたのだ。きっと。

「相川」

気づくと、自然と言葉が出ていた。

「俺、いちの舞、やってみようかな」

自転車をとめ、康男が潤に向き直る。

そして近づいてくるなり、勢いよく潤の両肩に手をかけた。至近距離で向き合った康男の瞳は、小さいながらも里奈に負けない輝きに溢れていた。

顔も性格も態度も少しも似ていないけれど、康男と里奈はどこかが似ている。

「でも……、本当に俺なんかでいいのかな」

「いいに決まってるずら！」

康男は満面の笑みを浮かべ、潤の肩をバンバンと叩いた。

「杉本、この前言いかけたけど、俺たちは二人とも鬼の孫だに」

「え……」

「俺のじいちゃんは、茂吉鬼ずら」

潤の祖父が舞っていた山見鬼が開いた浄土を閉じる〝役鬼《やくおに》〟が、康男の祖父が舞う茂吉鬼なのだそうだ。

「俺らも将来、鬼になるだに」

康男の言葉に、潤は暫《しば》し茫然とした。

急になにかに縛られた気がして、俄かに恐ろしいような気分になった。

もし事故がなければ、東京の学校に通っていた自分がこの集落にくることは決してなかったはずだ。康男や周と出会い、三つ舞を踊ることも。

そうであれば、将来、母の郷里の澄川を訪ねることがあったとしても、自分が祖父と同じ鬼の面をかぶるなど思いつきもしないに違いない。

しかし、東京を離れることがなかったら、今頃自分は、一体どんなふうになっていただろう。

失われた冬馬の行く末を想像できないように、潤は東京で生活を続けた自分の行く末を思い描けなくなっていた。失われたのは冬馬だけではなく、東京で暮らしていた自分自身でもあることに、潤は改めて気づかされた。

もし、失われたのが冬馬ではなく、自分だったら。

或いは、もし二人とも無事で、自分が東京を離れることがなかったら。

そのときのことは、誰にも分からない。どんなに考えても、どこにも答えは見つからない。

確かなのは、自分の眼の前にある今だけだ。

そしてそれこそが、残された自分が本当に負うべきものだ。

将来のことまでは分からない。でも、今は、自分のやれることをやるしかない。

自転車を引いた康男と共に校庭に戻ってくると、甲高い歓声が聞こえた。

すっかり元気を取り戻した周が、里奈と校庭に残っていた小学部の生徒たちを盛んに追い回している。

「こらー、お前ら、帰れ、帰れ。下校時刻はとっくに過ぎてんだろうがぁ」

職員室の窓から、校長先生があまり怒っているようには聞こえない、間延びした声をあげた。

周はまったく懲りずに坊ちゃん刈りを振り乱し、おどけた声をあげながら小学生たちを追い回し続けている。

潤たちに気づいた里奈が、振り返って手をふった。上気した頬に、溢れんばかりの笑みがこぼれる。

〝里奈にはできんことがいっぱいあるけど、里奈にしかできんこともある〟

先刻の康男の言葉が耳朶《じだ》を打った。

いちの舞を踊る――。

潤はこのとき、初めて本気でそう決めた。

21　タイムカプセル

朝晩厳しい寒さが続いていたが、集落のあちこちで梅の花が綻《ほころ》び始めた。

榊の代わりに小枝を捧げ持ち、潤は花太夫《はなだゆう》の家の庭で、いちの舞の稽古をしていた。

湯釜に見立てた薪の前で深々と礼をする潤の姿を、犬小屋から顔を出したハナが興味深そうに眺めている。

両腕を大きく広げ、右へ左へゆっくり身体を揺り動かす。

翼を広げた鷺を思わせる仕草だ。

潤は頭の中で、ビデオや舞庭《まいど》で何度も眼にした蒼汰の舞を思い描いた。その蒼汰の舞をなぞるように、自分の身体を動かそうと努力する。

最初は思うように重心が取れなかったが、何回も繰り返すうちに、段々動きに馴染んできた。

大地を強く踏みしめながら、潤は遠く、明神山に眼をやった。明神山の山頂は、粉砂糖を振りかけたように、まばらな雪で覆われている。

シーズンのフィナーレを飾る澄川の花祭りは、奥三河の冬の終わりを表すとも聞く。

その伝統の神楽のいちの舞を、少し前までこの土地のことをまったく覚えていなかった自分が踊ることになるとは、正直、夢にも思っていなかった。

当初潤は、花太夫の世襲制を頑なに守り、未だに成人女性が舞庭に立つことをよしとしない保守的な集落が、康男の思いつきのような推薦を本当に受け入れるのだろうかと、いささか不安に感じていた。

ところが蓋をあけてみれば、康男の提案は、宮人《みょうど》をはじめとする花役と呼ばれる祭りの世話役たちにあっさりと受け入れられた。集落の人々は、舞手が〝千沙婆《ばあ》さんの孫〟であり、山見鬼《やまみおに》の舞手の血を引いていることを重視したのだ。

ここでは本人の来し方や記憶より、血筋が重要視されている。

それは鬱陶しいような、恐ろしいような、今までついぞ感じたことのない、なんとも不思議な感覚だった。

「そこまで」

蒼汰の声が飛び、潤はハッと我に返った。

気づくと夢中で踊っていた。

「短期間で仕上げたにしちゃ、上出来だ。さすがは目利きの康男のお墨つきだ」

集落の若手に託される、いちの舞と三つ舞は、採り物に違いはあるが、舞の動作は基本的に同じだ。康男と周と基礎練習を積んでいただけに、自分でも思った以上に上達が速かった。

「これなら本番もなんとかなりそうだな」

縁側から声をかけてくる蒼汰は、修験道の装束からきた梵天袈裟《ぼんてんげさ》と呼ばれる黒い袈裟を纏っている。そうしていると、既に立派な花太夫に見えた。

「ひと休みして、茶でも飲めよ。もうすぐ、弁当もくると思うから」

祖父の啓太郎が入院してから、蒼汰は豊橋のマンションに帰らず、この大きな古民家で暮らしている。ハナをひとりにしておけないのも勿論《もちろん》だが、蒼汰自身、花太夫として長い祝詞《のりと》や数々の手印《しゅいん》を覚えなければいけないということもあった。

囲炉裏の切られた部屋には、たくさんの書物や資料が散乱している。

「まったく……。こんなに早く花太夫の役目が回ってくるとは思ってなかった。お前たちの舞の面倒ばかり見てたら、俺のほうがおぼつかなくなるよ」

そうぼやきながら、蒼汰は囲炉裏の上に掛けられた鉄瓶でお茶を淹れてくれた。

啓太郎の手製だという柿の葉茶は、きれいな橙色をしている。口に含むと一瞬渋みを感じるが、舌の上に残るのは微かな甘さだった。

「しかし、あのじいちゃんが、パソコンを使えたとは意外だったよ」

プリントアウトされた資料を手に、蒼汰が笑みを漏らす。

「まあ、こっちしか残ってなかったら、俺にはお手上げだったけどな」

こっち、といって蒼汰がめくってみせたのは、和紙を紐《ひも》で綴《と》じた手帳だ。そこには達筆な筆文字がびっしりと書き込まれていた。

「後々のことを考えて、じいちゃんがパソコンで打ち直しておいてくれたんだろうな」

花太夫が心得なければいけない祝詞や祭祀《さいし》の次第をいずれ蒼汰に伝えるために、囲炉裏の切られたこの部屋で、啓太郎はひっそりパソコンに向かっていたのだろう。

おりいで花の　きるめの王子　ごすごりょう参らせては　みうちなるみうちなる

お神酒《みき》こしめせ　玉の明神――。

もっとも、文字が読めたところで、潤にはそこに記されている言葉の意味はさっぱり分からなかった。

「……おじいさん、大丈夫なんですか」

「ああ、今は手術を待ってるだけだから、病室で暇そうにしてるよ。お前の母ちゃんには、ほんと世話になってる」

囲炉裏の炭を転がしてから、蒼汰は改まったように潤を見る。

「お前さ、自分は澄川の生まれじゃないなんて言ってたけどさ」

花祭りには参加しない。

潤は以前、皆の前でそう宣言した。

あの頃は、過疎の集落にも、三人しかいないクラスメイトにも、ひと晩中続くという神楽にも、違和感しか抱けなかった。

「でも、花祭りを伝承してきたうちの先祖こそ、実は澄川の生まれじゃない」

「え……」

蒼汰はプリントアウトされた資料の中の一文を指さしてみせた。

「そこに、きるめの王子って書いてあるだろ。きるめの王子っていうのは、紀《き》の国――今の和歌山《わかやま》県にある切目《きりめ》王子神社の祭神だよ」

熊野修験道の修験者たちは、熊野詣《くまのもうで》に向かう人々のため、京都《きょうと》から熊野まで九十九《くじゅうく》王子社《おうじしゃ》を設営した。そのうちのひとつ、切目さまが、この土地できるめの王子になったと考えられている。

「要するに、祭りを持ち込んだ花太夫や宮人こそ、この集落にとっては〝よそ者〟だったってことだよ」

承久《じょうきゅう》の乱で朝廷側につき、大敗を喫した熊野三山の修験者たちは、散り散りになってこの山深い里に逃げ落ちてきた。

「熊野の山伏たちは、上皇の大事な兵力だったんだけど、結局武家にはかなわなかったってことだな。ダメじゃん、俺の先祖」

お茶を啜りながら、蒼汰は冗談めかして笑った。

承久の乱――。確か後鳥羽《ごとば》上皇と鎌倉幕府が対立して、朝廷は幕府に負けたんだっけ。歴史の教科書にしか出てこない言葉を突然持ち出され、潤はなんとも不思議な心持ちになる。試験のためだけに覚えていた名前が、初めて血肉を持ったような気がした。

「だからさ、お前が妙な気兼ねをする必要なんて、最初からないんだよ」

蒼汰はそう言って、あけはなした窓から杉木立を眺めた。

「それに今じゃ、お前だって立派な澄川の中坊《ちゅうぼう》だろ」

すべての部屋の襖があけられ、奥の仏間までが囲炉裏の傍から広々と見渡せる。床の間には滝の水を汲んだ手桶がまつられ、天井からは様々な形の切り草が下がっている。

自然と、床の間の隣の大きな仏壇に眼がいった。

沈丁花《じんちょうげ》の活けられた花瓶の奥に、二つの写真が並んでいる。

「本当なら、こんなときは親父《おやじ》が花太夫を務めるはずだったんだろうけどな」

潤の視線の先を辿り、蒼汰が軽く息を吐く。

「中抜けされてるから、しまりが悪いよ。じいちゃんと俺じゃ、貫禄《かんろく》が違うわな」

そんなことを言われたら、自分のいちの舞のほうが、遥かに蒼汰に及ばない。

「ま、仕方ない。こうなったら、お互い、やるしかないさ」

そう笑った横顔に、潤は病院からの帰り道、蒼汰に車で送ってもらったときのことを思い出した。あのときは、蒼汰とこんなふうに話をするようになるとは考えていなかった。

「蒼汰さん」

潤は思い切って、尋ねてみた。

「うちのおばあちゃんから聞いたんですけど、蒼汰さん、舞庭に出ない時期があったって本当ですか」

花太夫の家系に生まれ、容貌と舞の才に恵まれ、子供の頃からいちの舞を踊り、他の集落の花役たちからも頼られてきた蒼汰が、一時期、祭りから離れていたという。

その話を千沙に聞かされたときから、ずっと心に引っかかっていたのだ。

ほんの一瞬だったが、蒼汰は微かに息を吞んだ。

やはり、聞くべきではなかったと、潤は俄かに緊張を覚える。その理由が、あの仏壇の写真と無関係でないことに、本当は薄々勘づいていた。

「あの、すみません。やっぱり……」

「テレビのせいだよ」

言い淀んだ潤に、蒼汰がきっぱりと告げた。

テレビ――？

「親父とお袋が鉄砲水で死んだ年の花祭りに、テレビの取材が入ったんだよ」

気になっていた両親の死因まであっさりと教えられ、潤は小さく眼を見張る。

「高校に入ったばかりのときだ。両親二人がいっぺんにいなくなったんだ。俺にしちゃ、なにがなんだかさっぱり訳が分かんなかったよ」

蒼汰は火箸で五徳の下の炭を転がした。

「どうしてこんなことが起こったのかばっかり考えて、じいちゃんの気持ちとか、集落の人たちがあれこれ気遣ってくれてることとかまでは、さっぱり頭が回らなかった」

赤々と燃える炭に、潤もじっと眼を据える。

淡々とした口調だったが、当時の蒼汰がどれだけ苦しんだかは想像に難くなかった。

「丁度、うちの親父が率先して取り組んでいた銘木路線が、市場にも受け入れられ始めた頃でさ……」

安価な外国産の木材とは一線を画した国産高級木材への取り組みが、ようやく軌道に乗り出した矢先の出来事だったという。名古屋で行なわれた木工機械のコンベンションの帰り道、雨の中、夜の山道を走っていた蒼汰の両親の車は、突然の鉄砲水に襲われた。

「それほどたいした雨じゃなかったんだ。もっと大変な台風の中でも、悠々帰れる道だったのにさ」

その理不尽さを、自分も知っている。

強い夏の日差しを受けたアスファルト。ほとんど車なんて通らない見晴らしのよい坂道だったのに。いつも、何事も考えず、勢いよく下っていった坂道だったのに――。

「どちらかだけでも残ってくれていればとか、そんなことじゃないんだ。でも、いきなり二人そろっていなくなるなんて、あんまりじゃないか」

蒼汰はふっつりと口を噤んだ。

突然断ち切られた人たちの大きさは、残された人の心に同じだけの穴をあける。

長い沈黙の中、炭がはぜる音だけが、広い部屋の中に響いた。

「……その年の花祭りをやめようという宮人もいたんだけど、結局じいちゃんが押し切ってさ。俺もいつもの年と同じように、いちの舞を踊ったんだ」

ビデオで見た、少年時代の蒼汰の見事な舞が眼に浮かぶ。

その姿は、藍色の翼を広げ、大空に舞い上がる鷺のようだった。

「花祭りにテレビの取材が入るのは、別に珍しいことじゃない」

だがその年、集落の誰かがテレビクルーに蒼汰の両親の事故のことを漏らしたらしい。

別に悪気があってのことではない。むしろ、悲しみを押して神楽を舞う蒼汰に深く感銘を受け、それを誰かに伝えたかっただけかもしれない。

けれどその結果、実に分かりやすい報道がなされることになった。

「両親の不慮の事故を乗り越えて……って、やられたんだ」

「乗り越える？」

思わず反応した潤に、蒼汰は苦々しく頷く。

「冗談じゃない。神楽なんかで、親父とお袋の死が済むわけがない」

しかも神楽の最中、蒼汰はひたすら腹を立てていたという。

「仕方ないから踊っただけだ。別に祈ってもいないし、願ってもいない。第一、花祭りに日本全国の神が勧請されるっていうなら、次期花太夫が鉄砲水に襲われたとき、その八百万《やおよろず》の神様たちは、一体、なにをしてたんだよ。すべての厄災をねじ伏せる榊《さかき》鬼《おに》の霊力は、一体どこにいったんだよ」

自分の怒り任せの捨て鉢な舞に、見当違いのナレーションがつけられているのを見て、蒼汰は心底驚いた。一番恐ろしかったのは、舞っている己の姿が、本当にナレーション通りに見えてしまったことだ。

「全然知らない人から〝感動しました〟なんていう手紙までもらってさ、正直、気分が悪くなった」

それから先は、集落を出ていくことだけを考えた。

「集落にいる以上、舞庭に立たざるを得なかったからな。でも俺はもう、神楽なんか信じてなかったから」

猛勉強の末、蒼汰は大阪の国立大学に合格し、早々に下宿を決めた。花祭りシーズンになっても帰郷しない蒼汰に、啓太郎はなにも言わなかったという。

「大学を卒業してからも、まずは大阪で就職したんだ。ま、世間知らずの若造を使い潰しにしてるみたいな、ブラックな不動産会社だったけどな」

そこで季節の変わり目も分からない日々を送っていた蒼汰を、再び故郷の澄川に戻らせるきっかけになったのも、皮肉なことに、テレビを通した花祭りの映像だった。

「昼飯を食いっぱぐれて、夕方の五時頃、ようやくラーメン屋に入ったんだ。そうしたら、たまたま夕方のニュースで、澄川の花祭りが紹介されてて」

疲れ切った蒼汰の耳に、聞き覚えのあるお囃子が流れ込んできた。ふとテレビの画面に眼をやり、蒼汰はそこに映し出されているいちの舞に愕然《がくぜん》とした。

「俺が親父に教わってきたいちの舞と、まるで違ってたんだよ」

そのとき蒼汰は、父と同じ舞を舞えるのが、小さいときから手取り足取り教わってきた自分だけであることを思い知った。

後先考えずに会社を辞め、蒼汰は澄川に戻ってきた。

「親父に教わった舞が消えちまうと思ったら、急にたまらなくなったんだ」

縁側の向こうに広がる杉山に眼をやり、蒼汰は長い息をつく。その端整な横顔を、潤はもう、それほど遠くは感じなかった。

神も鬼も大嘘だ。

そう思ったことがあるのは、決して自分だけではなかった。

「……今は、信じてるんですか」

「どうだかな」

蒼汰は小さな笑みを浮かべる。

「でもな、俺は、神楽っていうのは、一種のタイムカプセルなんじゃないかって思う」

新しい炭をくべながら、蒼汰は呟くように言った。

「タイムカプセル……」

「そうだよ。俺の舞は親父に教わった舞だけど、親父の舞はじいちゃんに教わった舞だ。そんでもってじいちゃんの舞は、曾《ひい》じいちゃんから教わった舞だろ」

そうやって七百年もののときを超え、神楽は代々集落に受け継がれてきた。

そのときだけは昔の装束に身を包み、七百年前から伝わる切り草に囲まれ、歌ぐらを唄い、集落ごと時代を遥かに超越する。

「大事なのは舞を残すことであって、個々の舞手の気持ちではないんだよ。きっと」

潤は神妙な気分になった。

だからこそ蒼汰は、あんなにも仔細に、自分たちに澄川の舞を教え込もうとしたのだろう。

本当の澄川の舞は、澄川の子供だけに受け継がれていく――。

そう語った蒼汰の思いが、初めて形をもって胸に迫った。

囲炉裏を挟み、潤は真っ直ぐに蒼汰を見た。

そのとき。ふいに、庭先からハナの鳴き声が聞こえた。

警戒ではなく、歓迎の鳴き方だ。

「お、飯がきたぞ」

蒼汰に言われて縁側の先に眼をやると、風呂敷を持った葵が近づいてくるところだった。

「悪いな、アオ。茜はまた店番か」

蒼汰はねぎらったつもりなのだろうが、元々硬かった葵の表情が、一瞬にして険しくなる。

「お姉ちゃんじゃなくて、おあいにくさま」

言うなり葵は、弁当が入っているらしい風呂敷をいきなり投げて寄こした。

「おい、おいおいおい！」

仰天した蒼汰が、つんのめりながら必死に受けとめにいく。

「お前さあ、いい加減にしてくれよ。なんでそう、最近不機嫌なんだよ。自慢のお姉ちゃんを俺なんかに取られて、癪《しゃく》なのは分かるけどさあ」

蒼汰の言い草に、潤は内心葵に同情した。

康男といい、蒼汰といい、視野が広いようでいて、どこかがとことん抜けている。

案の定、葵の頬が怒りで赤く染まった。

「本当につまんない。せっかく名古屋の専門学校出たのに、結局戻ってきて、店番なんかして、幼馴染みなんかと婚約して」

「あのさあ、じゃあアオは、どっか別の世界から白馬の王子がやってくるとか本気で信じてんの？　どこへ出ていこうと、人間、半径数キロのところで恋愛するしかないんだよ」

葵の八つ当たりを、蒼汰は呑気に真に受けている。

そんなこと、一番身に沁みて感じているのは、葵自身だろうに。

「バッカじゃないの！」

大声で言い捨て、葵はくるりと踵を返す。足音をたてて遠ざかっていく背中に、潤は思わず縁側で靴を履いていた。

潤が追ってきたのに気づき、葵は啓太郎の畑の前で足をとめた。

「なに？」

「いや、その……」

不機嫌極まりない表情で振り返られ、潤は言葉を呑み込む。自分でも、どうして葵を追いかけてしまったのか分からなかった。

不穏な空気で向き合う二人を、犬小屋から出てきたハナが、嬉しそうに尻尾を振りながら眺めている。

潤が言い淀んでいると、葵は露骨に舌打ちした。

「これだから、東京の男子って嫌」

「東京、東京っていうけど、俺がいたのなんて、郊外のベッドタウンだよ。それに……」

「もう、いいよ」

言い募ろうとすると、なぜか強く遮られた。

「自分でも分かってるもの。バカなのは私のほうだって」

急に葵の口調が力を失う。

「いっつも脱出したいって思ってるのに、結局……」

やっぱり葵は、蒼汰と茜の交際を、直前まで知らなかったらしい。いつも冷静な葵の眼元が赤く染まっていることに気づき、潤は一層胸の中を泡立たせた。

潤がなにも言えずにいると、葵はくるりと背中を見せた。

そして、もう振り返ることなく、畑の中の一本道を一目散に駆け下りていった。

翌日の放課後。潤が康男や周たちと体育館でいつものように神楽の練習をしていると、とんでもないことが起きた。

今日は練習を休むと言ったはずの葵が厳しい表情で現れ、つかつかと潤に近寄った。

「これ、あげる」

スクールバッグから取り出した真っ白な手編みのマフラーを、唐突に押しつけられる。

その瞬間、背後の一年生女子たちの間から、「きゃああっ」と悲鳴のような歓声があがった。

面くらっている潤を残し、葵はさっさと体育館を出ていった。

「え、え、えぇえええぇーっ!?」

一年女子から半テンポ遅れ、周が素っ頓狂な声をあげる。その傍らでは、康男がまったく関心なさそうに耳の穴を掻いていた。

マフラーを持ったまま、潤はただただ茫然とする。

手を取り合って興奮している一年女子たちの背後で、泰助がそっと項垂《うなだ》れた。

22 生まれ清まり

その日、潤は巡回バスに乗り、母が勤める病院へ向かった。

いつものように後方の席に座り、結露に曇った窓をぬぐう。外は冷たい氷雨《ひさめ》が降っている。三月に入っても、山間《やまあい》の集落の春はまだ遠いようだった。

澄川の花祭りが、いよいよ今週末に迫っていた。

いちの舞の他、三つ舞、湯ばやしと、集落の少年が担当する舞を、潤は康男や周と共に、一手に引き受ける。夕刻から翌日の早朝まで、ほとんど舞庭《まいど》に出ずっぱりになる予定だ。

春休みに入ってから、潤はほとんどの日々を神楽の稽古に費やしてきた。特に、ひとりで舞庭に立ついちの舞の稽古には、練習用の草鞋《わらじ》が擦り切れるほど時間をかけた。

病院の前でバスを降り、潤は真っ直ぐ啓太郎の病室に向かった。

初めての花祭りに参加する前に、長年澄川の花太夫《はなだゆう》を務めてきた、啓太郎の顔を見ておきたかったのだ。

四人部屋の病室を覗くと、一番窓側のベッドで、啓太郎は老眼鏡をかけ、分厚い単行本に視線を落としていた。

他の患者は談話室にでもいっているのか、ベッドの上にいるのは、啓太郎ひとりだった。

「おじいさん」

声をかければ、ふと顔を上げ、静かな笑みを浮かべる。眼で促され、潤はベッドの傍らの丸椅子に腰をかけた。

「いよいよ今週だな」

ぎこちなく頷いた潤に、啓太郎は袖机の上の盆に盛られた干し柿をひとつ手渡してきた。白く粉をふいた干し柿は、ずっしりと重く、ひんやりとしている。

「できれば、わしもお前のいちの舞を見たかっただに」

啓太郎の手術は、花祭りの前日に行なわれると母の多恵子から聞いている。

干し柿を手に、潤はそっと啓太郎の横顔を眺めた。放っておくとすぐに畑に出たがるからと、蒼汰に無理やり入院させられた啓太郎は、少し精気のない表情をしていた。

「でも、本当に僕でいいんでしょうか」

村人による最初の舞であるいちの舞は、集落一の舞上手に託される。神職に当たる花太夫や宮人《みょうど》の次に踊る市井《しせい》の人を表し、一の舞とも、市の舞とも呼ばれる。

そんな集落の人々を代表する舞を、たった半年前に澄川にやってきた自分が舞うことに、潤は未だに躊躇《ためら》いを覚えずにいられなかった。

「なにを迷う」

「だって……」

口ごもった潤に、啓太郎は穏やかな眼差しを向ける。

「蒼汰から聞いとる。お前も他の皆も熱心だと。今年はいちの舞も、三つ舞も、本物の澄川の舞になると」

ここ二週間ほど集中して行なわれた稽古の様子を、潤は思い返した。

細かい注意に癇癪を起こした周も、それ以降は厳しい稽古に黙々と耐えるようになっていた。時折、尻餅をついて悔し気に涙ぐむこともあったが、叫び声をあげたり、採り物に当たったりはしなかった。蒼汰が気遣うそぶりを見せれば、「お客さん扱いは嫌だ」と、却って自ら発奮するくらいだった。

「今年のはなは、もう始まっているずら」

「……はな？」

老人は深く頷いた。

「そうずら。わしらは昔から、自分たちの祭りをはなと呼ぶ」

犬のハナは、そこから名づけられたらしい。

「花祭りは多くの集落で踊られているが、はなといえば、それは自分たちの集落だけのものだ」

啓太郎は自分も盆から干し柿を取り、口に運んだ。

「ほれ、食べい」

促され、潤もひと口齧《かじ》る。大きな干し柿は噛み応えがあり、濃厚な甘さが舌に沁みた。

「昔は内花《うちばな》といってな、はなは集落の民家で行なわれていただに」

干し柿を食べながら、啓太郎は静かな口調で話し始めた。

花太夫や宮人の家はもちろん、新築の屋敷のお披露目や、主人の病気の快気祝いにも花宿《はなやど》が提供されていたという。

「あの頃は大変だったずら。祭りの数日前になると、村人が総出で、花宿の障子や襖を取り払ってな。座敷の畳を全部上げて、舞庭を作るだに」

その頃の〝はな〟は、今以上に集落の親和性が試された。

「あの時代はそれでよかった。けれど、今の時代、民家に花宿を設けるのはもう無理だ」

硬い干し柿をあっという間に食べ終え、啓太郎は口をぬぐう。

「民俗学者の中には、舞庭を集会所や公民館に移したことをとやかくいう者もおるが、わしの考えは違う。そんな形式にこだわるのは、わしらの暮らしを、大昔の牢獄《ろうごく》に閉じ込めるのと同じことだ。わしは好きで古い家に住んでいるが、澄川の家が近代的になることも、蒼汰たち若いもんが都会のマンションに住むことも、当たり前だと思うずら」

暮らしの近代化が進めば、屋敷に土間や竈《かまど》はなくなり、過疎化が進み子供が減れば、自然と人手は薄くなる。

それでも祭りを存続させるためには、ある程度の変化を受け入れていくしかない。

「もともと人の生活と共にあった祭りというのはそういうものだ。わしらのはなは、民俗学者たちのいう、伝統やら文化やらとは違うものだに」

潤も、蒼汰が稽古の合間に語っていたことを思い出す。

「蒼汰さんが言ってました。花祭りで女の子の舞を許したのは、澄川が一番初めだって」

「それは、わしの親父が認めたことずら」

今では当たり前のようになっている女児による花の舞を、最初に導入したのは澄川だという。

「わしは、澄川を思う心があるなら、この先神楽を踊るのは、成人女性でも外国人でもいいと思うずら。大事なのは舞を継承する心だに。それさえあれば、性別や出自は関係ない。お前にも周にも、やる気があると蒼汰は言うておった。それこそが、一番肝要な舞の心だに」

啓太郎は枕元に立て掛けられている竹の小枝を手に取った。枝の先に紙細工のついたそれは、花祭りで使われる祓《はら》い幣《べい》だった。

「はなのすべてを神楽だと思っているものも多いが、それも違う。神楽はあくまで余興にすぎん。榊鬼《さかきおに》の反閇《へんばい》や、湯ばやしだけを取り出して観光客に見せる向きもあるが、あんなものははなじゃない。神事に始まり、神事に終わるのが、本当のはなだに」

祓い幣を掲げ、啓太郎は眼を閉じた。

「生まれ清まりが、はなの真髄ずら」

「生まれ、清まり……」

「そうずら」

啓太郎は眼をあけて深く頷く。

「神事を通し、一度は鬼と共に地獄に落ち、再び赤子として生まれ変わるのがはなというものだに」

潤の耳に、舞庭で何度も聞いた歌ぐらの歌詞が甦った。

〽七滝や　八滝の水を汲み上げて
　日頃の穢《けが》れを　日頃の穢れを　今ぞ清める

やがてその歌ぐらは、テーホヘテホーへの掛け声に溶けていく。

「たとえ舞庭に出ることはかなわんでも、わしの心はいつもはなと共にある。手術とはなが終われば、わしも赤子となるずら」

「おじいさんが、赤子？」

「そうだに。七十七の赤子ずら。お前の婆《ばあ》さんも、七十三の赤子になるずら」

啓太郎の頬に、微かにいたずらめいた笑みが浮かんだ。そうすると、日に焼けた老人の顔は、少しだけ蒼汰に似て見えた。

「今年のはなは、わしにとっても特別なはなだに。わしは病と向き合い、孫の蒼汰は花太夫を継いで、この春には所帯を持つ。わしにとっても集落にとっても、こんなに嬉しいことはない。それに……」

啓太郎の眼差しが、じっと潤に注がれた。

「十年ぶりに、こまい鬼が戻ってきただにな」

思わず、食べかけの干し柿を取り落としそうになった。

驚いて見返せば、啓太郎は穏やかな笑みを浮かべている。

きっと――。

この老人は知っていたのだ。クマザサの生い茂った裏山に倒れている潤を見つけたときから。

それが下の屋敷に住む千沙の孫で、十年前、今は他界した山見鬼《やまみおに》に連れられて舞庭に立った、小さな伴鬼《ともおに》であったことを。

一瞬。蛍光灯に照らされた白い部屋が、色とりどりの蠱惑《こわく》的な茸《きのこ》を出現させる、菌糸に抱かれた深い森の中になった。

薪割りを教わったり、地層のように降り積もった落ち葉を踏んでハナを散歩させたりした老人との日々が甦り、潤は胸が熱くなる。

同時に、どうしても、ぬぐいきれない思いが込み上げる。

本当は、戻ってきたのではない。

逃げてきたのだ。自分も、母も。

「おじいさん……」

後を続けることができずに俯くと、肩に大きな掌を載せられた。

「この世には、個人の力ではどうにもできない痛ましい出来事が起きる」

ゆっくりと切り出された啓太郎の言葉が、潤の胸の中に波紋のように広がる。

「理不尽なこと、不公平なこと、無慈悲なことがたびたび起こる」

瞼の裏に、仏壇に飾られていた若い夫婦の写真が浮かんだ。

「その理《ことわり》は、わしにも分からん」

肩に載せられた掌が熱い。

長年、林業や畑仕事に携わってきた人の、分厚く硬い掌だった。

「だがわしは、この年になって思うことがある。この世界には、どうにもできない悲しみを、なんとかして修復していこうとする、もうひとつの力があるのではないかと」

寄せては返す荒波のように、破綻と修復の力が拮抗《きっこう》しているのが、この世のひとつの在り様なのではないかと。

そして、なんとかしてすべてを修復しようと湧き起こる不可視の活力を、人は古《いにしえ》から神と呼び、尊《たっと》んできたのではないかと。

「こう言えば、あれは反論するかもしれんが、蒼汰の舞が本当の凄みを増したのも、あの事故があってからだ。悲しみがあるから、神が生まれる。一度舞を捨てた蒼汰が再び舞庭に戻ってきたとき、その舞に本物の神が宿ったんだとわしは思うずら」

花祭りの舞は苦しい。

特に、採り物を換えながら三折《みおり》を踊る三つ舞は、優に二時間は舞い続ける。練習では採り物を換えるたびに休憩を入れているが、本番に休憩はない。掛け声に合わせ、舞はどんどん激しくなり、最後の五拍子を踊るときには、蒼汰ほどの舞手でも、意識が朦朧としてくるという。

そりゃ、誰だって苦しいよ、と、蒼汰は言った。

でも舞は打ち込めば打ち込むほど、見えてくるものがあるんだよ。

えー、なにが見えるんですかぁ。

すかさず尋ねた周に、それは、舞庭に立って舞い切った人間にしか分からないと、蒼汰は笑っていた。

康男や周と共に、三つ舞を踊り切ったとき、果たして自分の眼にもなにかが見えるのだろうか。

「お前も生まれ変わるために、はなに呼ばれてここに戻ってきたんだに」

啓太郎は傍らの祓い幣を手に取り、口の中で小さく呪文を唱えた。

潤はただ黙って、その所作を見つめた。

老人の言葉のすべてを理解できたわけではなかった。

今でも時折、すべてのことに意味がないと感じる暗い虚無に呑み込まれそうになる。

だがそれと同時に、なにかに導かれているような、しんとした不可思議さに囚われることもある。

相反する二つの思いが圧倒的な水圧で押し合い、手の届かない遠い沖で、深いうねりを作っていた。

窓の外では、厚い雲が杉山に垂れ込め、静かに雨が降り続いている。

23 初舞台

周囲を土で固めたかまくらのような竈《かまど》の上で、巨大な湯釜がもうもうと白い湯気を上げている。

滝祓《たきばら》いで清められた水がふつふつと沸騰し、湯釜の表面でいくつもの泡を破裂させた。そのたびに湯気が吹き上がり、梁から吊り下げられている錦の湯蓋をゆさゆさと揺する。

まるで本当に、張り巡らされた五色の神道《かかみち》を通り、湯釜の上に神が勧請されてきているかのようだ。

梵天袈裟《ぼんてんげさ》を纏い、首から数珠を下げた若き花太夫《はなだゆう》が、宮人《みょうど》衆を従え、真っ白な湯気に向かい、五印を切っていく。すべての印を切り終えると、花太夫は傍らの桶から取り出した笹の葉の束を湯に浸し、四方に振りかけた。

これから神楽の行なわれる舞庭《まいど》を清める、湯立てと呼ばれる儀式だ。

康男の父をはじめとする宮人たちに傅《かしず》かれ、清めの儀式を進める蒼汰の後ろ姿を、潤は神座《かんざ》に座って見つめていた。

額の真っ白な鉢巻は、神部屋《かんべや》番の老人が、部屋を出る直前にしっかりと締めてくれた。

澄川の花宿《はなやど》は、古い神社の境内にある半野外の木造の集会所だ。大きな土間が舞庭になり、小上がりの畳敷きが、神座と観客席に振り分けられている。観客席の人の数はまだまばらで、柱の向こうには、小雨に煙る杉並木が見えた。

澄川では、もう一週間近く、ぐずついた天気が続いている。

やがて、湯立ての儀式を終えた蒼汰が神座に戻ってきた。その襟元に、先日、啓太郎が病室で手にしていた祓《はら》い幣《べい》が挿してある。

昨夜、啓太郎の手術が無事に終わったと、潤は母の多恵子から連絡を受けた。多恵子はまだ病院で啓太郎についているが、潤のいちの舞までには花宿に駆けつけると言っていた。

神部屋に設えられた太鼓に向かい、蒼汰はばちでカッカッと太鼓の縁を叩き始めた。とうごばやしと呼ばれる、太鼓の清めの儀式だ。

次に太鼓の胴を叩くと、そこに宮人による笛の音が重ねられる。しきばやし。いよいよ太鼓の皮面の真ん中を打つと、舞庭に力強いリズムが響き渡った。さるごばやし。

神楽のすべての拍子を取る太鼓は、こうして三回清められる。

さるごばやしに誘われ、餞事《せんじ》と呼ばれる炊事所から、千沙や茜が他の炊事係たちと連れ立って現れた。

千沙の姿に、潤は正午から始まった長い神事の様子を思い返した。

小雨が降りしきる中、滝祓い、高根祭《たかねまつ》り、辻固めという集落を巡る神事が執り行なわれた。

滝祓いでは、集落を流れる澄川の源流となる滝から湯釜に注ぐ聖水を汲み上げ、高根祭りでは、花宿の戌亥《いぬい》——北西——の方角の高台に幣を立て供物を祀り、辻固めでは、花宿の辰巳《たつみ》——南東——の方角の低地に幣を立て供物を捧げる。

天地五方のすべての神を招くために、竹筒に入ったお神酒《みき》、半紙に盛った餅、あわ、ひえ、芋、かやの実、栗、蕎麦《そば》の実、干し柿といった供物はすべて五つ用意される。

青い竹筒に入ったお神酒や、真っ白な半紙に盛られた色とりどりの穀物は、豊かで清々しいものを感じさせた。

花太夫は祝詞をあげた後、神々に追随して現れようとする邪悪な精霊を追い返すため、餅を投げる。祀った後に打ち返すこの所作は、天白返《てんばいがえ》しと言われる。

「若い頃の啓太郎さんに、そっくりだに……」

厳粛な神事を見つめる潤の傍らで、千沙が静かに呟いた。

今でこそ、どの集落の花太夫も老齢になったが、祖母の若い頃は、二十代で花太夫を世襲するのが通常だったという。

山伏の修験装束からきている梵天袈裟を纏った蒼汰は凛々《りり》しく、初めての花太夫とは思えないほど堂々としている。

潤の眼に、四角い輪郭の啓太郎と、細面の蒼汰はあまり似ているようには見えなかったが、千沙はひたすら懐かしげに、小さな眼を細めていた。

さるごばやしが終わると、蒼汰はばちを持って再び舞庭に下りていった。

湯釜の前に敷いた蓆《むしろ》の上に立ち、ばちを持った両手を大きく開く。湯釜を拝してから、両手に持ったばちを円を描くように三回まわし、再び拝す。そこへ、宮人たちによる、哀切な笛の音色が加わった。

出番を待つ緊張を忘れ、潤は高雅な儀式舞に見惚《みと》れる。他の集落の花祭りでも神楽は見たが、こうして最初から神事を見るのは初めてだった。

儀式舞は、ばちの舞から順の舞へと移り、補佐役の宮人たちも舞庭に下りる。

順の舞を踊る宮人たちに代わり、新たにお囃子を担当するのは、康男や周たちだ。

神部屋から出てきた法被《はっぴ》姿の康男たちは、潤の後ろに正座し、一斉に篠笛を吹き鳴らす。

徐々に観光客たちが集まり始め、いつの間にか、舞庭にはいくつも三脚が立てられ、テレビのカメラも入ってきた。

数々の神事の手順を踏み、今舞庭に立つ花太夫と宮人たちは、その体内に神を宿らせている。神入りの準備をした花宿に入った後、花太夫と宮人は神座で向かい合い、長い巻物に記された神の名をひとつひとつ呼び、お神酒に浸した榊の葉を押しいただく。

一社もらさず　おりいで花の　きるめの王子　ごすごりょう参らせては　みうちなるみうちなる　お神酒こしめせ　玉の明神――。

そのとき潤は、啓太郎がパソコンで打ち直していた、あの祝詞を聞いた。

総神迎えとも、神ひろいとも呼ばれる儀式を経て、神の一部となった花太夫と宮人は、成人男性であっても仮面をかぶらず舞庭に立つ。

一連の儀式舞を終え、蒼汰が宮人たちを従えて神座に戻ってきた。

いよいよ、一般村人にとっての最初の舞、いちの舞が始まる。

蒼汰と入れ違いに舞庭に下りたとき、潤はカーッと頭に血が上っていくのを感じた。

観客席は既に立錐《りっすい》の余地もない状態で、無数のカメラと一眼レフの真っ黒なレンズがこちらに向けられている。

扇と榊を手に莚の上に立ったとき、潤はどうしようもなく、自分の手足が震えているのを感じた。心臓がばくばくと波打ち、嫌な汗が滲み出る。

今まで何度も反芻《はんすう》してきた手順が、一気に蒸発していってしまう。

突然、潤はなにもかもを放り投げて、逃げ出したくなった。

やっぱり無理だ。間違いだ。ここは自分が立つべき場所じゃない。

そのとき、視界の片隅を、二つの影がよぎった。

ぎっしりと詰めかけている観光客を強引に押しのけ、息せき切って前へ出ようとする二人組。

病院からの帰り道に父を駅でピックアップしてきたらしい母は、相当急いだのか、頬を上気させてこちらを見ていた。その隣で、父も肩で息をしている。

一心に自分だけを見つめようとする両親の真剣な眼差しを感じた途端、不思議なことが起きた。

頭に上っていた血がすうっと引き、代わりに透明ななにかが胸の奥底から込み上げてくる。

その透明な水のようなものの中から、自分でも埋めたことをとうに忘れていた小箱が、忽然《こつぜん》と姿を現した。

とん　とん　とととん……

音もなく小箱が開き、鼓動のような太鼓のリズムが溢れ出す。

知っている。

記憶はなくても知っている。一心に注がれる両親の眼差しと、舞庭の緊張を、自分はちゃんと知っている。

潤はすっと視線を伏せた。

白地に真っ赤な日の丸を染め抜いた扇と、緑の榊を押しいただき、もうもうと湯気を吐く湯釜に向かい、三回深々と礼をする。

ゆはぎの翼をいっぱいに広げ、右へ左へとゆっくり身体を揺り動かす。深く脚を曲げ、両腕を広げ、天を目指して飛び立つ鷺になる。

手順も、観光客の視線も、潤はすべてを忘れていた。

ただひたすらに、蒼汰が繰り出す太鼓のリズムに操られ、康男たちが奏でる篠笛の響きに身を任せ、無心に舞を舞い続けた。

徐々に太鼓の拍子が速くなり、蓆を踏みしめる足にも力がこもる。

やがて大きく翼をはためかせ、潤は跳ぶ。

地を蹴って、天を目指し、五方にわたって舞い踊る。

〽伊勢の国　高天原《たかまがはら》がここなれば

集まり給《たま》え　集まり給え　四方の神々

〽神道は　千道　百綱　道七つ

中なる道が　中なる道が　神の通う道

いつしかお囃子に合わせ、宮人たちが歌ぐらを唄い始めていた。

腰を落とし、榊を掲げ、潤は独楽《こま》のように回転する。両袖が翻り、手にした榊が縦横無尽に空を切る。

テーホヘテホヘ　テホトヘテホヘ

舞庭いっぱいに湧き起こる掛け声に乗り、潤は無心に舞い続けた。

沸き立つ湯釜。揺れる湯蓋。響く歌ぐら——。

回転するたびに汗が飛び散り、乱れた髪が額や頬を打つ。

苦しいはずなのに、息切れも動悸《どうき》もしない。

大きなうねりに取り込まれ、遠くへ遠くへと運ばれていくような、なんとも不思議な感覚だった。

とん　とん　とん……

太鼓のリズムが緩くなり、気づくと潤は再び湯釜の前の蓆の上に戻っていた。

観客席から拍手が沸き起こり、潤はようやく我に返る。

向けられているたくさんのカメラが立ち現れ、次々とたかれるフラッシュに眼を眇《すが》めた。

人垣の中から身を乗り出し、手を振ろうとして多恵子に制されている父の悟を後目《しりめ》に、潤は湯釜に向かって一礼し、神座を通って神部屋に退場した。

板戸を後ろ手に閉めた途端、神部屋番の老人が、タオルを放って寄こした。老人の傍らで採り物をそろえていた里奈が、ぴょんと立ち上がる。

「はい」

里奈が大きな薬缶《やかん》から水を汲んできてくれた。潤は礼を言うのも忘れ、コップに注がれた冷たい水を、喉の音をたてて一気に飲み干した。

地固めの舞を舞う里帰り中の高校生二人組が神部屋を出ていくのを見送り、肩で大きく息を吐く。

いちの舞はそれほど長い舞ではないが、汗びっしょりになっていた。

「すっごく、すっごく、よかったよ。里奈、隙間から、ちゃんと見てたの」

大きな瞳をきらめかせ、里奈が興奮したように顔を寄せてくる。

「里奈坊の言う通りだに。集中した、ええ舞だったずら」

黒くなった前歯をのぞかせ、老人も笑った。

地固めの舞が始まったのか、板戸の向こうからは、篠笛の音が漏れてくる。老人に採り物を返却し、潤は鉢巻を外して汗をぬぐった。

「ほれ、もう一杯飲むずら」

今度は老人から差し出された水を、潤は遠慮なく飲み干した。

「今年のはなは、忘れられないものになるずら」

やっと落ち着いてきた潤を、老人がしみじみと見やる。

「この年になると、わしも婆さんも、数年前のことも十年前のことも、とんと分からんようになる。けどなぁ、誰それの孫が初めて花の舞を踊った年とか、誰それの息子が初めて鬼様の面をかぶった年とかって言えば、わしら年寄りでも、皆ちゃあんと話が通じるだによ」

花祭りは、時を封じ込める小箱でもあり、集落の人たちだけが読める遠大な時計でもあるのだった。

「今年のはなは、蒼汰が花太夫になり、千沙婆《ばあ》さんとこの東京からきた孫が、いちの舞を立派に踊った年として、わしらに記憶されることになるずら」

それは西暦や元号の年数よりも、ずっと明瞭なものだと、老人は再び黒い歯を見せた。

無我夢中のまま終わってしまった自分の初舞台が、集落の大時計の文字盤に刻まれていいものかと、潤はなんだか気恥ずかしくなる。けれどその躊躇《ためら》いの底には、微かな誇らしさも兆していた。

「ね、杉ぽん」

後ろから袖を引かれ振り向くと、里奈が満面の笑みを浮かべている。

里奈までが自分をそう呼ぶのかと、いささかげんなりしていると、小さな声で囁かれた。

「昨日、鬼様に里奈がなにをお願いしたか、杉ぽんにだけ教えてあげる」

閏年の今年。花祭りの前日、蒼汰や宮人たちに導かれ、榊神社から降りてきた榊鬼《さかきおに》は、集落の家々を巡り、〝背踏み〟を行なった。

澄川小中学校の生徒たちも、神部屋に集められ、順番に背中を踏んでもらった。眼を閉じ、正座をしていると、「うっ」と声を漏らすほどの力で背を踏みつけられる。

その力強さも意外だったが、更に驚かされたのは、榊鬼の面をかぶっているのが、実は校長先生だったことだ。

だが潤以外の生徒は、誰ひとりそのことを気にしていないようだった。

踏まれるときに、なにかを願うようにと蒼汰から告げられたが、潤はなにも思い描けなかった。ただ皆に倣い、手を合わせて頭を下げただけだった。

「ひとりでも大丈夫になれますようにって、お願いしたの」

瞳をきらめかせ、里奈が囁く。

長い睫毛が影を落とす白い頬が、息がかかるほど間近にあった。祭りの薄化粧を施された里奈は匂うほどに美しく、思わず鼓動が速くなる。

「里奈、前に、お父さんと校長先生が話してるの聞いたの。ヤッスンはブンケーは全然だめだけど、リケーとジツギはいいから、本当はコーセンってとこにいったほうがいいんだって」

文系。理系。実技。高専――。

里奈が理解せずに口にしている言葉を、潤は頭の中で置き換えた。

高等専門学校。それは、技術に秀でた康男にとって、まさにぴったりの進路だ。だが、高専は近隣の街にはない。愛知なら、近くても豊田《とよた》市のはずだ。電車で移動しても三時間近くかかる。下宿を抜きにして、通学は不可能だろう。

「でも里奈がひとりでも大丈夫になれば、ヤッスン、好きなこと、できるでしょう?」

潤は驚いて里奈を見た。

淡い紅を差した唇が、柔らかな弧を描いている。穏やかに微笑んでいても、里奈の澄んだ瞳には、確かな決意が宿っていた。

〝今は、変わらんのが里奈なんだって思うようになっただに〟

真っ直ぐにそう告げてきた、康男の苦みのない笑みがそこに重なる。

顔も姿もひとつも似ていないけれど、この二人は紛れもなく双子だ。

魂の分身のようなお互いを思い合い、守り合おうとしている。

「内緒だよ。杉ぽんにだけ、教えてあげるんだからね」

無邪気に身体を寄せられると豊かな胸が肘に当たりそうになり、潤はさりげなく身を引いた。

里奈はただ、きょとんとする。

純真すぎる里奈にとって、この匂いたつような色香は残酷だ。気紛れに里奈に手を出そうとする好奇心がなにかの拍子に暴走するのを、防犯ブザーや集落の人々の気遣いは、どこまでくいとめることができるだろう。

これからも里奈は、無垢《むく》な人懐こさと隣り合わせの危険に、どうしようもなくさらされ続けていくのかもしれない。

「だって里奈、ヤッスンのお姉ちゃんだからね」

それでも里奈は自分の頭で考えて、少しずつ、変化を起こそうとしていた。

潤が口を開こうとしたとき、がたがたと奥の引き戸があき、控えの間から葵と泰助が現れた。

「杉本、お疲れ。いちの舞、よかったよ」

裁着袴《たっつけばかま》に草鞋《わらじ》を履き、葵は舞の装束を身につけている。

お囃子に加わっていなかったから、またもや神座への出入りをとめられたのかと思っていたが、そうではなかった。姉の茜と蒼汰の結婚を祝い、これから一力花《いちりきばな》を舞うのだという。

「一力は個人の願掛けだからね。二人が認めるなら、女の私の舞でも問題ないってことになったんだ」

なにかが吹っ切れたように、葵は明るい表情をしていた。額に巻いた白い鉢巻や藍色の直垂は、元々ボーイッシュな葵を更に凜々しく見せていた。

「泰助もつき合ってくれるっていうしさ」

葵の背後で、泰助が無言で頷く。

板戸の向こうから拍手が沸き起こった。地固めの舞が終わったらしい。

汗だくの高校生と一緒に、康男と周も篠笛を持ったまま引きあげてきた。

「杉本、いちの舞、完璧だっただに」

「あ、ご両人！　ひゅーひゅー」

潤と葵を見るなり、周が康男を押しのけて甲高い声をあげる。泰助がさっと表情を曇らせた。

「うるさいな。あんたたちはこの後長い三つ舞があるんだから、早めにご飯食べて、ちゃんと仮眠しときなさいよ。途中でへばったりしたら、承知しないからね！」

「うへー、怖《こ》ぇえー。杉ぽん、こんな鬼のどこがよかったんですか」

「だから、違うよ」

「ええー、一体、なにが違うんですかぁ」

篠笛をマイクに見立て、周が迫ってくる。

葵に手編みのマフラーを押しつけられて以来、周と一年女子による、こうした厄介な状況が続いている。どこかで誤解を解くべきだとも思うのだが、葵の気持ちを慮《おもんぱか》っているうちに、潤は完全に釈明の機会を逸してしまっていた。

「アオの言う通りだにな。先に食事にして、少し休むずらよ」

普段は頼りになる康男が、こういうときはまったく役に立たない。里奈の肩に手をかけ、さっさと控えの間にいこうとしている。

しつこくはやしたてる周に押されながら、潤も後に続こうとした。

神部屋を出ていこうとしたそのとき、ふいに肩を叩かれる。

振り向けば、小太りの泰助の真剣な顔がそこにあった。

「負けません」

それだけ言うと、泰助は素早く踵を返し、葵と一緒に沸き立つ舞庭に出ていった。

24　はな舞う里

「ほれ、起きろ。もうすぐ出番だに」

宮人《みょうど》から乱暴に背中を叩かれ、控えの間で炬燵に足を入れてうたた寝をしていた潤は、はたと意識を取り戻した。

「うげぇー、ねみー」

「ほれほれ、起きんか。もう、山見《やまみ》さまが出とるぞ。眼ぇ、覚ますずら」

寝起きの周がぐずついて、盛んにどやされている。

柱時計に眼をやれば、深夜二時を過ぎている。夕刻に始まった神楽は、既に八時間近く続いていた。

足袋《たび》を履き直し、藍色の直垂《ひたたれ》を身につけ、潤は康男と周とともに、神部屋《かんべや》に向かった。

神部屋では、神部屋番の老人が、鈴、扇、やちごま、剣と、三つ舞に必要な採り物を用意してくれていた。舞手が多かった昔や、神楽クラブの学生に助っ人を頼んでいたここ数年は、三折《みおり》をそれぞれ別の舞手が踊っていたが、今日は潤たちが通しで舞う。

板戸の隙間から覗くと、深夜の舞庭《まいど》は異様な熱気に溢れていた。伴鬼《ともおに》を引きつれて舞い踊る山見鬼《やまみおに》を、庭燎衆《せいとしゅう》たちが取り囲んで盛んに足を踏み鳴らしている。

紙パック入りの清酒を酌み交わしている庭燎衆たちは、すっかり酔いが回っている
ようで、そろって真っ赤な顔をしていた。

「やいやいやい、今日の伴鬼は、腰が入っておらん」

ひとりの庭燎がどら声を張りあげた途端、次々と野次が沸き起こった。

「そうだそうだ、今日の伴鬼は変だ」「それでも山見さまの眷属《けんぞく》か」「変な鬼だに」

山見鬼の伴鬼は幼児であることが多いが、それ以外では、見物人がいきなり面をかぶらされて舞庭に引っ張られることがある。

野次を一身に浴び、明らかにおろおろ戸惑っている伴鬼の姿に、潤は眼を見張った。

舞庭に引っ張り込まれたへっぴり腰の伴鬼は、どうやら父の悟のようだ。

「いよいよ、はならしくなってきたずら」

一緒に舞庭を覗いていた老人が、にやりと頬を緩める。

「昔から、はなは悪態祭りと言ってな、この日だけは盛大に悪態をついて、日頃の鬱憤を晴らすだに」

幼児の伴鬼相手にはさすがの庭燎衆たちも大人しくしているが、相手が飛び入りの大人の伴鬼ともなれば容赦はしない。少しでも不慣れな動きをすれば、あらん限りの悪態を浴びせにかかる。

「なにをうろうろしとる、しっかり舞わんか」「だらしがないずら、この鬼は」

他界した祖父が乗り移ったかのごとく、酒で顔を赤くした庭燎衆が、ぎくしゃくとまさかりを回す父を叱咤《しった》した。

山見鬼《おじいちゃん》は、そう簡単に父を許してはいなかったのだ。

「……あれ、僕の父みたいです」

「じゃ、多恵ちゃんの元の旦那か。そりゃあ、益々ええずら」

老人は眉を引き下げ、ひゃっひゃと笑った。

散々にはやしたてられ、面をかぶった悟はよろめくように右往左往している。人垣の中の多恵子と千沙は、案外意地の悪い笑みを浮かべて、その様子を眺めていた。

やがて、まさかりを手にした山見鬼が、汗だくで神部屋に戻ってきた。すかさず老人が面を脱がせ、団扇《うちわ》であおぐ。半野外の舞庭は真冬並みの寒さだが、重い面をつけて舞い終えたばかりの舞手は、頭から湯気が出るほど全身を上気させていた。

舞庭から解放された父も、宮人に面を返して冷や汗をふいている。

「どう？　少しは眠れた？」

法被《はっぴ》を着た葵が、里奈を連れて神部屋に入ってきた。葵はここからお囃子に参加するらしく、篠笛を手に取る。

「皆、頑張ってね！」

里奈はにっこり微笑んで、老人の傍らに膝をついた。

「あー、無理。俺、無理。三折とか、まじに無理」

この期《ご》に及んで尻込みを始めた周の肩を、康男がぽんぽんと叩く。

「大丈夫だに。お前は、澄川の星ずら」

「え、俺、澄川の星？」

「そうずら。もう期待の星じゃなくて、本当の星だによ」

「本当に？」

「本当ずら」

二人のやり取りを、潤は黙って聞いていた。

あんなに願っていたにもかかわらず、この日も周の母親は澄川にこなかった。

「な、杉本、そうだら？」

ふいに康男に振り向かれ、潤はハッとする。

「……うん」

なんとか頷くことができた。

途端に周の顔がぱあっと明るくなる。潤は胸の奥が痛くなった。

「三つ舞のこっつら、出番だぞ」

老人が板戸をあけると、舞庭の冷たい空気が流れ込んできた。

まずは最初の採り物の扇と鈴を手に、潤たちは康男を先頭に舞庭に進み出る。葵も神座《かんざ》に上がり、お囃子の一角に加わった。

神座の真ん中に座った蒼汰が、ばちで太鼓を叩き始める。

左手に扇。右手に鈴。

真っ白な湯気をもうもうと立てて煮え立つ湯釜を前に、康男を頂点に三角の形を作る。

康男に眼で頷かれ、潤も周も口元を引き締めた。

太鼓のリズムに、篠笛の哀切な旋律が加わり、自然と身体が動き始める。

中腰になり、手に持った鈴と扇を左右に振りながら舞う、ざしきこわり。

扇を持ったほうの腕を水平に伸ばし、鈴を胸に引き寄せ巴《ともえ》形に舞う、いりまい。

そして、左右の手を掻くようにして、湯釜の周囲を陣形を崩さずに駆けまわる、かぶり。

練習のときと同じように、康男がぐいぐい舞を引っ張っていく。

次第に太鼓のテンポが速くなり、三つ舞の白眉《はくび》とも謳《うた》われる五拍子の舞に突入した。

腰を低く落とし、片足を軸に激しく回転する。三人が回るたび、舞庭の土間がざっざっと音をたてた。篠笛の澄んだ音色に励まされ、息を合わせて回転する。

直垂の袖が翻り、舞庭に三つの青い渦が巻く。

芸能における「舞」の語源は「回る」だと言われる。旋回運動の繰り返しが、神がかりへの手段だと考えられていたからだ。

激しく回転するうちに、潤も段々頭の中が白くなっていく。それでも陣形を崩すまいと、無意識のうちに、二人の姿を眼で追った。

てーろれ　てろれ！　てーろれ　てろれ！

ぴったりそろって回転する潤たちに、庭燎衆たちの興奮も、最高潮に達していく。酒臭い息を吐きながら、身体を左右に揺らし舞庭を踏みしめる。

〽山の神　育ちはいずこ　奥山の

外山《とやま》が奥の　外山が奥の　さわら木の元

〽峰は雪　麓《ふもと》はあられ　里は雨

雨に舞出の　雨に舞出の　時雨《しぐれ》なるらな

歌ぐらに合わせたように外は冷たい雨が降っているが、舞庭の中はものすごい熱気だ。四十分近くを舞い続け、太鼓のテンポが緩んだところで採り物を換える。

宮人たちが、やちごまと一緒に、紙コップに入れた水を持ってきてくれた。素早く飲み干すと、口の中に蜜柑の房を入れられる。

蜜柑を口に含んだまま、再び最初の舞に戻る。互いを見やり、陣形を作り、息を整え、やちごまを振りかざす。

すぐにまた、五拍子の舞がやってくる。

「どうした、どうした、高い高い！」「しっかり舞えよ、澄中のこっつら！」

疲れてくると、どうしても腰の位置が高くなり、そのたび舞庭に乱入してきた庭燎衆から容赦なく発破をかけられた。

青い直垂を翻し、草鞋《わらじ》で土間を擦って、腰を落として回り続ける。

引力で引き合うように、自分たち三人の手足が同時に動いているのを潤は感じた。

ひとりで舞っているときとはまた別の、不思議な力が全身を支配する。もう無理に合わせようとは思っていない。それでもまったく同時に手足が動く。

そのとき、康男の草鞋の紐が切れた。千切れた草鞋は勢いに乗り、舞庭の隅まで飛んでいった。

けれど康男は少しも動じず、舞をリードし続けた。

周も歯を食いしばってついてくる。熱気に曇った眼鏡をぬぐいもせず、集中して舞っている。

「うまいぞ、こっつら」「ええ舞だに」「眼鏡の小僧、昨年とは別人ずら」

舞が中盤に差しかかると、庭燎たちの掛け声も声援の色を帯びてきた。

「どうした、どうした」「まーだ、まーだ」「気ばれ、気ばれ」

回転するたび、飛沫の如く汗が飛ぶ。

胸からも額からも汗が滝のように流れ、眼をあけていられない。足が痛み、息が切れる。

ついに最後の採り物の剣を手にしたとき、潤は意識が朦朧としてきた。

宮人から口の中に蜜柑の房を押し込まれ、ようやく我に返る。

「あと、一折《ひとおり》だに」

掲げた剣を中心に向き合ったとき、康男が苦しい息の下から囁いた。康男の片足は足袋だけになっていた。

歯を食いしばり、汗を飛ばし、それでも腰を低く落とし、足が地面につく暇もないほど激しく回る。苦しく厳しいこの舞は、修験者たちが山中で修する苦行を舞庭に移したものだとも言われている。

小上がりにぎっしり並んだ観客たちも、向けられるレンズも、ひっきりなしにたかれるフラッシュも、すぐ傍までやってきて足を踏み鳴らしている庭燎衆たちもろくに眼に入らない。

太鼓のリズムと、篠笛の旋律に操られ、舞庭に倒れ込みそうになる身体を、潤は必死に持ち堪《こた》えた。

〽産土《うぶすな》の　北の林に松植えて
松諸共《もろとも》に　氏子繁盛よ

〽七滝や　八滝の水を汲み上げて
日頃の穢《けが》れを　日頃の穢れを　今ぞ清める

高まる歌ぐらは、テーホヘテホへの大合唱へと変わっていく。

ここからはもう、無我の境地だった。

舞庭に乱入してきている庭燎衆たちは、最早荒ぶる精霊だ。彼らもかつて少年時代に、三つ舞を踊ったことがあるのだろう。三角形の間に割り込んで、一緒に回転し出すものまで現れた。

舞は打ち込めば打ち込むほど、見えてくるものがある——。

蒼汰は以前確かにそう言った。

だが、潤にはなにも見えなかった。

ただひたすらに、無心に舞を踊り続けた。

テーホトヘトホへ! テーホヘトホへ!

舞庭いっぱいに掛け声が響き渡り、外から流れ込んでくる寒気の中、噴き出す汗が湯気となる。

もう、どれだけ回転したのか分からない。足が麻痺《まひ》し、痛みも感じなくなってきた。

次第に太鼓のリズムが緩やかになり、潤たちは湯釜の前で康男を中心に一列になった。

二時間に及ぶ苦しい舞が、ようやく終わったのだ。

湯釜に向かって礼をすれば、割れんばかりの拍手が沸き起こる。

神部屋に退場した途端、精も根も尽き果てたようになり、潤は畳の上に崩れ落ちた。

康男もすかさず膝をつき、周は盛大にひっくり返る。

「皆、すごいよ。三人とも、ぴったり合ってた。すっごく、すっごく、かっこよかった！」

興奮した里奈が、頬を上気させて駆け寄ってきた。

手渡された冷たい水を、潤は一気に飲み干した。コップでは足りないらしく、康男は薬缶に直接口をつけて、ごくごくと喉を鳴らしている。

「周ちゃんも、飲まなきゃだめだよぉ」

里奈が何度もコップを差し出すが、コガネムシの死骸のように四肢を硬直させた周はぴくりとも動かない。

タオルに顔を埋めていると、いきなり頭をつかまれた。驚いて顔を上げれば、眼の前に、神部屋番の老人の感極まった顔があった。

「よく頑張ったずら、本当にええ舞だった」

老人は眼を潤ませ、潤の髪を乱暴に掻き回す。

「久しぶりに、あんなに気合の入ったええ三つ舞を見た。わしらが踊ったときと同じ、本物の澄川の三つ舞だっただに」

余程懐かしかったのか、老人は何度も眼尻をぬぐった。

康男と眼が合い、互いに小さく笑い合う。自分たちの神楽は、老人の記憶の奥に埋められたタイムカプセルを呼び覚ますことができたようだ。我知らず、安堵の息が漏れる。

だが、そうそう休んでばかりもいられなかった。

板戸の向こうでは、場つなぎに舞庭に上げられた飛び入りの伴鬼たちが庭燎衆にからかわれているが、ここに花祭りの主役とも呼ばれる榊鬼《さかきおに》を招喚するのは、三つ舞を踊った自分たちの役目だ。

「康男、潤君、周君、どうだ、そろそろ動けるか」

控えの間の奥から、康男の父が顔を出した。

立ち上がろうとすると、太腿が小刻みに痙攣《けいれん》していた。足に力を入れてなんとか腰を上げる。

「周、頑張れ。後ひと踏ん張りだに」

康男と潤で両方から肩を貸し、大柄な周を立ち上がらせた。

神部屋を出るとき、既に鬼の赤い衣装を身につけ、身体に力綱《ちからづな》と呼ばれる紐帯《ひもおび》を結んだ校長先生とすれ違った。神部屋に入った校長は、これから巨大な面をつけるため、頭や顔のまわりに綿袋を当てて縛る、着込みという作業を行なう。激しく舞っても面がずれることがないように、熟練の宮人が、二人がかりで締め上げる。

潤たちの姿を見ても、校長先生はいつものように声をかけてきたりはしなかった。

緊張した面持ちは、もう半分、鬼になりかけているようだった。

康男の父に伴われて外に出ると、火照《ほて》った身体を夜の寒気が包み込んだ。霧のような雨が暗い空から降り続いている。

神社の境内では、雨合羽を着た庭燎衆たちが、交代で庭燎の火を守っていた。降りしきる雨にも負けず、榾《ほだ》を燃やす炎は赤々と夜空に火の粉をふき上げている。庭燎の奥には、消防隊が控えていた。

庭燎衆のひとりから、潤たちは松明《たいまつ》を手渡された。

火傷《やけど》をしないように軍手をはめた手で松明を握り、潤たちは今度は表から舞庭へと入っていく。炎を上げて燃える松明の登場に、観客席からはどよめきがあがった。

庭燎衆にはやされていた伴鬼たちが退散し、舞庭に黒い煙が立ち込める。

舞庭に榊鬼を招喚するこの炎と煙こそ、花祭りが〝寒い、眠い、煙い〟と称される所以《ゆえん》のひとつだ。蒼汰のばちが静かにリズムを刻み、葵たちの篠笛がそこに重なる。

そのとき、黒煙を掻き分けるようにして、巨大な面をかぶった榊鬼が現れた。

足元を照らすように、潤たちは榊鬼に松明の火を見せる。

神座のすぐ横に立った榊鬼は、右手でまさかりを地面に突き立て、左手を腰に当て、大きく首を回して舞庭を睥睨《へいげい》した。それから煮え立つ湯釜に向かい、まさかりを振り回しながら、東西南北に見得を切る。

康男の父が用意した水桶で松明の火を消し、潤も康男たちと共に神座の横に立った。頭上でまさかりを回し、大きく見得を切る榊鬼の迫力に、潤は眼を奪われた。澄川の榊鬼の面は、長さが七十センチにも及ぶ巨大なものだ。

その面が四方を向くたび、カッと見開いた金色の眼《まなこ》がギラリと光る。

そこにいるのは面をかぶった校長先生ではなく、まさしく異界からやってきた鬼そのものだった。

榊鬼が湯釜に向かいまさかりを振り上げたとき、太鼓の前に座っていた蒼汰がすっと立ち上がった。

「東西《とざい》、とうざーい！」

背後から榊鬼の肩に榊の枝をかけた蒼汰が、凜《りん》とした声を張りあげる。

「伊勢《いせ》神明、天照《あまてらす》皇太神宮、熊野権現《ごんげん》、富士浅間《せんげん》、ところは当所の氏大神、稚児、若子の舞遊ぶ、神のおん宝前《ほうぜん》ともはばからず、奇怪《ことざんどしい》なりをして、踏み荒らす汝《なんじ》は、なにものにて候」

舞を制された榊鬼は、憤怒の表情で若き花太夫《はなだゆう》を振り返る。

「我らがことにて候か！」

いつもの呑気な校長先生のものとは思えない、険しく野太い声が、舞庭中に響き渡った。

「なーかなか、汝がことにて候」

「愛宕《あたご》の山の大天狗《てんぐ》、比叡《ひえい》の山の小天狗、山々嶽々《たけだけ》をわたる荒《あら》みさき、荒天狗とは、我らがことにて候」

「然《しか》らば、三郎は何万歳《ざい》を経たるぞや」

名乗りをあげて驕《おご》る鬼に一歩も引かず、花太夫は今度はその年を問う。

「八万歳《ざい》を経たるぞや」

得意げに答えた鬼はまさかりを右へ左へと振り回し、まさに花太夫に切りかかろうとする。

だが、花太夫も負けない。

「王は九善、神は十善、十二万歳《ざい》を経たる、仏の位と申す」

「誠か」

「誠に」

神仏が十二万歳と聞き、鬼の怒りに燃えた眼が一瞬揺らぐ。

だが鬼は再びまさかりを振り上げ、今度は反対に花太夫を問いただす。

「この榊と申するは、山の神は三千宮、一本は千本、千本は万本、千枝、百枝までも惜しみし、この榊、誰が許しにて、切り迎え取ったるぞ」

山の精霊でもある榊鬼は、花太夫が手折った榊を手にしていることに、新たな怒りを燃やしていた。

花太夫は、ここでも負けじと言い返す。

「神、稚児、若子を舞い遊ばす千代《ちよ》のおんために、切り迎え取ったるぞ。真の信行のためなら、引かる。信行のためでなくば、引かれん」

「誠か」

「誠に」

神座の横に立った潤たちは固唾を呑んで、鬼と花太夫の息詰まる問答を見つめていた。

仮面である鬼に本来表情はない。

そのはずなのに、鬼は確かに、花太夫の言葉に怒り、驚き、そして納得していた。

花太夫の言い分が正しいと悟った榊鬼は完全に怒りを解いて、まさかりの向きを変える。

その姿に向かい、花太夫も数珠を手に深々と頭《こうべ》を垂れた。

「ああ、ありがたや、真の信行か。引いても引かれぬこの榊……」

神座に戻ってきた花太夫がばちを握り、再び舞庭に太鼓のリズムと篠笛の旋律が流れ出す。

湯釜の前に新たに敷かれた蓆《むしろ》に立ち、榊鬼は「あん、うん、あば、うん、しゃり」と呪文を唱え、蓆の外に足を踏み出し、その足を蓆の中央に戻して踏みしめた。

災いや邪悪なものを蓆の下に封じ込める、反閇《へんばい》だ。

花太夫によって調伏された榊鬼は、今では人々のために霊力を使う鬼になっていた。

高まる篠笛の音色に合わせ、何度も何度も力強く蓆を踏みしめる。

観客席では、千沙や多恵子や茜が、両手を合わせてその姿を見つめていた。

初めて澄川にきたとき、駅までが鬼の顔を模していることに驚いた。

ふるさと教室でビデオを見たときも、なぜ鬼なのかと、疑問に思った。鬼と言えば、昔から禍《わざわい》をもたらすものだと相場が決まっていたからだ。

だが潤は、眼の前で問答と反閇を見て、その答えが分かったような気がした。

鬼は、異者だ。

花祭りを伝承してきた先祖こそ、この集落にとっては〝よそ者〟だったのだと、蒼汰は言った。

問答を通し、互いの素性をつまびらかにし、敵意を解いて受け入れる。

祭りはかつて、閉鎖的な集落が、稀人《まれびと》を迎え入れるために機能していたのではなかったか。

鬼を赦《ゆる》し、鬼に赦され、鬼を護り、鬼に護られ、異《い》なるものを受け入れて共に生きていく。

そうして山深い集落は、何百年ものときを途切れることなく緩やかに紡いできた。

鬼の正体は、この地に花祭りを根づかせた、山伏たち本人の姿なのかもしれなかった。

潤の眼に、鬼と花太夫の問答は勝ち負けを決定づけるようなものには見えなかった。

それが証拠に、調伏されたはずの鬼たちは、〝鬼様〟と呼ばれ、今も集落の多くの人たちに愛され、敬われ続けている。

「あの蓆が、澄川ずら」

傍らの康男がふいに呟いた。

「鬼様は今、澄川全部の禍を、封じ込めているだに」

蓆をまんべんなく踏みしめた榊鬼はまさかりを片手に持ち、水平に構えて、片手舞を舞う。

片手舞の際、ひとりの宮人が背後から腰を持ち、もうひとりの宮人が前方に回り、面の隙間から扇子で風を送って榊鬼を支えた。

最後に鬼は、音をたててまさかりを舞庭に突き立て、四方を存分に睥睨し、神部屋へと引きあげた。

舞庭いっぱいに、割れんばかりの拍手が鳴り響く。

潤たちも神座を通って控えの間に向かった。この後、高校生たちによる四つ舞の他、ひょっとことおかめによる滑稽舞のおちりはら、翁《おきな》の舞等の仮面舞が続くが、潤たちは早朝の湯ばやしに備え、控えの間で休むことになっている。

神経が昂《たかぶ》っていたので、仮眠などとてもできないと思ったが、炬燵に足を入れた途端、潤も康男も周も、あっという間に泥のように眠りに落ちた。

「大丈夫ですか」

一年生の泰助に揺すられ、次に潤が眼を覚ましたのは、窓の外がうっすらと白み始めた夜明け前だった。康男と周も、渋々起き上がって眼を擦る。周は蜜柑を剝きかけたまま眠っていたようだ。

今度は泰助も合流し、四人で神部屋に向かう。

板戸をあけると、神部屋番の老人と里奈が火鉢の前で居眠りをしていた。舞庭からは、お囃子が聞こえる。隙間から覗けば、神座の端で、赤い眼をした葵が懸命に篠笛を吹いている。

ひと晩中ばちを持ち、祭りの指揮を執り続けている蒼汰にも、さすがに疲労の色が見えた。

「さてさて、湯ばやしで舞庭に活を入れるだに」

いつの間にか眼を覚ました老人が、潤たちの白いゆはぎに襷《たすき》をかけてくれる。

湯ばやしでは上着は羽織らない。足も足袋を履かず、素足に草履を履く。準備をしていると、段々頭がすっきりしてきた。

早朝に行なわれる湯ばやしは、花祭りの中でもとりわけ人気のある舞だ。

「里奈、ご苦労だったな。お前もう、あっちにいっていいぞ」

老人に起こされ、里奈は嬉しそうな笑みを浮かべる。

「それじゃ、里奈もおばあちゃんたちんとこいくね」

里奈は雨合羽を羽織り、餞事《せんじ》に駆け出していった。

舞庭への板戸があくと、溢れんばかりの観客たちに出迎えられた。夜通し続く神楽の鑑賞に耐えきれず、一時、仮眠所で休んでいた観光客たちも、湯ばやしには必ず舞庭に戻ってくる。

なぜならば——。

湯たぶさと呼ばれる束ねた藁を持ち、潤たちは舞庭に出ていった。

宮人たちが、沸き立つ湯釜に新しい水をたっぷりと注ぎ込む。湯たぶさを振り上げ、「かまのくろ」と呼ばれる舞をひとしきり舞った後、それは唐突に始まる。

蒼汰のばちの「とめ打ち」と、康男が発したわずかなサインを見逃さず、潤は手にしていた湯たぶさを、沸き立つ湯釜に突っ込んだ。

途端に、舞庭に大きな悲鳴があがる。

潤が、康男が、周が、泰助が、たっぷりお湯を含んだ湯たぶさを目いっぱい振り回し、花宿の隅々まで熱湯の雨を降らせたのだ。

最前列のカメラマンたちは心得たもので、しっかり機材に水除けのシートを張っている。だが初めての観光客たちは、カメラをかばい、散々に逃げ惑った。

潤たちは容赦しない。表に駆け出していった観光客を追いかけ、その場にいる全員に、湯釜の熱湯を振りかける。

それは、初めて舞庭と観客席の境界線が崩れ、そこにいる全員が、大神楽に取り込まれる瞬間だった。この湯を浴びたものは、その年一年健康に恵まれると言い伝えられている。

それまでの眠気と疲労を一気に吹き飛ばし、舞庭は興奮の坩堝と化した。

〽七滝や　八滝の水を汲み上げて
日頃の穢れを　日頃の穢れを　今ぞ清める
逃げ惑う観客たちの背後で、宮人たちが、声を合わせて合唱する。

夜明けに行なわれる湯ばやしは、ひと晩中続いた神楽の総仕上げとも言える、〝生まれ清まり〟を実践する舞だった。

観光客たちに紛れ、雨合羽を羽織った里奈が、葵と手を繋いで駆けていくのが眼に入る。咄嗟に潤は後を追いかけ、頭上から滝の如く雨を降らせた。

きらきらと輝く湯しぶきを浴びて、二人の美しい少女が頰を染めて笑い転げる。

潤はもう一度湯たぶさを湯釜の湯に浸してから、今度は違う二人の姿を探した。

向こうでも探していたのだろう。

多恵子と悟はすぐに見つかった。

「おいおいおい！」

母に押し出され、慌てる父めがけて、潤は力いっぱい湯たぶさを振り下ろす。

悟はあっという間に、全身から滴るほどの湯を浴びた。

「いい気味！」

多恵子はその様子を指さし、お腹を抱えて笑っている。その笑い顔は、さっきの里奈たちと変わらぬ無邪気さに溢れていた。まったく新しい、家族の記憶の誕生だった。

湯ばやしが終われば、朝鬼とも呼ばれる茂吉鬼《もきちおに》が開いていた浄土を閉じ、清めの獅《し》子《し》が神楽を締める。

一昼夜続いた大神楽を堪能《たんのう》した観客たちは、皆晴れやかな顔をして、湯ばやしで浴びせられた湯釜の湯をぬぐいながら、三々五々、集会所を後にしていった。

神職を交えず、集落の人々だけでこれだけ大規模な神楽を催す祭りは、全国でも類を見ないと言われている。

残された潤たちは、康男の父に伴われ、神座へと戻ってきた。

宮人や庭燎衆や千沙たち集落の人々が、舞庭を飾っていたざぜちや、天井から吊るされていた湯蓋を降ろす。ひいなおろしと呼ばれる作業に入り、集会所には、祭りの後の寂しさが漂い始めていた。

「あー、終わった、終わった」

周がいかにもやり切ったというように、ご機嫌な声をあげる。

「これでやっと、ちゃんと寝れるだにな」

葵や里奈と共にやってきた康男の顔にも、安堵の色が浮かんでいた。

ずっと降り続いていた雨がようやく上がり、早朝の空には日差しが戻り始めていた。

「お前たちはこっちにきなさい」

康男の父に手招きされ、集まっていた潤たちは神部屋に足を向けた。

板戸をあけるなり、先刻までとは様子の一変した神部屋が眼に飛び込んできた。舞手の支度部屋だった神部屋は綺麗に掃き清められ、真ん中に一枚の菰《こも》が敷かれている。

蒼汰がひとり、古い木箱を前に、菰の上に座っていた。

「竜王様の鎮《しず》めの舞だに」

康男の囁きに、それが花祭りの秘伝の舞であることを、潤も思い出した。

祭りが終わっても興奮が冷めず、立ち去りかねている荒ぶる神々を鎮めるための舞だと、ふるさと教室で教わった。

その場に漂う厳粛な雰囲気に、鼻歌を唄っていた周も口を噤む。康男の父が正座をしたのに倣い、潤たちも居住まいを正した。

蒼汰は口の中で呪文を唱え、木箱の蓋を静かにあける。

そこに現れたのは、どこか沈鬱な表情を浮かべた漆黒の面だった。

竜王の仮面をかぶった蒼汰は、そのますっと立ち上がった。

両手の指を組んで印を結び、印を切り、それから菰を踏みしめ、反閇を行なう。

潤は息を詰めて、その様子を見守った。

神事に始まり、神事に終わるのが、本当のはなだに——。

病室で祓い幣を掲げて眼を閉じた、啓太郎の低い声が耳をかすめた。

人が生まれて死んでいくように、招喚された神々も、一夜の神楽を楽しんだ後、再び現世を去っていく。

恐ろしくも悲しげな表情で、竜王は、何度も何度も菰を踏みしめる。静寂の中、荒ぶる魂を鎮め、それぞれが還《かえ》るべき場所に還るよう、竜王は舞い踊る。

ふとそこに、悲しみを抑え込む、人の心の動きが重なったような気がした。

誰の心にも、抱えきれない悲しみや憎しみが湧くことがある。

一度に両親を失った蒼汰にも、大人になれない心を抱えて生きる里奈にも、その里奈を守ろうとする康男にも、親との関係を結べない周にも、過疎の集落に愛着と閉塞を感じている葵にも、それぞれの悩みや不安がある。

悲しみのない人はどこにもいない。

その絶望を、怒りを。寄る辺なさを、切なさを。踏みしめて、踏みしめて。

どうしようもなく湧き起こる暗い思いを、抑えながら生きていく。

それが昔からずっと繰り返されてきた、人の生活というものなのかもしれない。

人の生が、悲しみや憎しみを避けて通ることのできないものだと知っていたから。

古《いにしえ》の人たちは、これほどの大神楽を編んだのかもしれない。

この世には、個人の力ではどうしようもできない痛ましい出来事が起きる。けれど、それをなんとかして修復していこうとする、もうひとつの力がある――。

いつしか潤は、啓太郎の言葉を反芻《はんすう》していた。

神楽というタイムカプセルに封じ込められていたのは、それでも前を向こうと願う、人々の祈りの心、そのものなのかもしれなかった。

表から鳥のさえずりが聞こえてくる。

窓の外は、すっかり明るくなっていた。


鎮めの舞が終わった後、潤はひとりで集会所の外に出た。

両親は祭りの後片づけをしている祖母を手伝い、まだ集会所の中にいる。クラスメイトたちも、それぞれの家族の元に帰っていったようだ。

両親を待つ間、潤は山の上にある、神社の本殿にいってみようと思い立った。

石段を上り始め、すぐに後悔を覚える。

妙に頭はすっきりしていたが、身体は既に限界だった。途中で腿が上がらなくなり、潤は石段の途中で立ち尽くした。

階段からは、白い霧に包まれた集落が見渡せる。

もくもくと霧を生む杉山を見つめていると、ふいに頭上で枝が微かな音をたてた。

見上げれば、すぐそこに、喉元の赤い鳥がとまっている。黒い帽子に、つぶらな眼。

鷽《うそ》だ。

鷽は首を傾げて潤を見た。

フゥ、フゥ——。

澄んだ口笛のような鳴き声が降ってくる。

〝鷽は天神様のお使いなんだ〟

その瞬間。

耳元に、冬馬の明るい声が響いた。

夏の雑木林で飛び立つオオルリ。冬の公園の池で追いかけたキンクロハジロ。その数に驚かされたハクセキレイの群れ——。

胸の奥底に封じ込めていたはずの楽しかった思い出が次々と甦り、潤はたまらずに膝をつく。

冬馬と共に、驚いたり感動したり笑い合ったりした過去が溢れ、とめられなくなっていた。

そのとき、石段にぽたぽたとなにかが散った。

頰に手をやり、潤は自分が泣いていることに気がついた。

冬馬が死んで以来、一度も流れることのなかった涙が堰《せき》を切ったように溢れ出す。

〝鷺は、去年あった悪いことを、全部嘘にしてくれるんだ〟

そう言って笑った冬馬の顔を思い出し、潤はこらえきれずに嗚咽《おえつ》した。

「冬馬……」

唇から声が漏れる。

鼻の奥が痛くなり、視界がぼやけ、なにも見えない。

次々と涙が込み上げ、ついに潤はしゃくりあげて泣き出した。

「冬馬、冬馬……。会いたいよ……」

それは苦い自責の涙ではなく、失われた友を思う、純粋な悲しみの涙だった。

ぱらりと軽い音がする。

我に返った潤の眼に、翼を広げて飛んでいく鷺の姿が映った。潤は立ち上がり、遠ざかっていく鷺の姿を見送った。

灰色の翼を広げ、鷺はどこまでも飛んでいく。

峰伝いに雲を生む山並みに、微かな緑が萌《も》え始めている。

はな舞う里に、まだ浅い、けれど確かな春の気配が兆していた。

エピローグ

翼を閃かせるように、両袖を翻して潤が舞う。

真紅の日の丸を染め抜いた扇と、鮮やかな緑の榊を捧げ持ち。

脛巾《はばき》を着けた足で、舞庭《まいど》に敷かれた蓆《むしろ》を右へ左へと踏みしめる。

その姿、風切り羽をいっぱいに広げ、大空に舞い上がる鷺のよう。

神座《かんざ》で太鼓を打つのは若き花太夫《はなだゆう》。

その背後に、身重の茜と並び篠笛を吹く、啓太郎の姿があった。

潤にとって、二度目の花祭り。いちの舞も堂に入ったものになってきた。

一年の間に、たくさんの変化があった。

啓太郎と共に、一心に笛を吹く康男は、春から豊田の高等専門学校に通う。葵は名古屋の女子校にいくことが決まった。

そして、外からやってきた潤と周が、澄川に留まることになった。

それでも、きっとこの先も、自分たちはこの舞庭で集い合う。

将来なにが起ころうとも、必ず舞庭に帰ってくるだろう。

なぜなら僕らはここに、自分たちだけのタイムカプセルを埋めたから――。

やがて大きく翼をはためかせ、潤が跳ぶ。
すべての神々に礼を尽くすため、地を蹴って、天を目指し、五方にわたり回転する。
その姿、激しく回る独楽《こま》のよう。
髪を乱し、唇を嚙み締め、汗を振り飛ばし。
榊を手にした潤は、力強く、勇壮に舞い踊る。

謝辞

本作の準備に当たり、布川花祭保存会会長の尾林良隆さんより、貴重なお話、並びに貴重な資料をご提供いただきました。この場を借りて、心より御礼を申し上げます。

なお、この物語における事実との相違点については、すべて筆者に責任があります。

【解説】縦と横に伸びる

中江有里

人生で苦しかった時と言われたら、中学生時代を真っ先に挙げる。

母校の校則は厳しかった。髪は肩や眉にかかってはいけない。制服を着崩すなんてありえない。スニーカーと靴下の色は白一色。判で押したような身なりをするのは嫌だった。それ以上に「中学生」という立場のほうが辛《つら》かった。

中学生は子どもでも大人でもない。誰が言わなくても、いろんなことがわかってしまう。

幼子のように無邪気に過ごせない。目の前には進学、その先には就職という現実が重くのしかかる。多感な時期に差し掛かったこともあって、家族、友人、教師といった周囲の人間関係に悩んだのもこの頃だった。

本書の主人公は中学生の杉本潤。東京から母の地元である愛知県の奥三河の山間《やまあい》にある澄川へ引っ越してくるところから物語は始まる。

祖母の千沙が暮らす瓦葺《かわらぶき》の木造家屋に母の多恵子と身を寄せるが、中学二年にして母の地元へ移ったのには、人に語れない理由があった。

転校先の澄川中学校は、小学校と併設されている。澄川は人口流出が進み、子どもは減る一方で中学生は三年生がおらず、二年生が最上級生。潤の同級生はたった三人。授業内容は東京と比較にならないほどゆっくりで、澄川における時の流れはまるで異世界だ。でもそれは外から来た人間だから感じることだろう。

時の流れはどこも一定なのに、たとえば旅先では時間の流れ方が違って感じる。潤がやってきた澄川にはそこだけの時間が流れ、よその人がめったに来ないことで独自の文化が育まれてきた。

本書で核となるのは奥三河の花祭り――長年受け継がれてきた伝統芸能は、奥三河の十を超す集落が開催する祭りで、地元民にとってあって当たり前のもの、主役ともいえる花太夫《はなだゆう》は世襲制を守り続けている。そして澄川の子どもは踊り手としての宿命を背負っている。この地の観光の目玉にもなっている祭りだ。

潤は澄川で育ったわけではないが、祖母、母が地元民ということもあり、本人も知らないうちに数少ない舞の踊り手として期待されていた。

しかし潤は神事である祭りで舞うことに抵抗する。彼の身に起きた不運としかいえない出来事が原因だ。しかし潤は、角度を変えてみれば幸運ともいえる。

誰も不運になりたくはないし、少なからず幸せを求めて生きている。

冒頭に戻ると、かつて中学生だった私は自分が幸せだと思えなかった。幸せは自分の行き先ではなく、どこか別の場所にあるという気がしていた。

一方、本作の潤はそもそも「幸せ」を拒絶している。自分が幸せを感じてはいけない。自らを罰するように心を塞いでいる。

東京では学校に塾に忙しい日々を過ごし、そうしたものから逃れたいと思っていたのに、澄川では家と学校以外の行き場がない。よそ者の潤は何をしても目立ってしまう。居場所のなさというのは思春期のありふれた悩みかもしれないが、潤の場合は居場所を求めるというのとも少し違う。東京にも澄川にも、自分がいていい場所はない、そんな風に自分を責めているようにも感じる。

何の咎《とが》もない不運は、誰にも起こりえる。

自然災害はそのひとつで、本書でも触れられる東日本大震災は大きな被害をもたらした。

私は一九九五年の阪神・淡路大震災の際に身内と連絡が取れなくなった。家族は無事だったが、亡くなった方のことを思うと手放しでは喜べない。東日本大震災の時は東京にいて、地震で本棚の本がすべて床に落ちた。大きな被害を受けたわけでもないのに、テレビで一日中流れる被災地の惨状に呆然《ぼうぜん》としてしまった。

人はどうしようもない出来事を前にすると、言葉をひとつ記すにも手が止まってしまう。

被災者の方を「生き残った」と書くことがあるが、実はその頭に付く「幸運にも」という言葉を省いている。

亡くなった方には「残念にも」と付く言葉が略されている。それはこの世からの見方であり、価値観だ。書かないことが悼むことでもある。でも潤から見れば、本当のことを隠されている気がするだろう。

不運な事故によって幸運にも生き残った潤は、自分の運命を悔やんでいた。

自分が生き残った理由は誰にもわからない。友だちが亡くなった理由も——。

不運を自分の落ち度とする優しい人ほど悲しみを引き受けてしまう。きっと潤はそのタイプだろうし、同級生の周もそうだ。周は家族から受けた虐待ともいえる仕打ちを自分のせいだととらえている。「だらしない」と称される周の笑顔は泣いているようでもある。

一方、自分の身に起きたことを運命とする人もいる。

康男は双子の里奈のために生きることを覚悟している。たとえ自分の人生が犠牲になろうとも。

対照的に葵はこの地を離れることで自分の運命を変えようと考えている。

事情は様々だが、皆生き辛さを抱えながら生きているのは同じ。

人は産まれる場所も親も選べない。生まれ落ちたところで、与えられた環境で生きる。そういう意味では生きとし生けるものはすべて同じ条件だともいえる。

幸せは与えられた場所で個々に見つけていくしかない。最初から恵まれた環境にあるものと、そうでないものでは「幸せ」の定義自体変わってしまうだろう。

暗黒の中学時代にいた私が、唯一幸せだと思えたのは学校以外で読み書きする時間だった。その時間を使って勉強するなり、もっと生産性のあることもできただろうが、読み書きする時は、そこが自分の居場所だと思えた。嫌なことを忘れるくらい打ち込める何かがあったことが幸せだった。

潤にとって、それは舞となっていく。拒絶していた舞が潤を変えていく。

人が苦しみを忘れられるのは楽しいことをする時だけじゃない。自分以外のために何かをやることだと思う。そういう意味でいうと、潤の場合は自分のためでない別の何か——七百年続いた伝統行事のため、祭りを残そうとする人々のため、自分を取り巻くすべてのもののため。

周も康男もまたそうだ。逃れようのない自分の辛さを、舞うことで昇華している。

いつだったか、ある歌舞伎俳優がこんなことを言った。

「型があるから型破りができる。型がなければ形なしだ」

伝統文化とは型そのものである。映像で保存できるようになったとしても、花祭りの舞は人が継いで舞うことで残されてきた。

型は時に堅苦しく人を縛るが、型にはまってみることで自分自身を一旦脇に置き、受け継がれてきた伝統の一部になれる。我を忘れる行為は、悲しみも忘れさせてくれる。人は自分自身からは逃れられない。自分の身に起きたことが自分のせいでなくても、受け止めて生きていくしかないから、祭りの場を借りて、我を一旦忘れるのだ。

断定的な物言いで恐縮だが、まだ中学生の潤たちを追いながら、そんな心境に至った。花祭りという長く続いた型がなぜそこにあるのかなんて、はっきりいえば誰にもわからない。でも受け継がなければ失われてしまう。

そして潤が舞う理由は、彼自身にもわからないのだと思う。それを突き詰める必要もない。幸せを拒絶しても、幸せを求めるのが人だ。舞う潤は幸せを感じている。それは生きている証でもある。

「神頼み」という言葉はあるが、花祭りにおいては「鬼頼み」というほうがふさわしい。山《やま》見《み》鬼《おに》、榊鬼《さかきおに》、茂吉鬼《もきちおに》の三人の鬼が登場する。この鬼に反閇《へんばい》を行なってもらうと、悪いものを取り払い、願いが叶ったりするという。

鬼は異者、という。

よそから来た鬼と分かち合い、やがて鬼は祭りの中心となっていく。閉鎖的なこの地でよそ者であった鬼がなくてはならない存在になるまでに、計り知れない物語があったに違いない。一朝一夕ではなく、互いを少しずつ理解し、信頼を深めていく。その繰り返しの中で生まれた関係が祭りの支軸となっているのが興味深い。

潤もまたよそ者としてこの地に来た。彼のトラウマは解決するものではなく、この先も何度となく思い返し、涙することだろう。でも薄皮を剥がすように澄川の地に癒され、馴染《なじ》んでいく。そんな潤を思い描けることで、読者もまた救われる。

本書における花祭りは縦糸、中学生の潤を取り巻く人々は横糸だ。都会にはあまり見られないが、澄川ではこの縦糸が祭りを継承させてきた。

澄川の花祭りの花太夫・暮林啓太郎、潤たちに舞を指導するのが啓太郎の孫・蒼汰。この二人はまさしく縦糸だ。

山で倒れた潤は啓太郎に偶然助けられ、不思議な縁を結んでいく。やがて蒼汰の指導を受けることを考えると、まるで潤は舞へと導かれているようだ。

縦糸は自分の存在以前からあるもので、川の流れのように自然と存在する。

横糸はそう認識するまで、あまり気に留めていない。近しい家族や友人、知人……

中学時代は自分のことで精一杯で、隣にいる誰かのことや、その人の悩みや苦しみを想像しなかった。

潤もまたそうだったのだろう。しかし自分の苦しみを知ったから、横にいる誰かの苦しみを察知することができた。周も康男もどうしようもない運命を背負いながらも、横にいる潤を気遣い、前を向いている。

中学時代からずいぶん時を経てつくづく思うが、子どもは大人が思う以上に強い。強いだけでなく柔らかい。強く柔らかい糸は、丈夫なだけでなくよく伸びる。それが子どもの生命力であり、若さだ。

横糸がその存在をみせるのは、団結するとき。潤は康男と周と三つ舞を披露する。三人が合わせることで成立する舞は、自分ひとりではできないのだ。

それぞれの苦しさや運命は、ひとりで抱えるものだが、舞のように団結することでできることもある。横糸とはそんな瞬間にあらわれるのかもしれない。

縦と横に伸びる糸がどこまでも続く。そんな希望を感じる物語だ。

（なかえ・ゆり／女優、作家）

――本書のプロフィール――

本書は、二〇一六年五月に講談社より刊行された同名作品を改稿し、文庫化したものです。

小学館文庫

花《はな》舞《ま》う里《さと》

著者　古内《ふるうち》一絵《かずえ》

二〇二一年三月十日　初版第一刷発行

発行人　飯田昌宏
発行所　株式会社　小学館
〒一〇一-八〇〇一
東京都千代田区一ツ橋二-三-一
電話　編集〇三-三二三〇-五八二七
販売〇三-五二八一-三五五五
印刷所――大日本印刷株式会社

この文庫の詳しい内容はインターネットで24時間ご覧になれます。
小学館公式ホームページ　https://www.shogakukan.co.jp

ISBN978-4-09-406898-6